NIKOS KAZANTZAKIS

Der Felsengarten

Nikos Kazantzakis

Der Felsengarten

Herbig

Ins Deutsche übertragen von Helmuth Widhammer
Titel der französischen Originalausgabe:
Le Jardin des Rochers
erschienen 1959 bei Librairie Plon, Paris

Schutzumschlaggestaltung: Wolfgang Heinzel, Merching
Foto: ZEFA, Düsseldorf
Satz: Fotosatz-Service Weihrauch, Würzburg
Druck und Binden: Ebner, Ulm
Printed in Germany
ISBN: 3-7766-1647-4

1

»Hilfe!«

Plötzlich zerriß ein heiserer, erstickter, aus den Tiefen kommender Ruf mein Herz.

Dennoch war ich so glücklich! Ein stummes Glück, tief, regungslos, wie das eines ganz kleinen Insekts, das sich in der Sonne wärmt.

Hielt er also nicht vor, der ganze Zauber dieser Wallfahrt nach Japan? Was ersehnte es noch, mein unersättliches und undankbares Herz?

Wie ein alter Biku, der seine Söhne und Enkel verläßt und sich im Wald versteckt, wie die Larve, die in die Einsamkeit flüchtet, gequält vom geheimnisvollen Jucken der Flügel, grub ich mich in Japan ein.

Kritischer Augenblick meines Lebens, unbestimmbare und tiefe Ruhelosigkeit – das Unbehagen der Häutung.

Ich erstickte; Frauen, Ideen, Politik, Reisen? ... Ich wählte die Reise als mein Tor zur Rettung.

Von Geburt an gab es in mir einen Durst nach dem Abgrund und der Vernichtung, einen Tropfen tödlichen östlichen Giftes, und ich hatte mich endlich entschlossen, mich davon zu heilen.

Wie? Indem ich mich in diesen tödlichen Osten versenkte, indem ich meine Augen anfüllte mit all dem Lächeln Buddhas, das die großen Hoffnungen auf Erden verzaubert und tötet ... Alle die geheimen Stimmen zu bündeln, die aus der Tiefe meines Seins heraufsteigen und mir den unheilbaren Ruin jeder menschlichen Anstrengung kundtun; diesem Chaos eine Form zu geben, die Gesetze dieser Anarchie aufzufinden, Ordnung zu bringen in die Verworrenheit meiner Wünsche – das war das verborgene Ziel dieser langen Pilgerreise.

So würde ich diese schmeichlerischen Stimmen bändigen und wäre allein mit meinem Herzen, diesem ahnungslosen Bauern, der das Nichts pflügt und besät und es nicht weiß; allein mit einem Herzen, das nach und nach, ohne es zu wissen, zusammen mit allen schöpferischen Herzen, das Unmögliche hervorbringt.

Einer in mir leidet und kämpft für die Freiheit. Ich will meine Seele von dem ganzen Wildwuchs befreien, der sich ihrer bemächtigte. In der tiefen Stille der japanischen Gärten oder auf den wurmstichigen Stufen der Tempel sitzend, will ich den Reiseweg meines inneren Pilgers, des großen Unbekannten, nachzeichnen und die Etappen der Reise vermerken.

Bebend wie einer, der sich regungslos zum Sprung sammelt, bereitete ich mich auf die Reise vor. Vorbereitung, Abfahrt, Reise, Ziel der Reise, Ankunft – ich habe mir vorgenommen, den verborgenen Sinn aller Etappen herauszufinden und ihm durch Worte feste Form zu geben.

Japan, mit den schrecklichen, einer disziplinierten und lächelnden Form unterworfenen Leidenschaften, wird mein Führer sein. Unbekanntes Land. Alles wird mir jungfräulich erscheinen, und die Erschütterung wird heftig sein.

Ich kannte nur zwei japanische Wörter, als ich mich nach dieser großen Chrysantheme einschiffte: Sakura, Kirschblüte, und Kokoro, Herz. Diese zwei Wörter, sagte ich mir, werden die beiden Schlüssel sein, die mir alle Türen öffnen werden. Wie hätte ich damals ahnen können, daß ich ein drittes Wort brauchen würde, dessen Entsprechung in der japanischen Sprache ich noch nicht kannte? Auf Deutsch heißt es: Schrecken.

Das blaue Meer, die Möwen, die Frühlingswolken, die Delphine … Ist er dicht und stark, beherrscht der Anblick alle meine Sinne … Unverschämte Farben, schlanke und nackte Körper, unanständiges und unschuldiges Flüstern, saftige und faule Früchte, widerliche Gerüche, fröhlich vermischt mit dem berauschenden Duft von Jasmin …

»Joshiro san«, sagte ich zu meiner Gefährtin an Bord des Schiffes, das uns nach Japan brachte, »Joshiro san, Ihre Seele, dessen bin ich mir sicher, ist sehr schlicht, wie jede Frauenseele; Ihr Körper dürstet, wie alle Frauenkörper, seien sie weiß, gelb oder schwarz, nach Liebkosungen. Ich kenne alle nackten Geheimnisse; aber Sie entstammen einer anderen Rasse als ich, und das reizt auf wollüstige Weise meine Neugier. Die Reise ist sehr lang; wenn wir uns ein wenig liebten, Joshiro san?«

Ein breites Buddha-Lächeln entsprang ihren üppigen Lippen und glitt über ihr ganzes, ein wenig grobes, aber so leuchtend gelbes Gesicht.

Und da sie schwieg, während sie mit ihren langgezogenen, geschlitzten Augen das schäumende Meer betrachtete, fuhr ich lachend fort: »Was für ein Glück! Durch Sie, Joshiro san, würde mir ein tieferer Einblick in die gelbe Rasse gewährt als durch die Lektüre all der dicken Bücher, die über diese faszinierende und gefährliche Rasse geschrieben wurden. Die Liebe ist der größte Pädagoge; ihre Methode ist die sicherste: Sie beruht auf unseren tiefsten Sinnen, dem Tast- und Geruchssinn.«

Joshiro lachte, wobei sie mir einen langen Blick zuwarf; ihre breiten Zähne blitzten unter den Strahlen der großen Sonne des Ostens; das grüne Meer Ägyptens breitete sich schon vor uns hin wie eine zarte Frühlingswiese.

Die Passagiere spielten Golf, Trick-Track, Schach; sie stopften sich mit Fleisch voll, erzählten sich schlüpfrige Anekdoten; die Frauen horchten mit gespitzten Ohren; sie entkleideten sich

nach und nach und hießen die Hitze, ihre Komplizin, freudig willkommen.
Joshiro, auf ihre Chaiselongue gestreckt, sog gierig die salzige Luft ein; sie machte es sich in der Morgensonne bequem wie eine Katze.
Plötzlich schämte ich mich meiner gierigen Blicke und meiner schamlosen Worte; ich erhob mich.
Joshiro war mir unerträglich. Sie hatte den etwas gezierten, aber verwirrenden Zauber der Japanerin verloren, ihr unschuldiges Lächeln, ihre einschmeichelnde Anmut, die Allmacht der Schwäche. Sie war, mit ihrem Sportkostüm und ihrem emanzipierten Gebaren, ein unechtes Wesen geworden, doppeldeutig, ein wenig lächerlich, ein wenig tragisch, wie alle bindungslosen Organismen des Übergangs.
Sie war mir unerträglich, aber etwas an ihr zog mich an – vielleicht ihre gelbe, so glatte Haut und ihre langgezogenen, schrägen Augen. Und vor allem der Geruch, der ihrem Körper in diesen letzten heißen Tagen entströmte – ein animalischer Moschus-Geruch.
»Im schönsten Augenblick gehen Sie! Wo wollen Sie hin?«
»Atemholen.«
Das ägyptische Meer, das »Große Grüne«, und, in der Tiefe des Horizonts, eine leicht dampfende Wellenlinie, das Festland.
Ein schmerzlicher Gesang aus der Zeit der Pharaonen durchdrang plötzlich mein Herz. Wir werden vom Fieber unserer Zeit geschüttelt, eine große rote Linie steigt in uns, steigt und steigt und gerät außer sich … Wir können nur noch die Qual begreifen.
Ich entferne aus diesem Land, das vor mir auftaucht, die Könige und die Götter und die triumphalen Kriege und die tiefen Mysterien, und ich merke nur auf den Schrei eines armen

Schreibers, der mit gekreuzten Beinen, regungslos, das Leid sah und die Stimme erhob:
»Ich habe gesehen! Ich habe gesehen! Ich habe gesehen! Ich habe die Schmiede gesehen; ihre Finger sind hart wie die Haut des Krokodils ... Ich habe die Bauern gesehen, die die Erde mit ihrem Schweiß tränken. Die Krankheit lauert auf die Maurer; den ganzen Tag arbeiten sie, an den Mauern hängend, unter der brennenden Sonne; abends kehren sie zurück und schlagen ihre Frau und ihre Kinder ... Ich habe den Weber gesehen, mit in den Bauch gedrückten Knien; ich habe den Kurier gesehen, der zitternd in die Wüste eilt ...
Ich habe gesehen! Ich habe gesehen! Ich habe gesehen!«
Ich hörte den Schreiber, den unversöhnlichen Zeugen, und mein Herz war erschüttert. Mit Joshiro zu spielen, den kostbaren Stoff der Zeit in nichtigen Reden zu vergeuden, wie schändlich! Der Schreiber erhob sich aus diesem Land, die Augen weit geöffnet, die Hand leicht erhoben, bereit, die unwiderlegbaren Worte aufzuzeichnen.
Ich sehe! Ich sehe! Ich sehe! Plötzlich brach das ganze Leid unserer Zeit vor mir auf, wie eine Eiterbeule.
Joshiro hatte sich mir genähert; der Schweiß perlte wie Tau auf ihrer Oberlippe; ihr lockiges Haar hatte sich an ihren Nacken geklebt. Der Duft ihres biegsamen und kräftigen Körpers erfüllte mich mit einer erniedrigenden Trunkenheit.
»Woran denken Sie?« flüsterte sie, ihre Stimme als Frau wiederfindend.
Sie hatte ihre burschikosen Manieren und ihre großen Ideen von Unabhängigkeit vergessen; sie war wieder eine echte Frau geworden, treu ihrer erhabenen Sendung, den Atem des Mannes zu ersticken.
»Ich denke an das Leid«, antwortete ich, während ich versuchte, die süße Betäubung, die mich umfing, abzuschütteln.

Aber der Geruch dieses jungen, unbekannten Körpers lähmte mich …
Einer in mir geriet in Zorn. Joshiro seufzte. Ich drehte mich um.
»Seufzen Sie nicht«, sagte ich schroff, »Sie können das nicht verstehen. Haben Sie jemals gelitten?«
Die Augen Joshiros warfen einen düsteren Blitz.
»Ja«, antwortete sie mit dumpfer Stimme.
»Li Teh?«
Bei diesem Namen zuckten die nackten Schultern Joshiros zusammen. Sie antwortete nicht. Ihr Gesicht war sehr blaß geworden, starr wie eine Schreckmaske. Die Lippen waren, in den Mund zurückgezogen, nicht mehr sichtbar.
»Verzeihen Sie mir, Joshiro san …« murmelte ich.
Sie hörte mich nicht, regungslos starrte sie aufs Meer.
Ich hatte mit schwerer Hand an ihre Wunde gerührt. Der schweigsame Chinese, Li Teh, mein Kamerad an der Universität von Oxford, hatte sie einmal leidenschaftlich geliebt; und plötzlich hatte er sie verlassen und war nach China zurückgekehrt.
Joshiro hatte am selben Abend Zuflucht bei mir gesucht.
»Verhindern Sie, daß ich mich töte!« hatte sie geschrien, während sie vor meiner Tür zusammenbrach; »verhindern Sie, daß ich mich töte! Ich will leben, um mich zu rächen!«
Sie war schwer krank geworden. Sie hatte Blut gespuckt, die Ärzte hatten hoffnungslos den Kopf geschüttelt, aber Joshiro wollte nicht sterben; in die großen weißen Kopfkissen zurückgelehnt, hatte sie uns lächelnd betrachtet.
»Haben Sie keine Angst!« hatte sie zu uns gesagt, »haben Sie keine Angst! Ich werde nicht sterben.«
Sie trug den Sieg davon. Sie war aufgestanden und hatte sich verbissen an ihre Arbeit bei der japanischen Botschaft in Lon-

don gemacht. Sie fuhr oft nach Japan, hielt sich heimlich in der Mandschurei auf, reiste verkleidet nach China.
Was tat sie? Sie sprach nie mit jemandem darüber. Niemals kam auch nur der Name Li Tehs über ihre breiten und sinnlichen Lippen.
Hatte sie also vergessen? Sie hatte mit Männern geschlafen und hatte sie am Morgen mit fröhlicher Grausamkeit verlassen. Ihre Worte waren oft zynisch. »Gewiß«, sagte ich mir jedesmal, wenn ich sie wiedersah, »sie wird meinen Freund und ihre Rache vergessen haben.«
Und heute, kaum daß sie den Namen Li Tehs hört, diese unversöhnliche Härte!
»Joshiro san«, wiederholte ich leise. »Verzeihen Sie mir!«
»Schweigen Sie!« rief sie jetzt mit ihrer etwas heiseren Stimme. »Schweigen Sie!«

2

Mittag sandte schon sein senkrechtes Licht herab. Das Schiff warf die Brücke aus, es klammerte sich ans Land. Joshiro antwortete nicht auf meine Einladung. Ich ging allein von Bord.

Ich spazierte über den Kai, die Nasenflügel weit geöffnet. Gierig atmete ich die von den Düften des östlichen Hafens geschwängerte Luft. Ich aß Mangofrüchte und Bananen, ich kaute Betel, ich pfiff, ich lachte für mich allein; ich war glücklich.

Ich dankte der blinden Macht, die mich zur Welt kommen und an diesen Küsten vagabundieren, mich den ätzenden Geruch reifen Fleisches riechen und die verbotenen Früchte, ganz langsam, streicheln ließ.

Die Häfen des Ostens riechen nach Moschus, wie Raubtiere in der Brunft. Erschöpft und lüstern öffnen sie ihre Arme im Winkel eines metallischen Meers und verkaufen süße Gifte.

Die Hafenmädchen, sind sie Anker oder Taue?
Heute morgen noch hielten sie im Hafen zwei Schiffe fest!

Ich pfiff dieses Haikai auf der Mole von Port Said, die Hände beladen mit Bananen.

Ein untersetzter, strenger Amerikaner spazierte gewichtig einige Schritte vor mir. Er trug eine schwarze Mütze mit violetten Buchstaben: »Salvation army.«

Fanatisch, schrecklich tugendhaft, das Auge kalt und hart – was suchte er bloß, dieser Christ, in diesem buntscheckigen, von Sonne, Früchten und kleinen, halbnackten Sirenen überquellenden Hafen? Nie bin ich einem eisigeren Blick begegnet, noch keinem so haßerfüllten, für den Osten und für die Liebe so unzugänglichen. Er starrte die armen, geschminkten Mädchen, seine Schwestern, an, und seine Augen sonderten Gift ab. Ohne Mütze und ohne violette Buchstaben, ohne christlichen Haß, die Pfeife zwischen den Zähnen, folgte ich amüsiert diesem Hyperboreer, der an diesen besonnten Küsten gestrandet war.

Plötzlich stürzte ein kleiner schokoladenbrauner Junge aus dem Schatten. Seine Augen lachten, seine mit Henna rot gefärbten Nägel funkelten in der Sonne. Er hängte sich ans Jakkett des Christen mit den blauen Augen.

»Moussiou ... Moussiou ...«

Ich hörte nicht, was er sagte, aber ich war sicher, daß er ihm dieselbe Ware anbot, wie fünf Minuten zuvor mir.

»Moussiou ... Moussiou ... ein fettes junges Mädchen ... fett ... meine Schwester ... Komm!«

Und als ich mich lachend umdrehte und zu ihm sagte: »Ich will keine Frauen!« veränderte der kleine Fellache, ohne zu zögern, sein Angebot etwas: »Moussiou ... Moussiou ... ein kleiner Junge ... schön ... schön ... mein Bruder! Komm!«

»Ich will keinen Jungen!«

Er hatte mich erschrocken angeschaut und sich in den Schatten gekauert. Und jetzt klammerte er sich an das heilige Jackett.

»Moussiou ... Moussiou ...«

Der tugendhafte Mensch blieb verblüfft stehen; der Zorn erstickte ihn.

»Moussiou ... Moussiou ...«

Auf einmal wurde der arme Junge mit der göttlichen Unschuld eines Tieres von Schrecken ergriffen. Er war dem Blick des Missionars begegnet, und er hatte verstanden. Er hatte instinktiv den Haß, die Wut, das Eis der Tugend verstanden.

Wie wenn er gerade im frischen Gras gespielt und plötzlich eine Schlange bemerkt hätte, die ihn mit aufgerichtetem Kopf starr ansah, blieb der arme Junge gaffend und erschrocken mitten auf dem Kai stehen und schaute mich an, als ob er um meine Hilfe bäte.
Ich lächelte ihm zu; er faßte sofort Mut und zog aus seinem Gürtel ein Dutzend obszöner Fotos heraus.
»Moussiou ... Moussiou ... Fotos! Pst! Pst! Schau!«
Um dieses kleine menschliche Tier zu versöhnen und in ihm das Vertrauen in die Menschheit wiederherzustellen, gab ich ihm die zehn Piaster, die er verlangte, und er floh hüpfend in den Schatten.
Ich setzte mich an den Rand des schamlosen Meeres und begann, diese obszönen Bilder durchzublättern, ohne Ekel. Ich hörte das Meer seufzen, splitternackt streckte es sich am Strand hin, und ich fühlte, wie wollüstig und gastlich die Tugend hier in den Häfen des Orients werden kann; wie verzeihlich und unschuldig die Sünde hier ist, was sie in den barbarischen Ländern des Schnees niemals sein kann.

Datteln, Bananen, Zitrus- und Mangofrüchte, Johannisbrot besitzen eine geheime Übereinstimmung mit der sittlichen Haltung, der Kunst und den Ideen, die in ihrem Schatten geboren werden. Die Früchte dieser Häfen des Orients und ihre Götter ähneln sich wie Brüder.
Abfahrt. Rotes Meer, schwüle Hitze. Wir können nur Erfrischung finden, wenn wir an die Heizer im Bauch des Schiffes denken.
Oft überraschte ich Joshiro, wie sie mit starren Augen nach Osten schaute. Ich fühlte, daß sie von einer seltsamen Unruhe gequält wurde. Ich wagte nicht mehr, zu ihr von Liebe zu sprechen und mit ihr zu plaudern. Plötzlich war Joshiro größer ge-

worden. Sie sprach mit den Matrosen und den Offizieren. Sie wurde schnell zum Mittelpunkt eines kleinen, lebhaften geselligen Verkehrs.
»Joshiro«, sagte ich zu ihr, »Sie leiden also nicht unter der Hitze?«
»Nein«, antwortete sie lächelnd, »ich denke an Japan.«
Sie dachte an Japan; die kleinen Einzeldinge des Lebens – Hitze, Liebe – konnten sie nicht mehr berühren. In einem geschlossenen Raum kann das Zusammenleben zu einem wahren Martyrium werden oder zu einer schleichenden Erniedrigung führen, wenn es nicht von der Flamme einer großen Leidenschaft beseelt ist.
»Werden Sie auch nach China gehen, Joshiro san?«
Ein hinkender und untersetzter Chinese, der sein rechtes Bein mühsam nachschleppte, spazierte vor uns. Er hatte ein spärliches schwarzes Bärtchen, und eine tiefe Narbe teilte seine Stirn in zwei Hälften.
Er hörte meine Frage und blieb unvermittelt stehen. Er stieß einen Seufzer aus und ließ sich langsam auf einer Bank nieder. Mit gleichgültiger Miene heftete er sein schläfriges Auge auf uns.
»Ich weiß nicht ...« antwortete Joshiro leise. »Ich bitte Sie, sprechen Sie nicht so laut ...« fügte sie hinzu.
»Dann sehe ich Sie vielleicht in China wieder? Werden Sie lange dort bleiben?«
Die Stimme Joshiros wurde dumpf und drohend. Ich begriff das nicht in diesem Augenblick, erst viel später, an einem tragischen Tag in China.
»Lange?« murmelte sie. »Vielleicht für immer ...«
Der hinkende Chinese schloß die Augen; anscheinend war er eingeschlafen; er begann leise zu schnarchen.
Wir hatten uns auf unseren Chaiselongues ausgestreckt und

betrachteten die Gebirge Arabiens. Sie waren sehr schön, unmenschlich, von blassem Rosa.
Die Sonne drehte sich schwer über unseren Köpfen wie ein Mühlstein. Die weißen Männer, die weißen Frauen begannen zu verwesen. Ein fauliger Leichengeruch entströmte den Kabinen. Die halbnackten Damen starben vor Langeweile und Schlaffheit; ihre Moral wurde in der Hitze weich und zerrann wie Butter. Die Engländer stießen ab und zu einen tierisch wilden Schrei aus und versanken wieder in Trägheit.
Ich betrachtete meine Reisegenossen, und bald war mein Auge hart, bald voller Mitleid. Wenn sie ihre Anekdoten ausgetauscht, wenn sie gespielt, geraucht, geliebt hatten, waren sie leer. Jetzt flatterten sie, leere Hosen, leere Blusen, eine widerwärtige Menschenwäsche, an den Schiffsleinen, wo der Wind sie blähte.
Nur ein paar indische Moslems auf dem Deck bewahrten noch menschliche Würde. Jeden Morgen bei Sonnenaufgang, jeden Abend bei Sonnenuntergang knieten sich diese Mohammedaner auf ihre Matten und beteten. Ihre Religion überträgt auf sie den Rhythmus der Sonne und macht aus ihrer Seele eine Sonnenblume, die dem Weg unseres Vaters am Himmel folgt. Wenn alle Passagiere verdürben, diese Mohammedaner allein würden der Verderbnis widerstehen.
Endlich eines Morgens in der Dämmerung Colombo. Süße Stunde, erotische Bewegung des Bugs, der sich durch die orangenen und violetten Dämpfe des Morgens geräuschlos in die schlafende Stadt bohrt …
Die Sonne bricht durch, die Minarette steigen auf, blühende Bougainvilleen überklettern die Mauern. Bezaubernde, duftende Sirenen kauen Betel, lachen und flüstern vor dem indigoblauen Meer.
Eine feurige Menschheit, die die Farben nicht fürchtet, krib-

belt auf den Kais, füllt die Gassen. Breite Bananenblätter, eine Handvoll Reis mit rotem Pfeffer, magere Finger, die Nägel mit Henna gefärbt – und man ißt, wo es Schatten gibt.
Ein kleiner Buddha aus Bronze sitzt auf einem Stein an der Straßenkreuzung. Ein alter Mann hat sich vor ihm niedergeworfen und erzählt ihm von seinen Sorgen. Ein junges Mädchen legt lächelnd ein paar rote Blumen vor seine kleinen Füße, Hibiskus, mit feurigen Zungen. Rund um den Kopf des Buddhas ein Dutzend kleine Windmühlen aus Bambus. Das sind die Windmühlen des Gebets. Die Brise weht einen Augenblick, und die Mühlen beginnen, träge die Wünsche der Menschen zu mahlen.
Das junge Mädchen, das dem Buddha die roten Blumen gebracht hatte, betrachtet mich lächelnd und gibt mir ein Zeichen. Ich folge dem Klingeln der bronzenen Ringe, die sie an ihren Knöcheln trägt. Sie geht voran, fröhlich wiegt sie die Hüften, sie ist zufrieden, ihr Gebet wurde schnell erhört.
Eine Tür öffnet sich. Ein winziger Hof, eine dunkle Kammer aus Rohr. Kühler Schatten, Duft nach Mais und Pfeffer. Die Armbänder beginnen, laut zu klirren, die weißen Zähne blitzen im duftenden Dunkel.
Das Leben ist ein sehr einfaches Wunder, das Glück liegt in der Reichweite eines jeden, es ist zugeschnitten auf das Maß des Menschen. Es währt einen Augenblick, und so ist es gut.
Wir fahren ab; wir atmen das grausame und reine Element, das Meer. Endlich faßt sich die Seele wieder; sie schämt sich alles dessen, was sie an Land gesehen, gehört, genossen und berührt hat. Ach, diese Seele ist nur ein armer Christ, der noch Angst hat, der noch mit Schrecken die Vogelscheuche ansieht, die man über dem Baum des Lebens aufgesteckt hat.
Neue Häfen erscheinen am Horizont. Die Haut der Menschen wechselt die Farbe; sie war braun und dunkel gewesen, dann

wie Schokolade, jetzt wird sie gelb. Diese menschlichen Wesen stammen von einem anderen Affen ab, einem kleinen, hüpfenden, langgeschwänzten.

Die Nacht fällt schroff wie ein Schwert. Die Luft wird kühl. Die bunten, rund um die Balkone wie Spitzen hängenden Laternen werden angezündet. Man schließt die Läden, der Gestank legt sich ein wenig, die Nachtblumen öffnen sich. Die gelben Hände füllen sich mit gerösteten Melonenkernen, und die Massen spazieren am Garten entlang, sacht, sacht knabbernd wie Mäuse.

Über den Bug gelehnt, betrachtete Joshiro die Fliegenden Fische Chinas, die wie Pfeile quer durch die Wogenkämme schossen.

Sie erschien mir in diesem Augenblick gefährlich und schön; ihre im Wind flatternden Haare gaben ihr ein wildes und sinnliches Aussehen.

»Joshiro san«, sagte ich lachend zu ihr, »in einigen Tagen geht die Überfahrt zu Ende, und ich habe vergessen, Ihnen mein kleines erotisches Geständnis abzulegen.«

»Auch ich«, antwortete sie laut auflachend, »hatte meine weibliche Sendung vergessen, den Körper der Männer zu streicheln und versumpfen zu lassen und ihnen die Seele auszusaugen ... Ich hatte andere Sorgen.«

»China?« fragte ich nach kurzem Zögern.

»Ja, China«, antwortete Joshiro in ernstem Ton.

Sie fuhr fort:

»Die Liebe ist eine recht angenehme Beschäftigung, eine etwas lächerliche, aber sehr süße Erregung. Ich mochte sie sehr, ich mag sie gewiß noch immer ... Aber das Glück kann sie mir nicht mehr schenken – ich meine die Empfindung, daß wir unsere Pflicht erfüllen. In unserer Zeit darf die Liebe für die Heroen nur ein kurzer Zeitvertreib sein.«

»Und für die Heroinen ...« fügte ich lächelnd hinzu.
»Ich bin kein Held«, flüsterte Joshiro, plötzlich traurig geworden. »Ich konnte mein Leben noch nicht meiner Aufgabe opfern ...«
Sie streckte die Hand aus, sie zeigte links auf das ferne China: »Aber ich hoffe immer«, murmelte sie.
»Sie hoffen auf den Tod?«
»Ja, auf den fruchtbaren Tod, der lebendiger als das Leben ist. Auf den Tod, die höchste Liebe.«
Sie schwieg; ihre Augen verloren sich in der Ferne.
»Wir brauchen starke Seelen«, begann sie plötzlich wieder. »Wir, die Japaner. Japan hat die große Verantwortung, sich an die Spitze Asiens zu setzen und zu kämpfen ...«
»Für die Freiheit?«
Joshiro dachte einen Augenblick nach; sie lächelte.
»Oh, die Weißen!« sagte sie sarkastisch, »die Weißen und ihre weißen Ideen: Freiheit, Gleichheit, Brüderlichkeit ... Christliche Chimären ... Tugenden von Vegetariern.«
»China gehört uns!« sagte sie plötzlich, als ob sie meine Gedanken erraten hätte. »China gehört uns, wehe dem, der es anrührt.«
Ihre Augen verschleierten sich seltsam; einen Augenblick glaubte ich, Joshiro würde in Schluchzen ausbrechen.
China mußte in dieser leidenschaftlichen Seele untrennbar mit der Liebe zu Li Teh verbunden sein. Wenn Joshiro mit all ihren Kräften ihre Rasse dazu trieb, China zu erobern, empfand sie gewiß eine tiefe, persönliche Freude dabei. Die Eroberung und die Rache hatten für Joshiro das gleiche Gesicht.
Der hinkende Chinese ging wieder nahe an uns vorüber, unter Schmerzen sein rechtes Bein nachschleppend; er blieb einen Augenblick keuchend stehen. Er spitzte die Ohren.
Joshiro betrachtete ihn und runzelte die Brauen; dann schaute

sie wieder auf die Fliegenden Fische in Richtung China, und sie vergaß meine Gegenwart.

»Welches Vergnügen finden Sie dabei, sich mit Japanern und Japanerinnen zu unterhalten?« flüsterte mir ein Mitreisender zu, stolz darauf, eine weiße Haut und blaue Augen zu haben. Es war ein polnischer Geiger, ein sanftmütiger Mensch und Pazifist.

»Ich liebe sie«, antwortete ich; »ich liebe sie, weil sie anders sind als wir; ich habe die weißen Gesichter satt.«

»Aber das sind doch bloß Affen, Ihre Japaner! Kleine, kletternde Affen, die Früchte klauen. Ihre Religion haben sie den Indern geklaut, ihre Kunst und ihre Kultur den Chinesen und den Koreanern, ihre Wissenschaft und ihre Organisation den Weißen. Was haben Sie selbst erfunden? Nichts. Sie äffen alles nach. Gelbe Amerikaner? Keineswegs. Gelbe Affen!«

»Goethe«, antwortete ich ihm lachend, »sagte: ›Ich esse Schwein und mache daraus Goethe.‹«

Der Weiße antwortete grinsend: »Und ich hörte einmal ein Schwein voller Stolz sagen: ›Ich esse Goethe und mache Schwein daraus!‹«

In diesem Augenblick teilte uns ein junger Japaner in weißen Handschuhen das Bulletin des Tages mit: »Die meteorologische Station Tokio meldet, daß die Sakura dieses Jahr etwas früher beginnen wird, weil der Frühling ausnehmend warm zu werden verspricht.« Und weiter: »Wir erreichen in Kürze das innere Japanische Meer, die strategische Zone. Das Fotografieren ist streng untersagt.«

Mein armer Gesprächspartner, der Pazifist, empört sich: »Was?« rief er aus. »Diese ganze hoch gepriesene Sakura ist nur eine Maske? Sie dient nur dazu, Kanonen und Benzinlager zu tarnen? Pfui!«

»Wußten Sie das denn nicht?« entgegnete ich ihm schadenfroh. »Aber ist denn das Leben überhaupt – diese andere hoch gepriesene Sakura – etwas anderes als eine Tarnung des Todes?

Wehe dem, der nur die Maske sieht; wehe dem, der nur sieht, was sich hinter der Maske verbirgt! Den vollkommenen Blick besitzt nur, wer blitzartig im selben Moment die prächtige Maske sieht und dahinter das schreckliche Antlitz.

Glücklich, wer hinter seiner Stirn diese Maske und dieses Antlitz in eine Synthese zwingt, die der Natur noch unbekannt ist. Er allein vermag mit Würde und Anmut auf der Doppelflöte des Lebens und des Todes zu spielen.«

Der Weiße schüttelte nur unbestimmt seinen blonden Kopf; er hatte nichts verstanden.

Und ich fühlte mich glücklich, da ich in der Ferne diese Doppelflöte an den Lippen Japans hörte.

3

Milder Frühlingsregen. Meine Pilgerreise zu den fernen Ländern, belastet von drückenden Einzelheiten des wirklichen Lebens, wurde in dieser zarten Atmosphäre zu Dunst, zu einem Stoff, flaumig und Buddha ähnelnd, wie Träume.
Japanische Kulis stürzten auf das Schiff, klein, stämmig, mit muskulösen Kniekehlen, schweigsam, mit feurigen Augen. Sie schaffen Gepäck, Waren und Passagiere mit beunruhigender Behendigkeit und Kraft fort.
Joshiro trat vergnügt zu mir:
»Mit welcher Geschwindigkeit«, sagte sie mit ihrer etwas heiseren Stimme, »werden diese japanischen Kulis eines Tages Paris, London und New York räumen!«
Eine schreckliche Vision entfaltete sich vor mir; sie währte nur eine Sekunde, aber das genügte mir, um die Kathedralen und die Börsen und die Bordelle der Weißen in Flammen zu sehen.
»Haben Sie keine Angst!« sagte die junge Frau lachend, als sie die fernen Brände in meinem Auge flackern sah. »Erweitern Sie Ihren Gesichtskreis! Weißer Mann, verzichten Sie endlich auf Ihre Privilegien; jetzt kommen wir an die Reihe, die Gelben. Und es ist gut so, die Erde muß sich verjüngen! Aber lassen wir diese heiteren Reflexionen, gehen wir. Wir werden ein wenig in dieser Stadt flanieren, ich liebe Kobe; dann werde ich Sie verlassen. Ich muß mich noch anderswo herumtreiben – und ganz allein.«
Joshiros Gesicht leuchtete. Mit großen Schritten überquerten wir die Kais, wir kamen in eine lange, häßliche, vom schmieri-

gen Rauch der Fabriken verpestete Avenue, wir betraten die Stadt: Wolkenkratzer, heulende Radios, schamlose Kinostars, Mogas und Mobos – junge Frauen und junge Männer, die sich amerikanisch gaben, Übergangstypen, die eine neue Synthese versuchten, ohne das Lächerliche zu scheuen.
Joshiro streckte die Hand aus: »In diesem Luxushotel«, sagte sie höhnisch, »beklagte sich eines Tages Rabindranath Tagore, diese fette Nachtigall, über die Häßlichkeit der Industrie, die in Japan um sich greift. Der arme Mann wünschte sich ein idyllisches, turtelndes Japan, preisgegeben romantischen Touristen – und euren Kanonen!«
Belustigt schüttelte sie den Kopf. Ich antwortete nichts. Schweigend hörte ich zwei Stimmen, die sich in mir erhoben und miteinander stritten: »Welche Häßlichkeit! Wie schmutzig und trübe macht dieser Qualm das reine Antlitz der Geisha unter den Völkern! Bald wird es auf dieser traurigen Erde keinen einzigen Blütenzweig mehr geben, auf dem sich der heilige Vogel, das Herz des Menschen, niederlassen und singen kann!«
Und die andere Stimme erwiderte ironisch und zischend: »Tu nicht so weinerlich, mach dich nicht lächerlich, indem du das Unvermeidliche bekämpfst. Entdecke die strenge Schönheit der neuen Wirklichkeit mit den spröden und geraden Linien, mit dem Herzen aus Eisen. Mach das Notwendige zum Inhalt deines eigenen Wollens, wenn du frei bleiben willst in dieser Welt von Sklaven.«
»Joshiro san«, sagte ich, »der Tag ist nicht mehr fern, an dem das alte Japan – bunte Laternen, Kimonos, Fächer, Geishas, Sakura – von der Oberfläche des sogenannten Stillen Ozeans verschwinden wird. In einigen Jahren wird die alte japanische Seele ihren schönsten Kimono anlegen, ihr lackschwarzes Haar hoch aufstecken, und in der Abenddämmerung, wenn

die Radios losheulen und die Mogas mit den Mobos ihren Cocktail nehmen, wird sie kommen, sich auf dieses Pflaster setzen und das Harakiri vollziehen. Und auf ihrem seidenen Fächer wird man, mit roter Tinte geschrieben, dieses melancholische Haikai lesen:

Wenn du mein Herz öffnest,
Wirst du darin die drei Saiten der Samisen finden –
Zersprungen!«

Joshiro begann zu lachen; sie warf mir einen spöttischen Blick zu: »Soll sie doch Harakiri machen«, rief sie, »und uns endlich in Ruhe lassen! Auch der Bogen machte Harakiri und zersprang in tausend Stücke, als das Gewehr kam, so wie die Schreibfeder Harakiri machte vor dem Füller. Alter Plunder! Soll sie sich doch in eine Vitrine des ethnologischen Museums stellen und mit Naphtalin bestreuen lassen!«

Joshiro schwieg einen Augenblick. Aber noch kochte ungestillt der Zorn in ihr: »Wir haben genug davon!« rief sie wieder. »Es ist an der Zeit, mit diesem exotischen Karneval Schluß zu machen – mit Kimonos, Sakura, Teezeremonie, gefühlvollen Haikais!«

Ich versuchte, sie zu beruhigen; ich nahm sie bei der Hand. Aber die erzürnte Moga wies meine Zärtlichkeiten zurück.

»Ihr Touristen könnt euch nicht vorstellen, was wir früher in unseren Häusern gelitten haben! Wir hatten Hunger und wagten nicht zu essen; wir sprachen mit geschlossenem Mund, zum Hühnerarsch zusammengekniffen, und lachten diskret hi-hi-hi! Wie alte, zahnlose Jungfern – wozu? Um den geheiligten Traditionen treu zu bleiben! Unser Gesicht hatte oval zu sein wie eine Melone, und unsere armen Knie hatten sich auswärts gebogen, weil wir von frühester Kindheit an unsere kleinen Brüder und Schwestern auf dem Rücken tragen mußten. Wir trieben keinen Sport, wir aßen nie Fleisch, und unser verkrüppelter und schmächtiger Körper glich den Zwergbäumen unserer Gärten. Wozu? Um dem Geist der Vorfahren gehorsam zu sein! Aber ist es nicht besser, dem Geist der Nachkommen zu gehorchen?«

Vergnügt und bewegt betrachtete ich meine junge Gefährtin. Ich hatte nicht mehr die lächelnden und scheuen Augen der jungen, traditionellen Japanerin vor mir; in den Augen Joshiros leuchteten die ersten Flammen einer beginnenden Revolution. Gewiß, sie hatten ihren exotischen Charme verloren, aber waren die Augen der Japanerinnen zum Vergnügen der Touristen da? Diese Moga, die entschlossenen Schritts mit mir durch die Straßen von Kobe ging, war die Vorläuferin einer respektlosen und grausamen Generation.

Ich hatte die Zukunft Japans an meiner Seite; ich fühlte, daß diese so unbefangen kühne junge Frau tiefer war als alle philosophischen und soziologischen Essays über das neue Japan. Alles, was sie sagte und ersehnte, hatte unauslotbare Bedeutung.

»Ihr betretet einen sehr gefährlichen Weg«, sagte ich. »Ihr plündert alle materiellen Fortschritte der Weißen; werdet ihr die Kraft finden, eure japanische Seele unversehrt zu bewahren?«

Joshiro antwortete, ohne zu zögern: »Wir sind aufgebrochen, jetzt müssen wir weitergehen. Ja, wir müssen schneller als die anderen vorankommen, um die verlorene Zeit wettzumachen. Wie sollen wir vorankommen? Zu Fuß, auf unseren Ochsen reitend oder von unseren Rikschas gezogen? Das wäre lächerlich und vergeblich. Ihr Weißen habt die Eisenbahnen, die Dampfschiffe, die Flugzeuge erfunden. Schön! Wir können sie brauchen. Wir verschlingen alles ohne Scham und ohne Skrupel. Wir durchlaufen das erste Stadium unserer Entwicklung; es steht vor allem im Zeichen des Hungers. Das Problem der Assimilation, von dem Sie sprechen, kommt später. Wir werden es zu seiner Zeit lösen. Jetzt erfüllen wir unsere erste Pflicht:

Essen! Wir essen, wir gründen Fabriken, wir bauen Panzerschiffe und Kanonen, wir organisieren unsere materiellen und psychischen Kräfte. Wir organisieren Asien. Ganz Asien – China, Indochina, Indien, die Mohammedaner. Beginnen wir mit China!« Beim Namen Chinas färbten sich die blassen Wangen Joshiros rot.

»Aber wenn Europa interveniert? Wenn Amerika Widerstand leistet? Wenn man sie nicht für vorteilhaft hält, diese Emanzipation Asiens? Was wollt ihr dann machen? Krieg?«

Joshiro zog ihre Brauen zusammen. Ihr Gesicht wurde sehr ernst. Es war, als ob ganz Japan das Für und Wider erwog und eine Entscheidung fällen würde.

Sie hob den Kopf und antwortete mit ruhiger, strenger Stimme: »Ja, Krieg!«

Ich schauderte. Ich wußte, daß es die Zukunft war, die durch diesen jugendlichen Mund sprach.

Plötzlich blieb Joshiro vor einer Bar stehen.

»Stellen Sie mir keine Fragen mehr!« sagte sie im Befehlston. »Nehmen wir einen Cocktail.«

Wir betraten die Bar. Barbarischer Lärm, eleganter Barkeeper, Mogas und Mobos beim Flirt. Auf dem Grammophon eine japanische Platte. Ein seltsames Lied, halb traurig, halb ironisch.

»Übersetzen Sie mir dieses Lied?«

> »Der Mond, der jetzt hinter den Wolkenkratzern aufgeht,
> Scheint er auf die gleiche Liebe,
> Die er einst beschien,
> als er aufging über der Ebene von Tokio?«

»Was sagen Sie dazu, Joshiro san?«

Joshiro lachte.

»Das gleiche. Die Liebe, der Teufel hole sie, bleibt immer dieselbe.«

Auf einmal verfinsterten sich ihre Augen.

»Ich wollte, ich wäre ein Mann!« sagte sie. »Nur der Mann kann sich wirklich an Körper und Seele befreien. Die Frau nicht. Unser Verstand kann sich wohl emanzipieren. Ja ... Ja ... Aber unser Herz, ach, dieser alte, einfältige Muskel, kämpft immer noch mit seinen armen, überholten Waffen.«
Sie zündete sich eine Zigarette an, und drohend beobachtete mich ihr Gesicht hinter dem Rauch.

4

Ich trennte mich unter Schmerzen von Joshiro, wie man sich von einem schönen Frühlingstag trennt.
»Ich fürchte, ich werde Sie nicht wiedersehen, Joshiro san!« sagte ich in einem ziemlich lächerlichen Anfall von Empfindsamkeit.
»Und wenn schon!« sagte Joshiro, wobei sie mir fest die Hand drückte. »Leben Sie wohl, sterben Sie wohl, zügeln Sie Ihr Herz.«
Sie wußte, daß mich Li Teh nach Peking eingeladen hatte; ich sah ihr mit fragender Miene tief in die Augen. Wollte sie mir vielleicht eine Botschaft mitgeben?
»Ist das alles, Joshiro san?«
»Ja, das ist alles!«
Ich sah noch, wie sie unter der Menge auf dem Bahnhof verschwand.
»Wie stark sie ist!« dachte ich, »stark und zart und unmenschlich stolz. Ihre Rache wird wohl schrecklich sein.«
Plötzlich glaubte ich in der Menge den hinkenden Chinesen mit der Narbe auf der Stirn zu sehen.
»Was für ein Zufall!« sagte ich mir, aber ich maß ihm in diesem Augenblick keine Bedeutung bei.
Ich dachte nicht mehr an Joshiro oder Li Teh, nur an Japan und China, an die Liebe, den Haß, die Rache, den unerbittlichen Kampf. Wehe dem Schwächeren!
Die menschliche Seele ist noch mit Materie behaftet, sie ist unfähig zur Ahnung. Sie braucht zum Sehen noch die Augen des

Körpers und seine Ohren zum Hören. Erst viel später begriff ich die Worte und das Schweigen Joshiros und die Rache, die sie in ihren kleinen Händen bereithielt zur Stunde unseres Abschieds.

Aber schnell vergaß ich das alles, überwältigt vom Erlebnis Japans. Gewaltig war sein Schauspiel vor mir aufgegangen, wie ein überreifer Granatapfel, der in der Sonne birst.

Zauberhafte Städte, mittelmeerische Küsten, Männer und Frauen mit bunten Schirmen, hölzerne Tempel, die von der Berührung der Gläubigen glänzten, Laternen aus Granit oder Seide, seltsames Stimmengewirr, gemischt aus Lachen und verhaltenem Weinen und dem tiefen Klang der alten, riesigen Glocken der Klöster ...

Mein Körper wollte sehen, hören, berühren, um an dieses orientalische Trugbild glauben zu können.

»Nun, Bruder Thomas«, sagte ich oft lachend zu ihm, »ins Himmelreich wirst du bestimmt nicht eingehen, denn du hast keinen Glauben, aber ins Erdreich kommst du und wirst darin verfaulen!«

»Was macht das schon?« entgegnete dieser heldenmütige und genußsüchtige Geselle, »was macht es, wenn ich nur sehe, berühre und fühle vor dem Verfaulen!«

Ich öffnete meine irdischen Augen, mir schauderte vor innerer Unruhe. Ich erntete das blühende Japan ab, Städte und Dörfer und zierliche Gärten, und ich ging davon, die Seele mit Blütenstaub bestreut.

Tempel duckten sich unter die Bäume und erhoben sich plötzlich aus dem Boden wie zornige Drachen. Und in diesen wilden Tempeln, tief in ihrem Inneren, gab es zarte Malereien, lächelnde Statuen, köstliche Haine ...

Ein paar verschwommene Schatten auf einem Seidenband – und siehe, sie zaubern in dir eine Landschaft von scheuer, mystischer Schönheit hervor. Die Vögel, die Bäume, die Könige, die Frauen, wie werden sie verwandelt und veredelt im magischen Medium der Kunst! Das Stoffliche ihrer Körper bleibt erhalten mit seinen winzigsten Einzelheiten, aber durch dieses Stoffliche hindurch ist ihr Wesen erkennbar, ja mehr als ihr Wesen: die uranfängliche Musik, die Große Mutter, die alle Dinge erzeugt …

Der japanische Künstler liebt die Gestalt der Dinge und respektiert sie; aber noch mehr liebt er ihre inwendigen Kräfte, denn sie sind es, die die geliebte Gestalt ins Leben rufen, indem ihr strömender Quell für einen Augenblick gerinnt.

»Malt nicht das geschaffene Ding«, lehrte ein alter Weiser, »sondern die wirkenden Kräfte, die es hervorgebracht haben!«

Alle diese Wunder der Linien und Farben, die sich verliebt in der leeren Luft ineinanderflechten, bezauberten meine unverbesserlich einfältigen Sinne. Oft ertappte ich mich, wie ich in den leidenschaftlichsten Augenblicken des Genusses mir selbst ganz leise riet: »Öffne die Augen, mach schnell, ehe der ganze Zauber zerrinnt!«

Manchmal, gegen Abend, fiel ein Schatten der Trauer auf mein Herz. Von wo kam dieser Schatten? Aus den Abgründen der Einsamkeit! Mir schauderte. Aber ich richtete mich bald wieder auf und ließ all die schönen Dinge, die ich tagsüber erlebt hatte, noch einmal lebendig werden – und der düstere Schatten verschwand.

In diesen Augenblicken des Entsetzens halfen mir die Worte des Abbé Mugnier. Dieser »Erwecker schlafender Seelen« erzählte mir einmal in Paris: »Gestern besuchte ich Bergson, der krank war; er hatte geschwollene Beine, er, der Meister des tanzenden Gedankens. ›Meister‹, sagte ich zu ihm, ›könnten Sie mir mit einem Wort das Wesen Ihrer Philosophie offenbaren?‹ Bergson dachte einen Augenblick nach; dann sprach er mit

seiner einschmeichelnden Stimme das magische Wort aus: ›Mobilisation!‹«
So mobilisierte ich alle Reserven meines Mutes und meiner Freude und versuchte, das zusammenhanglose Geräusch jeden Tages in einen klaren Klang zu verwandeln.
Aber noch blieb alles Bruchstück, noch hatte nicht die große, umwälzende Freude die Einzelheiten in einen schöpferischen Strudel gerissen.
Endlich kam der Tag.

Ich war in Nara, dem heiligen Herzen Japans. Ich irrte durch den Park mit den tausend Hirschen, ich folgte den Alleen mit den steinernen, von Moos zernagten Laternen. Ich suchte den alten Tempel Kasugas, des Gottes des heiligen Tanzes. Mein Herz pochte. Denn in diesem Tempel war No, die Tochter des Tanzes, geboren worden, die Hirschkuh mit den samtenen Augen, die japanische Tragödie.
Aus dem Schauspiel des Todes eine Quelle der Freude zu machen, über den Abgrund den Schleier zu breiten, in den rote Blumen und sich umarmende Leiber und phantastische Götter gestickt sind – das ist die kühnste und edelste Tat, zu der der Mensch gelangen kann. Die Tragödie ist die Tochter unserer stolzen Seele, die es wagt, ihr eigenes, über dem Abgrund schwankendes Bild zu betrachten.
Zu Beginn das hemmungslose Toben, die maßlosen Gefühle, die wilden Schreie. Der seinem Dämon verfallene Mensch stürzt sich in bewußtlosen Taumel. Die Mönche des Kasuga tanzten ekstatisch, wobei sie schreckenerregende oder komische Masken trugen; sie weinten und lachten, von heiliger Trunkenheit geschüttelt.
Allmählich beruhigt sich die siedende Seele, die maßlosen Gefühle unterwerfen sich einem Rhythmus, das überströmende

Herz höhlt sich sein reguläres Bett und stürzt sich ins Meer der Gottheit. Am Ende kommt das gesprochene Wort, der große Befreier; es schenkt dem Schreien Zusammenhang und adelt die Überspanntheit der Sinne. Das Leben sublimiert sich zur Kunst.

Zuerst hat Gott, der einzige Held, die ganze Bühne für sich und tanzt feierlich ganz allein. Die Menschen ziehen sich nach rechts zurück und hören schweigend den göttlichen Monolog. Gott spricht in der Einöde seiner Allmacht. Er will den Menschen, den rebellischen Wurm, zermalmen. Aber seht, nach und nach erhebt der Mensch das Haupt. Er nimmt aktiv am Drama teil. Er bekrittelt die Worte Gottes, er wagt, auf seine Fragen zu antworten. Er wagt mehr: Er stellt Fragen. Der Dialog zwischen Gott und Mensch entspinnt sich, die Handlung wird dramatisch und gehaltvoll. Gott ist nicht mehr allein, sein unfruchtbarer und eintöniger Monolog ist beendet, der Mensch hält schließlich stand neben ihm und spielt eine Rolle.

Allmählich verdrängt er Gott; der Mensch übernimmt die führenden Rollen, die bis dahin Gott allein spielte. Der menschliche Fortschritt folgt hier noch dem bekannten Rhythmus: 1. Gott für sich allein ist unfruchtbar. 2. Gott und Mensch, Mensch und Gott arbeiten zusammen, und die großen Kulturen entstehen auf der Erde. 3. Schließlich bleibt der Mensch allein, und alle Kulturen stürzen in den Abgrund zurück.

Japan war schöpferisch genug, in den so kurzen und so fruchtbaren Perioden der Zusammenarbeit dieser wilden und herrlichen Tochter, No, der japanischen Tragödie, das Leben zu schenken.

Als ich von weitem den alten Tempel des schöpferischen Tanzes in der Tiefe einer doppelten Reihe steinerner Laternen inmitten von Bäumen liegen sah, hüpfte mein Herz wie ein Zick-

lein. Ich begann fast zu laufen und kam außer Atem bei dem kleinen hölzernen Tempel an.
Aber ich hatte großen Durst. Eine Quelle sprudelte fröhlich vor dem Eingang, ich nahm den riesigen Holzlöffel, der hier aufgehängt war, und begann, gierig zu trinken.
»Trinken wir zuerst!« sagte ich zu mir selbst. »Kümmern wir uns vor allem anderen um unseren armen ›Bruder Esel‹, den Leib.«
Die Kühle des Wassers drang mir bis in die Fersen. Ich setzte mich auf eine wurmstichige Stufe des Tempels und lehnte mich an eine Säule wie ein Bettler. Ich senkte meine Blicke in das milde Zwielicht des Tempels: seltsame Musikinstrumente, Tanzmasken, Sandalen, seidene Gürtel, Fächer ... »Koto«, die gewaltige japanische Harfe, ruhte, am Boden hingestreckt, wie ein wildes Tier. Zwei junge Mädchen mit über die Schultern fließenden Haaren hatten sich in eine Ecke gekauert, den Kopf zwischen den Knien, wie müde Bacchantinnen.
Ich fühlte mich glücklich. Wie viele Jahre hatte ich diesen einen Augenblick herbeigesehnt! Diese hölzerne Stufe, auf der ich saß, war die letzte Station einer langen Sehnsucht. Die Wiege eines Flusses oder einer Idee zu sehen, war für mich immer die Quelle einer unsagbaren Freude oder Trauer.
Eine der beiden Bacchantinnen öffnete die Knie, hob den Kopf und schaute mich an. Die Tragödie mit den langgezogenen, samtenen Augen voll von Trunkenheit und Gottheit! Diese geschlitzten Augen, die mich im Dämmerlicht seltsam und regungslos anblickten, flößten mir heiligen Schauder ein: denselben Schauder, den der Stier fühlen mußte, wenn das Messer des Opferpriesters über sein Rückgrat glitt, vom Nacken bis zum Schwanz.
Wir sind ein Spielball unserer wunderlichen Phantasie, schon eine Bewegung der Augenlider kann gewaltige Flügel in uns wachrufen, die bis dahin schliefen. Ich ließ mich von diesem

Mädchen in ihren bewegungslosen Tanz hineinziehen. Auch ich tauchte ein in das Herz der Dinge, in die Trunkenheit ...
Die Bühne – ein kleiner Schinto-Tempel. Ein Mönch tritt herein, macht ein paar Schritte und singt dabei, wie wenn er auf Wallfahrt wäre. Er bleibt stehen. Er hebt die Arme im Drang der Freude: Er hat das Ziel seiner langen Pilgerschaft erreicht, den berühmten Tempel.
Eine zweite Person tritt ein, ein Priester, Fischer oder Bauer. Er rühmt die heilige Legende des Tempels und die Größe seines Gottes. Plötzlich verschwindet er auf geheimnisvolle Weise. Es war ein Gott oder auch das Phantom eines Asketen oder Kriegers.
Wieder allein, beginnt der Mönch abermals zu singen. Eine traurige, monotone Weise, ein verzweifelter Ruf; das Klagelied einer als Witwe hinterbliebenen Frau. Die Seele ruft ihren Gott.
Der schwere Vorhang teilt sich, und auf der Schwelle erscheint der Gott oder der Dämon des Tempels in seiner wahren Gestalt. Er kommt nach vorne, steif, mit starren Muskeln, Schritt für Schritt, als ob sein ganzer Körper von unsichtbaren Kräften vorwärts gestoßen würde. Er beginnt ganz langsam zu tanzen, feierlich und in sich gekehrt.
Schrecken befällt uns. Der Mensch ist vernichtet; er wagt nicht den Kopf zu heben und dem Dämon ins Auge zu blicken. Das direkte Schauen des Geheimnisses wäre für die menschlichen Sinne unerträglich. Panik würde die Seele ergreifen, und sie verlöre den Mut zum Leben.
Da mischt sich das Lachen ein. Am Ende jeder Tragödie erscheint – menschlich, allzu menschlich, ein wenig grob, doch heilsam – die Komödie: das befreiende Lachen. Nach jedem No-Spiel stürzen die Kyogen, die »närrischen Worte«, auf die Bühne, und ihr ausgelassenes Gelächter führt uns zur Herden-

natur des Menschen zurück und läßt uns das Unvergeßliche vergessen.
Das menschliche Herz beruhigt sich. Es bebte einen Augenblick, während es sich über den Abgrund beugte; schnell zieht es sich auf die feste, süße, von Gras und Früchten bedeckte Erde zurück. Und es lernt das Leben lieben mit hoffnungsloser Liebe; und es denkt sich die zärtlichsten Namen aus für die Erde, das Wasser, das Brot und die Frau ...
Die Augen der jungen Bacchantin wandten sich von mir ab; ich sank mit noch geblendeten Augen auf die Stufe des Tempels zurück.
Ich erhob mich und folgte langsam auf einem bemoosten Pfad der Litanei der Pilger. Ich dachte an die Leiden Gottes, die der Mensch sich im Schauspiel vorführt, um seine eigene Angst zu begreifen und zu lindern ... Ich dachte an die Einheit des menschlichen und göttlichen Leidens, an die demütige Bruderschaft aller Dinge.
Buddha, Christus, Dionysos sind eins – der Mensch, dieser vergängliche Gott, der leidet.

Schritt für Schritt folgte ich diesen zerlumpten, barfüßigen Pilgern, die so froh sangen, während sie zu ihrem Gott gingen.
Vor uns erschien ein Tempel, ein großer Hof, eine Allee mit blühenden Kirschbäumen und Bienen, die gierig Honig sammelten. Und ganz in der Tiefe hinter brennenden Weihrauchstäbchen die kolossale Statue Buddhas.
Ich betrachtete die verzückten Augen, die ausgetrockneten Münder, die mageren, demütig an den Hunger gewöhnten Hälse. Sie strömten in stummen Wellen heran, die sich an den Knien und Zehen Buddhas brachen.
Und Er, der große Bändiger der Phantasie, der Verächter jeden Trostes, blickte mit seinen starren Schlangenaugen lächelnd

auf die Menschenflut. Seine großen Hände vervielfältigten sich im Halbdunkel des Tempels, und jede Hand machte eine andere Geste über diesen einfältigen Köpfen: sie streichelte, rief heran, segnete oder verkrampfte sich auch drohend.
Ich betrachtete den Buddha, dieses schreckliche, sich drehende Rad, dann wieder die Pilger, deren vom Licht des Glaubens blinde Augen nicht die unzähligen Hände über sich sahen; und ich spürte an meiner rechten Schläfe, an meiner linken Schläfe zwei große, gleichmäßig schlagende Flügel.
Eine plötzliche Freude überflutete mich. Während ich meine skeptischen und furchtlosen Augen fest auf die Augen Buddhas richtete, glaubte ich auf seinen Lippen ein Lächeln des Einverständnisses zu bemerken.
Mit einem Mal fühlte ich mich bereit. Die heimtückische und verschwommene Musik in meinem Inneren formte sich zu klaren Worten, die dem Sinn verwehrten zu entfliehen, frei zu vagabundieren und verloren zu gehen. Meine Hände verkrampften sich vor Ungeduld.
Ich setzte mich in den blauen Schatten des Tempels und begann, unter dem ironischen und väterlichen Blick Buddhas, die beiden Strebungen in mir zu beobachten, die sich verfolgen, sich verflechten und sich trennen, sich abermals verfolgen und das Universum schaffen und vernichten.

5

Wir kommen aus einem dunklen Abgrund, wir enden in einem dunklen Abgrund. Den Raum zwischen diesen beiden Abgründen nennen wir das Leben.
Sogleich mit der Geburt beginnt der Tod; gleichzeitig ist Aufbruch und Rückkehr. In jedem Augenblick sterben wir.
Das ist der Grund, warum manche erklärten: Das Ziel des Lebens ist der Tod!
Aber ebenso beginnt gleich mit der Geburt unser Streben zu schaffen und die Materie in Leben zu verwandeln. In jedem Augenblick werden wir geboren.
Das ist der Grund, warum manche erklärten: Das Ziel des sterblichen Lebens ist die Unsterblichkeit.
In den lebendigen Körpern ringen die zwei Strömungen:
1) Das Streben zur Schöpfung, zum Leben, zur Unsterblichkeit;
2) Das Streben zur Auflösung, zur Materie, zum Tod.
Beide Strömungen haben ihren Ursprung im Innersten der uranfänglichen Kraft.
Zuerst befremdet das Leben; es scheint gesetzwidrig, wider die Natur zu sein – eine Reaktion gegen den Willen der Finsternis. Aber wenn wir tiefer eindringen, erkennen wir: Auch das Leben ist eine Willensäußerung des Universums, ohne Anfang und ohne Ende.
Beide Strömungen sind heilig.
Unsere Pflicht ist es, eine Anschauung zu gewinnen, die diese beiden gewaltigen Triebe zum Leben und zum Tod umfaßt und in Einklang bringt.

Und, dieser Anschauung entsprechend, unser Denken und unser Handeln zu ordnen.

Die Vorbereitung

Erste Pflicht:
Heiter, klar betrachte ich die Welt und sage: Alles, was ich sehe, höre, schmecke, rieche und berühre, ist nur Schöpfung meines Geistes.
Die Sonne geht auf, die Sonne geht unter in meinem Schädel. An der einen meiner Schläfen ist der Aufgang, an der anderen der Untergang. Die Sterne leuchten in meinem Gehirn; Ideen, Menschen, Tiere grasen auf den Weiden meines Kopfes, Singen und Weinen erfüllt die Muscheln meiner Ohren und erschüttert für einen kurzen Augenblick die Luft.
Mein Gehirn erlischt, und alles, Himmel und Erde, verschwindet.
»Ich allein existiere!« ruft das Gehirn.
»In meinen Kellerräumen weben meine fünf Knechte die Zeit und den Raum, die Freude und den Schmerz, die Materie und den Geist und trennen sie wieder auf.
Alles um mich her strömt wie ein Fluß, alles tanzt und wirbelt, die Gesichter zerrinnen wie Wasser, das Chaos brüllt.
Aber ich, das Gehirn, bahne mir geduldig, tapfer, geistesklar einen Weg mitten im Taumel. Wo alles durcheinanderwirbelt, ramme ich feste Wegmarken ein.
Zwischen diesen Marken schlage ich Brücken, bahne ich Wege, bebaue ich den Abgrund.
Langsam, mühsam bewege ich mich unter den Erscheinungen, die ich selbst hervorbringe; ich klassifiziere sie, um mühelos unterscheiden zu können, ich zwinge sie unter Gesetze und spanne sie ein für meine praktischen Bedürfnisse.

Ich weiß nicht, ob hinter den Erscheinungen ein höheres, geheimnisvolles Wesen lebt und wirkt. Ich weiß es nicht, und ich frage kaum danach. Ich erzeuge die Erscheinungen, in bunten Farben male ich den ungeheuren, phantastischen Vorhang vor den Abgrund.

Ja, mein Reich ist bloß Menschenwerk, vergänglich, Fleisch von meinem Fleisch. Aber es ist die einzige gediegene Schöpfung; nur innerhalb seiner festen Grenzen ist mir fruchtbare Arbeit möglich.

Ich bin der Bearbeiter des Abgrunds. Ich bin der Betrachter des Abgrunds. Ich bin die Theorie und die Tat. Außerhalb meiner existiert nichts.«

Ohne sinnlosen Widerstand die Grenzen des Menschen zu sehen und zu akzeptieren und innerhalb dieser Grenzen ungeniert zu atmen und zu arbeiten, das ist deine erste Pflicht.

Errichte geduldig und tapfer über dem Dunkel und dem Wankenden das feste und lichte Reich des Geistes.

Mach dir diese bitteren und fruchtbaren Wahrheiten klar und akzeptiere sie heroisch:

1. Der menschliche Geist vermag nur Erscheinungen zu fassen, nie das Ding an sich.
2. Und auch nicht alle Erscheinungen, nur die materiellen.
3. Und auch nicht die Erscheinungen der Materie, nur die Beziehungen zwischen ihnen.
4. Selbst diese Beziehungen existieren nicht als wirkliche, vom Menschen unabhängige; auch sie sind vom Menschen erzeugt. Sie sind auch nicht die einzigen dem Menschen möglichen; sie sind nur die für unsere intellektuellen und praktischen Bedürfnisse bequemsten.

Diesseits dieser Grenzen ist der Geist der legitime und absolute Monarch. Keine andere Macht kann es hier je geben.

Ich erkenne diese Grenzen an, ich akzeptiere sie in Entsagung und Liebe und fülle sie aus mit meiner mühevollen Anstrengung.
Ich bändige die Materie, ich zwinge sie, ein guter Führer meines Geistes zu werden. Ich liebkose Pflanzen, Tiere und Götter, als ob sie meine Kinder wären. Ich fühle, wie sich das ganze Universum mit mir verbindet und mir geschlossen folgt.
In schrecklichen Augenblicken durchzuckt mich die Erkenntnis: All das ist ein grausames und vergebliches Spiel, ohne Anfang und Ende, ohne irgendeinen Sinn. Aber schnell binde ich mich wieder aufs Rad der Notwendigkeit, und das Universum beginnt wieder um mich zu kreisen.
Disziplin, sie ist die höchste Tugend. Nur durch sie ist die Balance zwischen Kraft und Wunsch möglich und trägt die mühselige Anstrengung des Menschen Früchte.
Begreife klar die Allmacht des Verstandes innerhalb der Erscheinungswelt und seine Unfähigkeit, über die Erscheinungen hinauszugehen, ehe du dich auf den Weg zum Heil begibst.

Zweite Pflicht:
Ich akzeptiere die Grenzen nicht, die Erscheinungen können mich nicht fassen; ich ersticke!
Diese Qual zu durchleben, das ist deine zweite Pflicht.
Der Verstand paßt sich an, aber das Herz erstickt, es stürmt los, um das Netz der Notwendigkeit zu zerreißen.
Die Erde, die Luft, das Wasser zu erobern; die Zeit und den Raum zu besiegen; zu begreifen, wie sich die Phantome, die meinem Gehirn entsteigen, gruppieren – was soll mir das?

Nur ein Verlangen beherrscht mich: zu entdecken, was sich hinter den Erscheinungen verbirgt, das Geheimnis, das mich

umgibt, und ob jenseits der unaufhörlichen Ebbe und Flut der Welt eine ewige, feststehende Gegenwart mit ihr im Streit liegt. Wenn der Verstand sich nicht berufen fühlt zu diesem Exodus, ach, sollte nicht mein Herz dazu imstande sein?
Jenseits des Menschen suche ich die unsichtbare Geißel, die den Menschen zum Kampf treibt.
Jenseits der Tiere lauere ich auf das ewige Antlitz, das, indem es die zahllosen Masken erzeugt, vernichtet und umschmilzt, darum ringt, dem fließenden Fleisch seinen Stempel aufzudrücken.
Jenseits der Pflanzen sehe ich die ersten, wankenden Schritte des Unsichtbaren über dem Schlamm.
Ein Befehl ertönt in mir:
»Grabe! Was siehst du?«
»Menschen und Vögel, Blumen und Steine.«
»Grab weiter! Was siehst du?«
»Ideen und Träume, Blitze, Phantome ...«
»Grab weiter! Was siehst du?«
»Nichts! Eine Nacht, dicht, stumm, taub, wie der Tod. Das muß der Tod sein.«
»Grab weiter!«
»Ach, ich kann diese schwarze Wand nicht durchdringen. Ich höre Schreie und Weinen, ich höre das Rauschen von Flügeln, fern, fern am anderen Ufer!«
»Weine nicht! Die Schreie, die Tränen und die Flügel sind dein eigenes Herz!«
Schaudernd schreite ich jenseits des Verstandes am Rand des heiligen Abgrunds des Herzens voran. Der eine Fuß steht auf der sicheren Erde, der andere tappt im Dunkeln über dem Abgrund.
Ich fühle hinter all diesen Erscheinungen ein Wesen, das kämpft. Ich will mich mit ihm vereinigen.

Ich fühle, daß dieses kämpfende Wesen seinerseits danach strebt, sich hinter den Erscheinungen mit meinem Herzen zu vereinigen. Aber der Körper steht zwischen uns und trennt uns. Der Verstand steht zwischen uns und trennt uns.
Was ist meine Pflicht? Den Körper zu zerbrechen, dem Verstand Schweigen aufzuerlegen, damit ich den Unsichtbaren sehen und hören kann.
Ich schreite am Rande des Abgrunds, und ich zittere. Zwei Stimmen kämpfen in mir. Das Gehirn: »Warum unsere Zeit verlieren auf der Jagd nach dem Unmöglichen? Unsere Pflicht ist es, im Bezirk der fünf Sinne die Grenzen des Menschen anzuerkennen!«
Aber eine andere Stimme – nennen wir sie die sechste Kraft, nennen wir sie das Herz – widerstrebt und ruft: »Nein! Nein! Anerkenne niemals die Grenzen des Menschen! Zerbrich die Grenzen! Leugne, was deine Augen sehen! Stirb und erkläre: ›Den Tod gibt es nicht!‹
Ich sehe deine Werke, ich kenne deine Kraft und deine Hoffnungen. Ich ersticke, ich will fliehen!«
Das Gehirn: »Mein Auge, klar und hoffnungslos, betrachtet das Ganze. Das Leben ist ein Spiel, eine theatralische Darstellung, die die fünf Schauspieler meines Körpers geben.
Ich sehe zu, neugierig und unersättlich, und ich besitze nicht die Einfalt des Bauern, der an das glaubt, was er sieht, und auf die Bühne steigt, um sich in die blutige Komödie einzumischen.
Ich bin der gauklerische Fakir, der, unbeweglich am Kreuzweg der fünf Sinne sitzend, sich die Welt ansieht, ihr Entstehen und Vergehen, der zusieht, wie es die Menge treibt und wie sie schreit auf den bunten Pfaden des Nichts!
Herz, o einfältiges Herz, gib Ruhe und gehorche!«
Aber das Herz bäumt sich auf und ruft: »Ich bin der Bauer und

stürme auf die Bühne, und ich mische mich in den Lauf der Welt!
Ich räsoniere nicht, noch kalkuliere ich, noch gehorche ich. Ich stürme voran, indem ich meinen Wünschen folge.
Ich schreie, und ich frage, während ich auf das Dunkel einhämmere: ›Wer hat uns auf die Erde geworfen, ohne uns um Erlaubnis zu fragen?‹
Ich bin eine schwache und vergängliche Kreatur, geformt aus Lehm und aus Träumen. Aber in meinem Inneren fühle ich alle Kräfte des Universums kreisen.
Ich will für einen Augenblick, ehe sie mich zerbrechen, meine Augen öffnen und sie sehen. Das ist das einzige Ziel meines Daseins!
Ich will eine Rechtfertigung dafür finden, daß ich lebe, um dieses furchtbare tägliche Schauspiel von Krankheit, Häßlichkeit, Ungerechtigkeit und Tod ertragen zu können.
Von der dunklen Grube des Schoßes komme ich. Ich bin unterwegs zur andern dunklen Grube des Grabs. Eine Hand schleudert mich heraus aus dem dunklen Abgrund, eine andere Hand zieht mich unwiderstehlich in den dunklen Abgrund hinein.
Ich bin nicht der Verurteilte, den man betrunken gemacht hat, damit sein Gehirn sich trübe; mit klarem Geist durchmesse ich den kurzen Pfad zwischen den zwei Abgründen.
Ich bemühe mich, meinen Kameraden ein Zeichen zu geben vor dem Sterben; ihnen die Hand zu reichen, ihnen ein redliches Wort zuzuwerfen, ihnen zu sagen, welches Bild ich mir von dieser Reise mache und wohin sie nach meiner Vermutung gehen wird und welchen Rhythmus wir unserem Schritt und unserem Herzen geben müssen.
Ein Losungswort unter Verschworenen meinen Kameraden zuzuwerfen, ein einfaches und klares Wort vor dem Sterben!«

Ja, das Ziel der Erde ist nicht der Mensch. Sie hat ohne ihn gelebt, sie wird ohne ihn leben. Der Mensch ist nur eine vorübergehende Abweichung von ihrer Kreisbahn.
Umarmen wir uns, rücken wir eng zusammen, vereinigen wir unsere Herzen, schaffen wir, wir Menschen, solange die Temperatur der Erde es zuläßt, solange nicht Erdbeben, Sintfluten, Gletscher, Kometen kommen und uns auslöschen, schaffen wir ein Gehirn und ein Herz auf der Erde; geben wir dem menschlichen Kampf einen menschlichen Sinn!
Diese Qual ist deine zweite Pflicht!

Dritte Pflicht:
Das Gehirn richtet sich innerhalb seiner Grenzen ein. Es will sein Gefängnis, den Schädel, mit großen Werken anfüllen. Es will heroische Parolen an die Wände schreiben, Vögel auf die Ketten malen, träumen von der Freiheit.
Aber das Herz richtet sich nicht ein. Es fühlt, daß jemand an die Tür klopft, es hört in der Luft Stimmen der Liebe; es antwortet mit einem Schütteln seiner Ketten, als wären es Flügel.
Laß diesen Kampf hinter dir! Befreie dich von der naiven Behaglichkeit des Gehirns; befreie dich vom Schrecken des Herzens, das das Wesen jenseits der Erscheinungen sucht.
Überwinde auch die letzte, die größte Versuchung: die Hoffnung.
Wir kämpfen, denn das gefällt uns. Wir singen, und es liegt wenig daran, ob es ein Ohr gibt, das uns hört, oder keines.
Wir arbeiten, und es liegt wenig daran, ob es einen Herrn gibt, der uns am Abend den Lohn auszahlt. Wir arbeiten nicht um Lohn: Dieser Weinberg Erde gehört uns.
Wir graben unseren Weinberg um, wir beschneiden ihn, wir lesen und keltern seine Trauben, wir trinken den Wein, wir singen und weinen, Bilder und Ideen steigen in unserem Gehirn auf!

Für welche Jahreszeit und Arbeit im Weinberg bestimmte dich das Los? Für das Graben, für die Ernte, für das Fest? Das ist gleich.

Ich singe, ich fülle mein Glas mit Wein, und ich wiederhole die Plackerei von Vater und Großvater. Der Arbeitsschweiß rinnt über meine trunkene Stirn.

Nimm in jeder Minute Abschied von allem! Fasse jedes Ding ruhig, leidenschaftlich ins Auge und sage: Nie mehr!

Wirf einen Blick um dich her. All diese Körper, die du siehst, werden verfaulen. Es gibt keine Rettung.

Schau hin: Sie leben, sie arbeiten, sie lieben, sie hoffen.

Schau wieder hin: Alle sind verschwunden!

Die Geschlechter der Menschen erheben sich aus der Erde und sinken in die Erde zurück.

Wohin gehen wir? Frage nicht! Steig und sinke! Es gibt keinen Anfang, es gibt kein Ende. Es gibt nur diesen Augenblick jetzt, voll Bitternis und Süße, und ich koste ihn bis zum Grund.

Das Leben ist gut, der Tod ist gut. Rund und fest fühlt sich die Erde an, wie die Brust der Frau in meinen kundigen Händen. Ich gebe mich allem hin, ich liebe, ich leide, ich kämpfe. Die Welt erscheint mir weiter als das Gehirn, mein Herz wie ein dunkles und allmächtiges Geheimnis. Meine Wirbelsäule entlang steigen und fallen zwei ewige Ströme.

Ich bin ein Schlauch voll Fleisch und Knochen, Blut, Wasser und Tränen, Visionen und Wünschen. Einen Augenblick bewege ich mich auf der Erde, ich atme, mein Herz schlägt, mein Geist funkelt, und plötzlich öffnet sich die Erde und verschlingt mich.

Aber gleichzeitig trägt mich ein mächtiger Atem in mir nach oben, ein unnachgiebiges Streben zu kämpfen, nicht zu schlafen, mich nicht zu erniedrigen, nicht zu sterben.

In meinem Innersten umarmen und bekämpfen sich ein Mann und eine Frau.
Der Mann erklärt: »Ich bin das Weberschiffchen, das Kette und Einschlag auftrennen will; weit ab vom Handwerk der Notwendigkeit will ich weben. Ich will über das Gesetz hinaus, die Körper zerbrechen, den Tod besiegen. Ich bin der Samen.«
Und die andere Stimme, die der Frau, widersetzt sich und antwortet: »Ich kauere mich mit gekreuzten Beinen auf die Erde, ich senke meine Wurzeln tief hinab in die Gräber; regungslos empfange ich den Samen und nähre ihn; mein ganzes Wesen ist schwellende Brust!
Und ich will zurückkehren zu den Anfängen, hinabsteigen ins Tier, ja noch tiefer, in die Pflanze, und mich ausstrecken in Wurzeln und Schlamm und mich nicht mehr rühren.
Ich hemme, ich unterjoche den Atem, ich lasse ihn nicht auffliegen, ich hasse die aufsteigende Flamme. Ich bin der Schoß!«
Mein Herz ist ein Tanz der fünf Sinne. Mein Herz ist ein Contretanz der Absage an die fünf Sinne.
Zahllose sichtbare und unsichtbare Mächte freuen und beruhigen sich, wenn ich den Hang hinabtreibe und zur Erde zurückkehre.
Zahllose sichtbare und unsichtbare Mächte freuen sich, wenn ich mich unter schmerzhafter Anstrengung gegen den furchtbaren Abtrieb nach oben arbeite.
Mein Herz fließt. Ich suche nicht den Anfang, nicht das Ende der Welt. Ich folge ihrem schrecklichen Rhythmus und marschiere.
Mein Geist, halte dich, wenn du kannst, einen Augenblick lang über den dunklen Wogen und erfasse mit einem einzigen, leidenschaftlichen Blick das Meer. Dann tauche wieder in die Wogen ein und setze den Kampf fort.

Unser Körper ist ein Schiff, das über die schwarzen Wasser segelt. Was ist seine Bestimmung? Zu sinken!
Denn der Atlantische Ozean ist ein unüberwindlicher Katarakt, die Neue Welt existiert nur im Herzen des Menschen, und plötzlich wirst du, lautlos herumgewirbelt, im Katarakt des Todes versinken, du und die ganze Galeere der Welt.
Wende verzweifelt und furchtlos den Bug dem Abgrund zu.
Sage: Nichts existiert!
Nichts existiert. Weder das Leben noch der Tod. Betrachte Materie und Geist als zwei Phantome, die sich lieben und einander verfolgen, sich umarmen und verschwinden, und sage: »Dieses Schauspiel gefällt mir!«

6

Die Luft hatte jetzt einen anderen Geschmack. Indem ich die verschwommene Musik, die meine Seele vibrieren ließ, durch Worte fixierte, gab ich der Welt ein anderes Gesicht. Japan nahm eine duftige, unwirkliche, den Bedürfnissen meines Geistes gemäße Beschaffenheit an. Ich sah hinter der Wirklichkeit, die wimmelnd, brausend und gefährlich aufsprudelte, nur das Spiel von Erde, Wasser, Feuer, Luft und Geist, die das Bild Japans zusammensetzen und es wieder zersetzen.
Ich hatte in diesem geistigen Abenteuer das gefunden, was ich hineingelegt hatte. Ich ließ aus dem Ozean ein Japan aufsteigen mit dem Gesicht meiner Sehnsucht.
Ich brauchte eine Wirklichkeit mit den Mechanismen des Traums, um sie in den Dienst meines inneren Auges stellen zu können, das das Universum wie eine bunte Fata Morgana betrachtete.
Die Bananenbäume, die sich auf ihm abbilden, die blauen Seen und die Frauen sind aus dem Stoff des Regenbogens; das innere Auge weiß das, aber es freut sich trotzdem an den imaginären Bananen, die ihm seinen wirklichen Hunger stillen, am Wasser, das es erfrischt, und an den Frauen, die ihm eine unversiegbare Reihe schöpferischer Bewegungen eingeben.
Ich sah die Menschen sich in diesen morgendlichen Dunst stürzen, und ich lächelte selbstgefällig über ihre grobe Einfalt. Ich war stolz und glücklich. Was ist meine Pflicht? fragte ich mich. Den großen Trick zu begreifen. Die Puppe Erde auseinanderzunehmen, in ihrem Bauch das Stroh und die Kleie zu

entdecken und den kleinen, sinnreichen Mechanismus, der sie sprossen, blühen, Frucht tragen, sterben und wiedergeboren werden läßt; sie wieder in Ordnung zu bringen, ohne Zorn und ohne Ekel, sie zu betrachten, wie sie aufs neue ihre Wunder vorführt.

Und mich nicht mehr hinters Licht führen zu lassen!

War es in Nara, in Kioto oder in den erhabenen Bergen von Nikko? Ich schritt durch einen Garten mit großen, knospenden Bäumen; ich passierte das karmesinrot bemalte Schinto-Tor, das »Tor des Glücks«, ich erreichte die hölzernen Stufen des alten, den Geistern der Ahnen geweihten Tempels.

Keine Statue, kein Bild, das den Geist verführen könnte, die Natur zu verengen und zu vermenschlichen. Nur ein weites Gefäß aus Bronze, mit klarem Wasser gefüllt. Die Wolken ziehen darüber, und du siehst zu, wie sie sich im durchsichtigen Wasser spiegeln.

Ich beugte mich darüber und betrachtete mein Gesicht, das darin wie ein Schatten schwankte. Ein Blatt fiel von einem nahen Baum und trieb wie eine Galeere langsam über mein Gesicht. Eine Brise wehte, und das Wasser kräuselte sich schaudernd.

Göttliche Nacktheit, nackte Frau, vergängliches Glück! Meine Seele ist voll reinen Wassers wie dieses Bronze-Gefäß an der Schwelle des Schinto-Tempels. Liebe, Ideen, Freuden, schreckliche Ahnungen ziehen über sie hinweg wie leere Wolken und tote Blätter.

Über dieses Schinto-Wasser sah ich langsam das strenge, feingeschnittene Antlitz Japans ziehen.

Später, in einem kaiserlichen Hof von Peking ... Feiner, ganz sanfter Regen ... Ich war mit einer jungen Frau zusammen; wir beugten uns über einen Tümpel mit schwarzem Wasser, und ich sah die beiden Gesichter nebeneinander auf dem dunklen

Wasser zittern. Und plötzlich fühlte ich, daß ich diese Frau liebte. Denn ich hatte sie an meiner Seite gesehen, auf dem Rücken, im Tod.
Eines Tages, als ich dieses Schinto-Wasser betrachtete – war es in Nara, in Kioto oder in Nikko? –, begriff ich, daß ich Japan liebte.
Die Reise hatte ihre Frucht getragen: einen roten, mit Asche gefüllten Apfel, und ich liebte ihn. Er war genau wie der, den ich lange ersehnt hatte. Ich hielt ihn in meiner liebkosenden Hand, wie Gott auf den byzantinischen Ikonen eine rote Kugel hält, die Erde, oder wie der Liebende die feste Brust seiner Geliebten umfaßt.
Und jetzt, am Vorabend meiner Abreise, nahm ich, die Frucht meiner Reise streichelnd, Abschied von allen Freuden, die ich in diesen fremden Ländern und Meeren erlebt hatte. Mit heimlichem Vergnügen hörte ich den berühmten Raben, meine Nachtigall, auf meiner linken Schulter krächzen: »Never more!« Nie mehr! Und meine Freude verdoppelte sich, dieser bittere Geschmack reizte meinen Stolz, ich entriß das wind- und wettergegerbte, strenge, lächelnde Antlitz Japans dem Tod und nahm es unter meinen Lidern mit mir.
»Nie mehr!« rief ich außer mir vor Freude. Ich habe keine Angst, ich bin frei. Buddha gab mir ein Zeichen, und wir lächelten zusammen, eines Nachmittags in Nara, inmitten einer blinden Menge.
»Nichts existiert!« hatte er mir leise anvertraut. »Weder das Leben noch der Tod. Betrachte Materie und Geist als Phantome, die sich lieben, einander verfolgen, sich umarmen und verschwinden, und sage: ›Dieses Schauspiel gefällt mir.‹«
So schritt ich über dem Nichts dahin, der sichersten Burg des Glücks, als ich diesen heiseren, erstickten Schrei hörte, der mein Herz zerriß: »Hilfe!«

7

Ich schaue um mich her; ein ganz kleiner Garten, feucht und lau; eine Laterne aus Stein, vom Efeu dicht umrankt; eine alte, winzige Holzbrücke und grünes Wasser, das leise murmelnd dahinfließt. Drei blühende, von geduldiger und kundiger Hand gezogene Kirschbäume beugten sich wie Trauerweiden über einen umschatteten Tümpel.
Und ganz hinten im Garten Sukija, der kleine Tempel des Cha-no-you, der Teezeremonie.
Der schrecklich bittere Geschmack dieses hieratischen Tees haftet noch an meinen Lippen. Ich sehe das kleine, kahle Zimmer wieder. Gelbe Matten. Auf den Matten hockend gelbe Männer und Frauen. Über mir, an der Wand, ein Kakemono aus Seide: das Porträt von Rikyou, dem großen Meister des Cha-no-you, in seiner schweren Samurai-Robe.
»Meister, enthülle mir das Geheimnis deiner Kunst!« bat ihn eines Tages ein alter Herr.
»Im Winter richte das Zimmer derart ein, daß es warm wirkt; im Sommer gib ihm eine kühle Atmosphäre. Koche das Wasser, wie es sich gehört, und gib dem Tee einen angenehmen Geschmack.«
»Aber diese Dinge, Meister, weiß jeder!«
»Wenn der Mann geboren sein wird, der diese Dinge nicht nur weiß, sondern der sie auch auszuführen versteht, werde ich mich zu seinen Füßen setzen und mich seinen Schüler nennen!«
Ich setzte mich mit gekreuzten Beinen zu Rikyous Füßen. Ja,

Meister, du hast dein Geheimnis enthüllt, aber es war so einfach, daß niemand es fassen konnte.
Das Geheimnis der großen Meister ist wie jenes des Glücks: Wir erwarten Ekstasen, Blitzschläge, übermenschliche Kämpfe, und siehe, dieses Glück ist etwas sehr Einfaches, sehr Menschliches, fast Banales; Gott ist kein Erdbeben, kein Brand, kein Wunder; er ist nur eine sanfte Brise, die vorüberstreicht.
Eine Tür öffnet sich geräuschlos, eine Geisha erscheint, in ihren schweren schwarzen Kimono gehüllt; sie schreitet ganz langsam, aufrecht und gefaßt, wie die Priesterin eines strengen Ritus. Sie verneigt sich. Hinter ihr trippelt lieblich und ergeben, mit leicht geöffneten Knien, ihre kleine Begleiterin, mit einem dünnen, starren Lächeln auf den Lippen, wie eine archaische Kore.
Man hört das Summen des kochenden Wassers. Früher warf man in den Teekessel kleine Erdbrocken, die eine seltsame Melodie erzeugten; die versammelten Gäste hörten, um mit einem alten Dichter zu sprechen, »einen Wasserfall fern in den Bergen, noch weiter entfernt das Meer, das sich an den Klippen brach, den über das Schilf brausenden Regen, die Kiefern, die im Wind flüsterten ...«
Ich horche auf: Hinter dem dünnen Schirm der Bambuswände höre ich den schrecklichen Atem Tokios, einen wirren, schrillen Lärm aus Schreien und Gelächter, Fabriksirenen, dem Hupen von Automobilen und dem Ticktack kleiner, lackierter Holzschuhe.
»Meister«, sagte ich zu Rikyou, »verzeih mir, ich gehe.«
Der kleine Garten, still und unauffällig in einen sonnengebadeten Winkel der Stadt geduckt, atmet und verströmt einen blauen Dunst wie ein nackter Leib. Und ich atme mit ihm in der Sonne und fühle mich glücklich.
Ein alter, runzeliger Mönch, ein Biku in orangefarbener Robe,

streichelt mit seinen feinen Händen langsam, mit liebevoller und grausamer Beharrlichkeit, die widerstrebenden Äste einer jungen Kiefer. Er streichelt sie und läßt sie nicht aus den Augen, als ob die Kiefer ein schönes und drohendes Tier wäre.
Er zähmt sie. Schon schleppt die Kiefer einen langen, buschigen, ganz grünen Schwanz am Boden her, wie ein Pfau.
Im bescheidenen Kreis seiner Aufgabe – einen Baum zu bändigen – hält sich dieser alte Gärtner an die gleichen unerbittlichen, von Liebe überquellenden Gesetze, denen die großen Asketen immer folgten, und er erringt denselben schweren Sieg: Er bändigt die rebellischen Kräfte der Natur und gibt ihnen die von seinem Geist bestimmte Form.
Ich lächle diesem alten Gärtner zu, der das große Geheimnis des Kampfes nicht verloren hat; ich neige voll Respekt den Kopf.
Er erwidert mein Lächeln; seine Hand bleibt einen Augenblick in der Luft. Mit einer knappen, ehrerbietigen Geste stellt er mir den Garten vor, als ob dieser Garten ein großer Herr wäre: »Er ist vor drei Jahrhunderten von einem unserer alten Dichter angelegt worden. Können Sie, der Sie vom Ozean her gekommen sind, verstehen, was er ausdrückt?«
»Ich verstehe so viel«, antwortete ich demütig, »wie ein Barbar aus dem Westen verstehen kann – wenig.«
Der Mönch lächelt in sein Ziegenbärtchen; er ist zufrieden. Er kreuzt seine zarten Hände über seiner schmächtigen, weißbehaarten Brust. Seine Stimme klingt sanft und monoton wie ein Sprechgesang: »Unsere alten Künstler legten Gärten an, wie man ein Gedicht verfaßt. Eine schwierige, verwickelte, viel Takt erfordernde Arbeit. Jeder Garten muß seinen eigenen, besonderen Sinn haben und eine bedeutende, abstrakte Idee aufscheinen lassen: die Seligkeit, die Unschuld, die Einsamkeit oder die Lust, den Stolz und die Erhabenheit. Und dieser Sinn

soll nicht der Seele des Besitzers entsprechen, sondern der umfassenderen Seele seiner Ahnen oder noch besser seiner ganzen Rasse. Denn, sagen Sie mir, kann das Individuum an sich je irgendeinen Wert besitzen?«

»Nein, nein!« rief ich aus, plötzlich überwältigt von dieser so entschiedenen und so sanften Stimme.

»Das Individuum«, sagte er leise, »ist ein flüchtiger Schatten; der Garten bleibt, wie jede Gestalt der Kunst. Er atmet die Ewigkeit.«

»Welche Ewigkeit?« Ich ließ meinen Ausruf nicht hörbar werden; ich wollte den alten Gärtner nicht unterbrechen, der im Namen einer Rasse von ewigen Ameisen sprach.

»Dieser kleine Garten hat seinen besonderen Sinn; er ruft in uns die Vorstellung einer bedeutenden Idee hervor: der Einsamkeit. Der Entfernung von den Menschen und ihren Sorgen; der Ruhe, des stummen und ergebenen Verrinnens der Dinge. Wir befinden uns im Herzen einer ungeheuren Stadt, voll von Lärm und Sünde; wir öffnen diese Tür, wir machen einen Schritt, und siehe, wir sind weit, sehr weit weg, im grünen, moosigen Herzen der Einsamkeit. Eine kleine Tür, ein Schritt – und wir sind gerettet.«

Der alte Mönch in der orangefarbenen Robe warf mir einen amüsierten und ironischen Blick zu; dann ließ er sein Auge liebkosend über diesen Garten schweifen, der nichts anderes war als seine sichtbare Seele.

Auf einmal fuhr er auf; mit überstürztem Schritt eilte er in die Nähe der alten Brücke; ein kleiner, moosbedeckter Stein war verschoben worden; er legte ihn an seinen Platz zurück.

»Haben Sie bemerkt«, fragte er mich atemlos, »welchen Mißklang dieser Stein im Ganzen hervorrief? Ein grober Besucher muß ihn verrückt haben. Man fühlte die Einsamkeit nicht mehr; der Garten hatte seinen Sinn verloren; man spürte ge-

nau, daß jemand durchgegangen war. Die Anmut war zerstört. Haben Sie das gemerkt?«
Ich antwortete nicht. Mein Herz war betrübt und gedemütigt: Ich hatte nichts gemerkt. Meine europäische Haut war zu dick. Ich lenkte das Gespräch auf etwas anderes. Ich zeigte auf die junge Kiefer, die ihren langen, smaragdenen Schwanz am Boden schleppte: »Wie haben Sie dieses Wunder zustandegebracht?«
»Durch Geduld und Liebe, ganz einfach. Von klein auf streichle ich, drücke ich, errege ich, werbe ich um sie, sanft und unerbittlich. Jeden Morgen, jeden Abend ... Ich dränge ihre jungen Äste dorthin, wo ich will ... Ganz einfach.«
Ich schwieg verwirrt. Diese menschliche Ameise wanderte mühelos, ohne es zu bemerken, über Gipfel, zu denen wir anderen mit atemlosem Eifer streben.
Nicht er ist es, der wandert und der spricht und der die Bäume oder die Ideen bändigt; über seine mageren Schultern und seine dünnen Finger hinweg sehe ich die geduldige Rasse zahlloser Gelber. In diesen tiefen Ländern, wo die Toten über die Lebenden herrschen, gibt es das Individuum nicht; es gibt nur die Masse; und vor allem die schreckliche, undurchdringliche Masse der Toten. Jede gelbe Minute ist schwer von Jahrhunderten.
Ich denke an diese Methode des Gärtners. An unsere inneren Gärten ... Liebe, Härte, Geduld; aus unserem Herzen einen Garten machen; diesem Garten den einzigen Sinn geben, der unsere Seele erheben kann. Sie erheben und sie festen Schrittes dem Tode entgegenführen ...
Ich denke an meine Seele ... Mein ganzes Leben war nichts als ein verzweifelter Kampf mit den Mächten der Finsternis und vor allem mit den Mächten des Lichts, die jeder von uns in sich trägt. Stöhnend bemühe ich mich, in jedem Augenblick wie-

derzuerringen, was ich in meinem ganzen Leben errungen habe: diese winzige Arena der Freiheit, diesen zitternden Funken des Geistes, diese unbotmäßige, blutrote, vergängliche Flamme meines Herzens.
Ach, könnte ich auf diesen Gipfel der Anstrengung gelangen, zur Ruhe, und dort oben den Kampf fortsetzen, ohne Grimassen, ohne daß der Schweiß meinen Körper überströmt!
»Woran denken Sie?«
Ich hebe den Kopf; für einen Augenblick hatte ich den alten Biku vergessen.
»Ich denke an die inneren Gärten …« antwortete ich.
»O Dämon vom Ozean! Nicht so hastig! Beginnen wir mit den äußeren Gärten, arbeiten wir uns geduldig von Stufe zu Stufe. Wenn uns die Arbeit im äußeren Garten geriet, wollen wir uns an das Herz machen. Das ist komplizierter, subtiler. Und dann …«
Er zögerte einen Augenblick; er sah mich mit einer Traurigkeit an, in die sich Mitleid mischte. Endlich entschloß er sich: »Und dann haben wir einen anderen Garten zu bestellen, einen noch schwierigeren, geheimeren, unendlich höheren, in dem es weder Bäume noch kühles Wasser noch abstrakte Ideen gibt …«
»Nur Luft?«
»Auch sie nicht.«
»Und wie heißt dieser Garten?«
»Buddha!«

8

Buddha! Das Wort fiel, dunkel und süß, wie ein Tropfen Honig. Nie habe ich in meinem Leben ein so stilles und intensives Glück empfunden. »Gott ist nur ein Aufspringen des Herzens und eine milde Träne« – dieses Wort eines byzantinischen Mystikers glitt in meine Brust und erfüllte sie mit Gewißheit. Selig war ich eingetaucht in das Nichts Gottes. Eine unerschütterliche und vollkommene Seligkeit. Ist dies das unsterbliche Leben? Niemand weiß es; doch in jenem Augenblick, in jenem Garten der Einsamkeit, fühlte ich mich in ein unbewegliches Glück versenkt, wie ein Insekt vom Bernstein umschlossen ist. Und auf einmal, in einem gänzlich unerwarteten Augenblick, gerade nach dem vom Mönch gesprochenen Wort »Buddha«, dieser heisere und erstickte Schrei, der mein Herz zerriß: »Hilfe!«

Der Mönch war verschwunden. Ich lehnte mich an den Stamm eines Kirschbaums und beugte den Kopf über meine Brust.

Wer hat geschrien?

Der Schrei dröhnte in mir, immer dumpfer von Höhle zu Höhle. Schließlich herrschte wieder Schweigen; es war zurückgekehrt in die unzugänglichen und stummen Quellen meines Seins.

Alles wurde wieder ruhig. Mein über die Ufer getretenes Blut kehrte in sein Bett zurück. Ich sammelte meine Kräfte, und langsam, mühsam, begann ich durch menschliche und klare Worte meine brüllende Angst zu bändigen.

Wer hat geschrien?
Nimm deine Kraft zusammen und lausche; das ganze Herz des Menschen ist ein Schrei; beuge dich über deine Brust, um ihn zu hören. Einer in dir kämpft und ruft.
Du mußt in jedem Augenblick, Tag und Nacht, mitten in deiner Freude und deinem Schmerz, tief in der täglichen Not diesen Schrei hören, diesen Schrei hören, leidenschaftlich oder gefaßt, wie es deiner Natur entspricht; ob du handelst oder denkst und dich bemühen zu begreifen, wer ruft; und was er will ... und wie wir, die Menschen, unsere Kräfte organisieren müssen, um ihm zu Hilfe zu kommen.
Mitten in unserer größten Freude ruft einer in uns aus: »Ich will fort von deiner Freude! Ich ersticke!« Mitten in unserer tiefsten Not ruft einer in uns aus: »Ich verzweifle nicht, ich kämpfe! Ich klammere mich fest zuoberst an deinem Kopf, ich löse mich von deinem Körper, ich löse mich von der Erde; schreckliche Schmerzen, abstrakte Ideen, glühende Gebete können mich nicht fassen.«
Aus der reinsten Tugend erhebt sich einer verzweifelt und schreit: »Zu stickig ist die Tugend; zu eng ist das Paradies; ich gehe fort! Dem Menschen zu ähneln scheint mir dein Gott, ich will ihn nicht!«
Ich höre den schrecklichen Schrei und richte mich auf. In meinem Inneren gliedert sich das Gebrüll der Höhlen zum ersten Mal in die Laute einer menschlichen, sehr zärtlichen Stimme; sie wendet sich zu mir und ruft mich.
Deutlich ruft sie mich bei meinem Namen, beim Namen meines Vaters und meiner Rasse.
Das ist der große, entscheidende Augenblick. Das ist das Signal für dich aufzubrechen. Wenn du diesen Schrei nicht dein Inneres zerreißen hörst, mach dich nicht auf den Marsch.

Setze geduldig und ergeben deinen Dienst als Soldat auf der ersten, der zweiten, der dritten Stufe der Vorbereitung fort.
Und lausche: Während des Schlafs oder während der Liebe, des Rausches oder der poetischen Schöpfung, in einem heroischen Augenblick oder inmitten des tiefen und hoffnungslosen Schweigens kannst du plötzlich den Schrei vernehmen und dich in Marsch setzen.
Bis zu diesem Augenblick stieg und fiel dein sklavisches Herz, indem es der Welt folgte. Aber sobald der Ruf ertönt ist, sind deine Brust und die Welt in zwei Lager geteilt.
Einer in dir ist in Gefahr, er steigt empor und schreit: »Hilfe!« Schreckliche Mächte in dir ziehen ihn nach unten, zum Tod. Er wendet sich zu dir um, er fleht: »Rette mich!«
Welchen von diesen beiden ewigen Wegen wählen? Ich fühle mit einem Mal, daß von meiner Entscheidung mein Leben abhängt, ja das Leben des Universums.
Von den beiden Wegen wähle ich jenen, der nach oben führt. Warum? Ohne jedes logische Argument, ohne jede Sicherheit. Ich weiß, wie ohnmächtig in diesen entscheidenden Augenblicken das Gehirn und all die kleinen Gewißheiten des Menschen sind.
Ich wähle den Weg, der nach oben führt, denn nach oben treibt mich mein Herz.
Einer in mir strengt sich an, ein Gewicht zu heben und Fleisch und Geist tanzen zu lassen. Dunkel fühle ich, was der schreckliche Schrei von mir fordert; ich weiß nicht, woher er kommt noch wohin er geht. In meiner vergänglichen Brust ahne ich seinen Marsch, höre ich sein Keuchen, schaudere ich, wenn ich fühle, wie er strauchelnd aufwärts steigt.
Wer ist er? Ich halte den Atem an, lausche; ich prüfe den Wind, keuchend versuche ich, dem Unbekannten zu folgen.
Der beängstigende Marsch beginnt.

9

Gedämpfte Schritte, ein verhaltenes Husten. Ich drehe mich um: Mein Freund Kughe ist in diesem Garten der Einsamkeit erschienen; sein etwas trauriges Lächeln führte mich sanft auf die Erde Japans zurück.

Ich betrachtete ihn, wie er sich mir näherte, zögernd, mit seinem katzenartigen Schritt; schmächtiger Körper, krumme Knie, lange, magere Arme, ein bleiches Gesicht, große, faule Zähne. Aber alles trat zurück unter dem dämmrigen Schimmer des Lächelns. Ich sah nur zwei blasse, lächelnde Lippen.

Ist das so berühmte Lächeln der Japaner vielleicht nichts als eine Maske? Aber diese Maske macht das Zusammenleben erträglich, fast angenehm und gibt den menschlichen Beziehungen Würde und Adel. Sie lehrt den Menschen, sich zu beherrschen, seine Sorgen oder seine Schmerzen für sich zu behalten. So wird die Maske nach und nach zum Gesicht, und das, was anfangs nur leere Form war, hat sich zum Wesen verwandelt.

»Kughe san«, sagte ich bei mir, während ich meinen Freund betrachtete, »Kughe san, armer, leidender und heroischer Körper, stolze Seele, mit Lächeln gepanzert ...«

Seit den ersten Tagen nach meiner Ankunft in Tokio hatte er sich mir angeschlossen; ich hatte ihn in einem Tempel getroffen, durch Zufall, behauptete er. Er hat mir die an den Wänden angebrachten Inschriften übersetzt, er sprach zu mir von den alten Holzschnitzereien und hat mir leise alte Volkslieder vorgesungen.

Oft traf ich ihn vor meinem Hotel, aus Zufall, wie er mir weiterhin versicherte. Es endete damit, daß wir Freunde wurden. Ich mochte ihn, denn er war rein und voll Feuer; sein Urteil war engstirnig, aber scharf und sicher, und sein Enthusiasmus hatte den seltenen Vorzug, sich in wenigen Gesten und Worten ausdrücken zu können.
Als echter Japaner kümmerte sich Kughe nicht um metaphysische Probleme. Hartnäckig beschränkte er sein Denken auf die Erde Japans, gemacht aus den Gebeinen, der Asche und den Wünschen der Vorfahren. Sein kranker und nervöser Körper, sein gieriges und zurückhaltendes Herz fanden im engen Kreis der Rasse, in dem sie wirkten, alle Möglichkeiten ihrer höchsten, ihrer freiesten Entfaltung.
Kughe hatte Vertrauen zu seinem Herzen. Denn dieses Herz war, wie er deutlich fühlte, kein individuelles Herz, ein Muskel, der einige Augenblicke schlägt und dann still steht. Er war das ewige Herz der Rasse. Kughe hörte es und gehorchte; er wußte, daß ein solches Herz sich niemals täuschen kann. Das ist der Grund, warum das Handeln meines Freundes einfach, sicher und rasch war.
»O Kughe san!« rief ich erfreut.
»Gehen wir, schnell!« sagte er mit seiner verschleierten Stimme, »man erwartet uns.«
Ich hatte diesen langweiligen Besuch in dem großen Generatorenwerk vergessen; ich hatte keine Lust dazu, aber mein Freund Kughe bestand darauf aus Nationalstolz.
»In den Tempeln stehen Sie mit offenem Mund vor den alten Buddha-Statuen, und Sie haben kein Bedürfnis, einen Blick auf unsere modernen Tempel zu werfen, die Fabriken, und auf unsere modernen Buddhas, die Generatoren ...«
Sein Lächeln verschwand. Er berührte mich leicht am Arm.
»Sie reisen morgen ab, nicht wahr?«

Seine Stimme hatte etwas Seltsames. Trauer? Ich wandte mich um und sah meinen Freund fragend an. Seine Augen waren unstet und etwas trüb. Er lächelte mir zu, als ob er mich beruhigen wollte.

»Gehen wir, Kughe san«, sagte ich, »beeilen wir uns! Sie scheinen traurig zu sein.«

»Ja«, sagte er einfach und lächelte wieder.

Wie lernte ich durch Kughe dieses Lächeln lieben! Wir anderen, wir barbarischen Rassen, wir schreien, wir weinen, wir schütten unser Herz an der Brust der Freunde aus. Wir erleichtern uns ein wenig, aber wir werden dabei lästig oder lächerlich.

Diese heroischen Seelen, die in gelben Körpern brennen, haben einen beunruhigenden Zauber. Man fühlt, daß man weit weg ist von seinem zänkischen Dorf, von Europa, und daß es jenseits der weißen Rasse eine andere Welt gibt, die tiefer und gefährlicher ist, weil sie mehr Kraft und Anmut besitzt. Mehr menschliche Würde.

Als Asketen und Krieger, betrachten diese Gelben das Leben als ein Feld der Ehre, als einen Waffengang. Beherrsche deinen Körper und deine Seele, übe deinen Willen, das höchste Gut ist nicht das Leben, sondern die Pflicht und die Ehre.

Diese kleinen Japaner haben ein unerbittliches und festes Ziel: einen neuen Menschentypus zu schaffen, der den Tod nicht fürchtet; der im Gegenteil nach dem Tode dürstet als der höchsten Krone des Lebens.

Im russisch-japanischen Krieg erklärte ein General vor seinen Truppen: »Ich schicke euch nicht in einen möglichen, sondern in einen sicheren Tod!« Und so spornte er den Mut seiner Soldaten an.

»Das Schwert ist die materialisierte Form der japanischen Seele«, sagte einmal Togo, der große Admiral, zu Präsident

Roosevelt. Japanischer Stahl, der sich zum Kreise biegt, ohne zu brechen. Biegsamkeit, Widerstand, Härte, undeutbares Lächeln ...

Auf seinen Fußspitzen wie ein kleiner Kampfhahn aufgerichtet, erklärte uns der Direktor des Werks die komplizierten Wunder seiner Maschinen.

Kughe wurde nicht müde vor Bewunderung; er war sehr bewegt; er streichelte die Generatoren; langsam, liebevoll ließ er seinen Blick über die schönen, glänzenden Maschinen gleiten. »Made in Japan! Made in Japan!« rief er alle Augenblicke aus.

Ich empfand schon eine unüberwindliche Langeweile. Ich verfolge gern die intellektuellen Listen, die es dem Menschen erlaubt haben, die Naturkräfte zu zähmen und sie in seinen Dienst zu stellen; ich sehe gern, wie der Mensch an der Spitze seiner allmächtigen Diener die Materie umformt. Was darüber hinaus liegt, genau das, was den Industriellen interessiert, läßt mich kalt und verdrießt mich.

Ich wandte folglich meine Blicke von den Maschinen ab und richtete sie auf den Direktor, der sich abplagte und unermüdlich Zahlen aufhäufte.

Er sprach von seinem Werk mit einem seltsamen Respekt und Stolz. Wie wenn es wirklich ein übermenschliches Wesen wäre, schrecklich und wohltätig, ein Ungeheuer, das Eisen kaut und ausspuckt ... Und dieser gelbe Däumling hüpfte darum herum, berührte es mit Liebe und Entsetzen, auf seine geringsten Kapricen achtend.

Nach und nach schlug mich die Glut dieses leidenschaftlichen Mannes in ihren Bann; allmählich ging mir auf, daß die Bestimmung seines Unternehmens über seine individuellen Ziele und seine ökonomischen Interessen hinausging. Es bestand eine geheime Gemeinschaft zwischen ihm und seiner Rasse,

und das gab dem gewinnsüchtigen Eifer dieses Industriellen den heiligen Charakter einer Passion, die das Individuum überschreitet.
Ich näherte mich einer jungen, blassen Arbeiterin mit dunklen Augenringen.
»Zufrieden?« fragte ich sie.
Sie wandte den Kopf und schaute mich einen Augenblick an. Wie mager sie war und traurig, und wie sie Angst hatte! Ihre kleinen schwarzen Augen riefen leise: »Rette mich!«
Der Direktor glitt verstohlen zu uns heran.
»Ja ...« murmelte sie.
»Zufrieden?« rief der Direktor. »Aber sicher ist sie zufrieden. Sie wird gut bezahlt ...«
»Wieviel?«
»Sie ißt in der Werkskantine, sie schläft vorzüglich in unseren sauberen und gut gelüfteten Schlafsälen ... Hier die Zahlen ... Wollen Sie Einblick nehmen?«
»Nein«, antwortete ich. »Aber warum ist sie so blaß?«
Der Direktor nahm mich beim Arm.
»Wollen Sie eine Tasse Tee haben?«
»Ja, ja«, sagte ich für mich, als ich dem Direktor in sein Büro folgte, »die Zahlen ... Wäre ich eine Arbeiterin, würde ich auf meinen weißen Haarkamm in großen schwarzen Lettern folgendes bittere Haikai schreiben:

Ja, ja, die Zahlen beweisen,
Ach, daß ich glücklich bin.
Aber ich werde jeden Tag blasser,
Und heute morgen begann ich zu husten ...«

Mein elender Intellektuellen-Zorn hatte sich mit diesem Haikai befriedigt. Die an einem Menschenwesen verübte Ungerechtigkeit hatte mir drei kleine Verse eingegeben, und ich hatte darüber fast die Ungerechtigkeit vergessen.

Ich schlürfte meinen Tee und hörte geduldig dem Direktor zu, der ein Loblied auf seine Arbeiter sang.
»Der japanische Arbeiter«, sagte er, »ist in die Maschine vernarrt. Jeder Apparat zieht ihn an und interessiert ihn. Er arbeitet mit Enthusiasmus acht, zehn, zwölf Stunden am Tag, manchmal mehr, ohne zu ermüden. Die Liebe zur Maschine feuert ihn an.«
Schließlich bewog ich mich, diesem so intelligenten und so schlauen Däumling ein wenig zu mißfallen.
»Und Sie, die Besitzer, profitieren dabei?«
Der Direktor begann zu lachen.
»Aber natürlich! Was wollen Sie! Sollen wir diesem Enthusiasmus Zügel anlegen? Wir, mein Lieber, wir sind Industrielle und Kaufleute. Wir sind keine Ideologen oder Asketen! Jeder Bereich hat seine eigenen Gesetze und wehe dem, der sie überschreitet oder sie vermengt mit den Gesetzen eines anderen Bereichs. Wenn Sie dem Tiger Gras geben, geht er ein; wenn Sie dem Schaf Fleisch geben, geht es ein.«
»Aber es gibt auch allgemein-menschliche Gesetze!«
»Und wir beachten sie! Wir geben unseren Arbeitern Wohnungen, wir ernähren sie gut, wir kümmern uns darum, daß sie Gymnastik treiben, daß sie körperlich geschmeidig und kräftig werden.«
»Damit sie mehr arbeiten können!«
Der Direktor lachte wieder: »Wir verbinden das Nützliche mit dem Angenehmen. Ist das nicht die Vollkommenheit?«
Ich schwieg. Das Gesetz des Dschungels. Das Gras – die Poesie, die Uneigennützigkeit, die Empfindsamkeit des Schafs – war seinem fleischfressenden Organismus nicht gemäß.
Ich wollte diese beutegierigen Augen plötzlich beunruhigen: »Sie vergessen«, sagte ich, »die große Gefahr, die Sie bedroht.«
»Welche?«

Bedächtig ließ ich das Wort fallen: »Den Kommunismus.«
Der Direktor zuckte mit den Achseln.
»Wir haben ihn ins Gefängnis gesteckt«, sagte er. »Wir haben diesen roten Vogel in den Käfig gesteckt.«
»Wie kann man eine Idee einsperren? Sie entkommt durch die Tür- und Fensterritzen; sie klammert sich an die Haare und Uniformen ihrer Kerkermeister und entwischt. Sie verbreitet sich wie eine Mikrobe in der Luft, die wir atmen, im Brot, im Wasser.«
Der Industrielle wurde vergnügt: »Machen Sie doch ein Haikai darauf, mein Lieber! Wir anderen verschlucken diese Mikroben und assimilieren sie uns durch, ich weiß nicht, welches japanische Wunder und verwandeln sie in Nationalismus! Wie die Bienen können wir aus einer giftigen Blume Honig ziehen. Aber lassen wir diese abstrakten Ideen, sie dienen zu nichts. Die Tat! Die Tat! Schauen Sie sich die Engländer an! Wenn sie sich von der Gefahr des Denkens bedroht fühlen, hängen sie einen großen Lederball auf und beginnen ihn mit Faustschlägen zu traktieren, oder sie greifen sich einen gebogenen Stekken und verfolgen damit eine Holzkugel, oder sie werfen sich auf einen Fußball und geben ihm wütende Tritte. Sehen Sie, so haben sich die Engländer vom abstrakten Denken befreit und die Welt erobert!«
Ich erhob mich schroff; ich erstickte.
Verstand der schlaue Japaner diese Erregung und ihre Ursache? Ich weiß es nicht, aber er schloß seine verschlagenen und erbarmungslosen Affenaugen halb und flüsterte mit plötzlich müder und weicher Stimme: »Die Tat befriedigt meine Seele im Grunde nicht; ich bitte Sie, glauben Sie mir. Jeden Abend sehne ich mich, nach Hause zu kommen. Ich nehme mein Bad, ich lege meinen Kimono an, ich gehe barfuß in den Garten hinab ... Ich grabe ein wenig, ich gieße, beobachte die Entwick-

lung der Blätter und Knospen. Ich setze mich ans Fenster und warte, um den Mond aufgehen zu sehen. Meine Frau kann Samisen spielen, sie singt alte Verse. Sie wissen, man hat im Helm eines furchtbaren Kriegers, des Taira Tantamori, diese so zarten Verse gefunden, die ich liebe; meine Frau singt sie wunderbar:

Um meinen Pfad die Dämmerung;
Der Schatten eines Baums wird mein Haus sein
heute abend,
Und eine Blume wird mein Gast sein.«

Er schwieg und betrachtete mich lächelnd.

Ich bebte vor Freude. Wie hatte dieser wilde Industrielle begreifen können, durch welche geniale Intuition, daß es genau solcher Worte bedurfte, um mich zu betören?

Nach kurzem Schweigen füllte er drei kleine Schalen mit leicht gewärmtem Sake und fuhr mit derselben bewegten Stimme fort: »Unser größter lebender Dichter ist eine Frau, Akiko. Sie hat ein Haikai gedichtet, das mir sehr gefällt:

In das Haus, das die Menschheit baut
Seit Tausenden von Jahren,
Schlage auch ich einen goldenen Nagel.«

Halb im Ernst, halb ironisch setzte er hinzu: »Ich verändere dieses Haikai ein wenig und mache es zu meinem:

In dem Haus, das die Menschheit baut
Seit Tausenden von Jahren,
Installiere ich einen Generator
Und gebe elektrisches Licht.«

10

»Kughe san, ich bin froh, daß wir endlich allein sind. Sie sind ein reiner Mensch, und ich liebe Sie. Sie beuten die anderen nicht aus, Sie sehen nicht auf materiellen Gewinn. Sie sind ein reizend unzeitgemäßer Mensch; Sie gehören einer mythischen Vergangenheit an und gleichzeitig einer sehr fernen Zukunft. Die Zeit ist für Sie nicht Geld; sie ist eine kostbare, feine, unkalkulierbare, geheimnisträchtige Substanz. Zu atmen neben einem Wesen wie Ihnen, Kughe san, tut gut.«
Kughe hustete leicht, um seine Verlegenheit oder sein Lachen zu verbergen.
»Entschuldigen Sie«, sagte ich zu ihm, »wenn ich an diesem Abend, bei diesem Abschiedsessen, ein wenig sentimental werde. Aber morgen reise ich nach China, und ich weiß, daß ich Sie nie mehr wiedersehen werde, o Kughe san!«
Die hübsche Japanerin, die uns bediente, brachte auf winzigen Tabletts kleine, in warmes Wasser getauchte Servietten. Wir wischten uns sorgfältig Gesicht und Hände ab, die von der schmierigen Luft in der Fabrik verdreckt waren. Ich schenkte lauen Sake in unsere Tassen und fühlte mich auf einmal bewegt und froh.
»Passen Sie auf!« lachte Kughe spöttisch. »Ergriffenheit ist ein Zeichen des Alters. Ich mag feuchte Augen nicht!«
»Ich ebensowenig«, antwortete ich; »aber die zu trockenen Augen mag ich noch weniger. Sollte es keinen Zustand dazwischen geben?«
»Auf Ihr Wohl!« sagte Kughe und schlürfte mit einem Zug sei-

nen Sake aus. »Ich weiß es nicht; sehen wir zu, heute abend dieses Mittlere zu entdecken oder zu erfinden. Wenn nicht, bin ich für die trockenen Augen!«

Tempura, der traditionelle Braten, Bohnensauce, eine lackierte Schale mit einer feinen Suppe; die Spitzen zweier Schildkrötenpfoten lauerten in der Tiefe der Suppe.

Mit jemandem das Mahl einzunehmen, erschien mir immer wie eine Art Kommunion, wie ein mystischer Akt in alltäglichem Kleid, der die Seelen geheimnisvoll eint. Mit jemandem das Brot zu essen, den Wein zu trinken war für mein prähistorisches Herz immer eine sehr ernste Handlung.

An diesem Abend fühlte ich, daß mir dieser Akt absurde Rechte erteilte.

»Kughe san«, sagte ich, das Schweigen brechend, »haben Sie jemals geliebt?«

Das Gesicht meines Freundes verdüsterte sich. Es wurde hart.

»Diese Frage stellt man bei uns nie«, antwortete er mit kaum verhaltenem Zorn.

»Auch bei uns nicht!« rief ich lachend. »Aber es ist gut, manchmal das heilige Gesetz der Etikette zu verletzen. Man fühlt sich dann ein wenig freier, ein wenig menschlicher! Finden Sie nicht auch?«

»Die Etikette«, erwiderte mein Freund, »ist die Ordnung; sie ist die erhabene Mutter des sozialen Lebens. Ich fühle mich frei in ihren Krallen.«

Er leerte eine weitere Tasse Sake; seine Augen glitzerten. Er betrachtete mich ironisch.

»O weißer Dämon«, sagte er spöttisch lachend, »Ihr Gesicht ist schon nach dem Westen gekehrt. Sie reisen ab. Gemäß der abscheulichen Gewohnheit von euch Weißen müssen Sie irgendetwas mitnehmen von uns hier. Sicher haben Sie in unserem Boden einen Schatz gefunden und ihn in die Tasche

gesteckt. Könnten Sie ihn mir zeigen? Ich werde Sie nicht verraten.«
»Ei, mein Freund Kughe san, Sie wissen also nicht, daß man nie anders als um die eigene Seele herum reist? Höchstens innerhalb der eigenen Seele? Man findet am anderen Ende der Welt, in den fernsten Ländern, nie etwas anderes als sein eigenes Bild. Denn von all den neuen Dingen, die unsere Augen und unseren Geist überwältigen, wählen wir unbewußt diejenigen aus, die am besten den Bedürfnissen und der Neugierde unseres immer interessierten und bornierten Wesens entsprechen. Die kalten und geschlechtslosen Seelen können nur wahrnehmen, was das Objektiv eines Fotoapparates sieht, die ›objektive Realität‹, wie man sie nennt. Aber die anderen, die männlichen Seelen, die weiblichen Seelen, die allein zu lieben und zu leiden fähig sind, sie fangen Feuer in der Berührung mit anderen Ländern, Menschen und Ideen, und sie wählen mit Leidenschaft die Gegenstände ihrer Liebe und ihres Hasses.«
»Richtig!« murmelte Kughe, und sein Auge verdunkelte sich. Ich leerte eine Tasse Sake, um meiner Rede ein Ende zu setzen. Aber mein Mund war noch voller Worte, die ich loswerden wollte.
»Sehen Sie, Kughe san, mein Freund, ich teile die Menschen nicht ein in Tugendhafte oder Sünder, nicht in Starke und in Schwache, Schöne und Häßliche, Intelligente oder Dumme. Sondern in Heiße und Kalte. Alle Heißen kommen in mein Paradies, alle Kalten in meine Hölle. Der heiße Reisende erschafft das Land, das er durchquert. Und er schafft es natürlich nach seinem eigenen Bild. Sehen Sie, das ist der Grund, warum ich, wenn ich Ihr Land verlasse, nichts mit mir nehme als mich selbst. Sie haben mich einmal ein altes japanisches Lied gelehrt. Alles, was ich Ihnen eben sagte, drückt es mit wahrhaft japanischer Präzision und Anmut aus. Erinnern Sie sich seiner?

Auf einem kleinen Pflaumenbaum-Zweig,
Auf einem kleinen, blühenden Pflaumenbaum-Zweig
Träumte die Nachtigall von einer Nacht, in der Schnee fiel.

Und in der Ebene und auf den Bergen
War nichts als Schnee,
Nur knirschender Schnee,
Nur Schnee.

In einer Nacht, als Schnee fiel, träumte
Die Nachtigall, daß sich die Blüten der Pflaumenbäume öffneten.

Und in der Ebene und auf den Bergen
Waren nur Pflaumenbäume,
Nur schwebende Blütenblätter,
Nur Blütenblätter von Pflaumenbäumen …«

Kughe zischte ironisch: »Von allem, was Sie jemals gehört haben, behalten Sie nur die Poesie. Würde man Ihren Kopf wie eine Wassermelone öffnen, man fände keine einzige Zahl darin.«

»Eben das sagte ich, Kughe san! Und das Lied wiederholt es. Aus diesem ganzen Wust von Worten und Fakten, aus all diesen unzusammenhängenden Schauspielen, die eine Reise ausmachen, treffe ich eine Auswahl. Ich verwerfe, was ich nicht brauchen kann, ich behalte, was mir nützlich ist oder gefällt, und aus diesen kleinen Mosaiksteinen setze ich das Bild Japans zusammen. Ich will sagen: mein Gesicht, reflektiert in einem neuen Spiegel, Japan.«

Kughe lächelte mit einem Anflug diskreter Ironie.

»Nun, welches Gesicht trägt dieses Ihr Japan? So werden wir auch sehen, welches Bild Sie sich von sich selbst machen.

Oder, wenn Sie diese Form meiner Frage geniert, sagen Sie mir ganz einfach, was Japan Sie gelehrt hat.«

Ich sammelte mich einen Augenblick. Ein Katarakt von Farben, Rufen, Düften ergoß sich über meinen Kopf – Japan! Nun wählen, verwerfen, das Wesentliche herausgreifen!

»Der Schatz, den ich, wie Sie sagen, von Japan mitnehme, liegt in einem einzigen japanischen Wort: Fudoshin! Unerschütterlichkeit des Herzens. Gleichförmigkeit der Seele in Freuden und Schmerzen. Sich beherrschen. Wissen, daß wir nicht das Recht haben, uns zu erniedrigen. Denn jeder von uns trägt auf seinen Schultern das Geschick seiner ganzen Rasse. Der tragische Sinn für Verantwortlichkeit, das ist die große japanische Lehre. Ich bin nicht allein. Ich bin nicht dieses kurzlebige und elende Wesen, das ich verachte. Ich bin ein großes, ewiges Ding – meine Rasse. Und ich habe die Pflicht, mein Herz nie erschüttern zu lassen, es furchtlos und untadelig zu halten, würdig dieses großen, ewigen Dinges.

Aber Japan hat mir noch eine andere Lehre erteilt, eine noch höhere, ich möchte sagen eine, die dem höchsten Streben meines Seins noch gemäßer ist: Japan hat mich gelehrt, daß die Gefahr und der Tod ein gewaltiger und sehr wirksamer Stachel werden können für die Tat; und daß man ohne Zittern sein Zelt auf einem Vulkan aufschlagen kann. Daß wir auf ihm nicht nur unser Zelt aufschlagen, sondern unser Haus bauen, eine Frau nehmen, Kinder zeugen, die Bilder unserer Götter formen können; daß wir das Ende eines Schilfrohrs in die Hand nehmen und feinfühlige, kurze Verse aufzeichnen können, die schnell wie ein Pfeil davonfliegen und sich tief ins Herz senken.

Die Farbe der Blume verblich
In dem Augenblick, als ich darüber nachsann,
Daß mein Blick vergeblich über die Erde geht.

So sang vor tausend Jahren eure Priesterin Okono Koumassi. Aber diese tragische Wahrnehmung des Vergänglichen wird in der heroischen Seele des Japaners einer gewaltsamen Verwandlung unterworfen. Anstatt in Trauer und Fatalismus umzuschlagen, wird sie zum unersättlichen Durst zu sehen, zu genießen, große Taten zu vollbringen, schnell, ehe das Erdbeben, der Vulkanausbruch, der Taifun und der Tod über sie kommen. Das ist der Grund, warum ihr als höchste Symbole einen Stern gewählt habt, die aufgehende Sonne; eine Blume, die Chrysantheme; und einen Fisch, den Karpfen. Die Sonne symbolisiert für euch die drei Kardinaltugenden: die Klugheit, die Güte und die Tapferkeit. Die Chrysantheme widersteht den schlimmsten Frösten und blüht mitten im Schnee; der Karpfen endlich schwimmt gegen die Strömung und siegt über die schrecklichen Kräfte, die ihn abwärts drängen; er ist, wie einer der Meister des abendländischen Denkens sagen würde, das Emblem des aufsteigenden ›élan vital‹, der die Materie emporstrebt. Japan ist dieser heroische Karpfen, der gegen den Strom unserer niedergehenden und so drückenden Epoche nach oben strebt. Das sind, lieber Kughe san, die zwei Lehren, die mir Japan erteilt hat; diese Schätze nehme ich mit und gehe fort.«

11

Kughe hatte seine lange Pfeife angezündet und betrachtete durch das Fenster die in Leuchtreklamen schwimmende Straße.

»Nun?« fragte ich meinen Freund, indem ich ihn leicht am Arm berührte.

Kughe drehte sich langsam um. Er wirkte müde.

»Ihr Weißen«, sagte er, »ihr kompliziert alles. Euer Gehirn ist ein wirrer Ameisenhaufen. Japan ist etwas sehr Einfaches, das heißt sehr Rätselhaftes für die Gehirne von euch Weißen.«

Mein Freund Kughe schenkte sich eine neue Tasse Sake ein; er lebte wieder auf.

»Gestatten Sie mir, Ihnen ein kleines Beispiel zu erzählen«, fuhr er fort. »Wie Sie wissen, ist Sadao Araki heute bei uns eine sehr markante militärische Persönlichkeit. 1921 leitete er weit ab von Tokio die großen Manöver. Eines Tages erhielt er ein dringendes Telegramm: ›Ihre Mutter liegt im Sterben und ruft Sie.‹ Araki verehrte seine alte Mutter, aber er konnte in diesem Augenblick seinen Posten nicht verlassen. Er nimmt ein Blatt weißes Papier, darauf zeichnet er den Berg Fuji und schickt es seiner sterbenden Mutter. Können Sie verstehen, warum?«

Ich besann mich einen Moment:

»Ja«, sagte ich, »aber es wäre zu kompliziert zu erklären; ich höre lieber die japanische Version.«

Kughe lächelte zufrieden.

»Der Berg Fuji«, fuhr er fort, seine Worte betonend, »ist das Gesicht Japans mit dem strengen und anmutsvollen Profil. Fuji ist

unser großer Ahn, der unsere Seelen nach seinem Bilde formte. Legenden, Götter, Drachen, Feenmärchen, Kobolde, alle Spiele der japanischen Phantasie sind auf diesem heiligen Berg zu Hause. Bis 1868 hat keine Frau seine Luft mit ihrem Atem verunreinigt. Alle Kinder Japans haben die Silhouette des Fuji unzählige Male in ihre Hefte gezeichnet; an ihm haben sie gelernt, einfache und feste Linien zu ziehen, die Kraft und Zartheit vereinen. Der Fuji hat die Hände der Japaner seinem Rhythmus unterworfen, und in jeder Erscheinungsform unserer Kunst und unseres Lebens kann man seine elegante und heroische Wellenlinie erkennen und verfolgen. Das Herz Japans ist keineswegs, wie das Lied will, die Kirschblüte; das Herz Japans ist der Berg Fuji, eine unauslöschliche Flamme unter reinem Schnee. Als die alte Mutter Sadao Arakis die so einfache Antwort ihres Sohnes erhielt, verstand sie gewiß sofort, daß ihr Sohn nicht kommen konnte, weil ihn die Pflicht hielt. Denn der Fuji ist in der Sprache unserer Seele das heilige Ideogramm, das Pflicht bedeutet. Das ist alles!«
Mein Freund Kughe schien erregt. Es war das erste Mal, daß ich ihn so wortreich reden hörte. Vielleicht hatte er an diesem Abend zuviel Sake getrunken!
Er faßte sich wieder, biß sich auf die Lippen und warf mir einen fast feindlichen Blick zu. Er schämte sich seines Überschwangs und zürnte mir deshalb.
Ich schloß für einen Moment die Augen. Ich gehe fort, ich nehme Abschied von Japan. Alles, was ich in diesem Land der aufgehenden Sonne, der Chrysantheme und des Karpfens gesehen und erlebt habe, rufe ich mir in Erinnerung. Ich bemühe mich, meinem Gedächtnis die Linien, die Farben einzuprägen, die Gesichter, die Straßen, die Tempel, alles, was ich von diesem luftigen, vergänglichen Spiel hatte erhaschen können.
Japan mit seinen alten Tempeln und ihren die Wolken spie-

gelnden Wassern, mit seinen unerbittlich und graziös den Forderungen der Seele unterworfenen Gärten, mit dem feenhaften Schmuck seiner Frauen, Laternen und Masken, – Japan hat mich gelehrt, daß die feste Linie und der freie Schwung sich keineswegs ausschließen und daß man das Unmögliche wollen und erreichen kann, ohne die Grenzen des Menschen zu überschreiten. Denn diese Grenzen sind beweglich und weichen nach und nach, von Jahrhundert zu Jahrhundert zurück unter dem Druck der menschlichen Brust.

Verdichten wir die vielfältige Vision von Japan in ein einziges Bild, in einen einfachen und reichen Gedanken! Welcher Tropfen dieser ganzen Fontäne intensiven Lebens wird in zehn, in zwanzig Jahren die Zeit überdauert haben?

Die bunten Laternen und die Frühlingstänze von Kioto, die Tempel und die Gärten von Nara, die blasse und traurige Arbeiterin, die aus der Tiefe ihrer müden Augen um Hilfe rief? Oder dieser allesfressende Buddha von Nara, dieser Gigant mit dem von Mitleid überfließenden Herzen, der lächelnd die Menschen, die Tiere, die Pflanzen und die Götter verschlingt?

Welch ein Reichtum an unvereinbaren Elementen, die erstikken und nicht Platz finden können in der »unendlichen Monade« des Geistes! An diesem Abend hatte ich endlich die große Synthese gefunden: Fuji.

Ich schloß die Augen für einen Moment; einige Sekunden lang streichelte ich insgeheim mein Japan.

Plötzlich öffnete ich die Augen und betrachtete lächelnd meinen Freund Kughe. Ich war ihm dankbar, aber ich wagte nicht, es ihm zu sagen. Sein Herz war ein unnahbarer Igel.

Ich überraschte Kughe, wie er mich traurig und zugleich ein wenig gehässig betrachtete. Was er mir gegenüber fühlte, mußte sehr kompliziert sein und kein Wort hätte es ausdrük-

ken können; überdies schien es sich jeden Augenblick zu ändern, wie das Meer oder das Feuer.
Ich beschloß, ihn an diesem letzten Abend ein wenig herauszufordern, seine unerschütterliche und hochmütige Höflichkeit auf die Probe zu stellen.
»Kughe san«, sagte ich gerade heraus zu ihm, »Sie sind von der Polizei, nicht wahr? Ein Lehrer, den man zur Polizei abordnete…«
Er blinzelte nervös, aber sein Gesicht blieb ruhig.
»Ja«, antwortete er mit matter Stimme.
»Sie hatten also Angst vor mir? Vor Komplotten, Bomben, roten oder schwarzen Parolen, diesem ganzen alten martialischen Klimbim?«
»Ja, ein wenig!«
»Und jetzt?«
»Oh!« machte er und zuckte ein wenig verächtlich die Achseln.
»Was also?«
»Jetzt wissen wir Bescheid. Ein Dichter. Ein Mensch, der sich mit Worten zufrieden gibt. Jetzt werden Sie vielleicht ein melancholisches Gedicht auf Buddha schreiben. In Ordnung; Sie sind auf dem rechten Weg, machen Sie so weiter. Nichts zu befürchten.«
Eine Welle von Zorn und Scham stieg in meinem Hals hoch, pulste durch meine Schläfen. Aber ich beherrschte mich. Nichts Idyllisches, keine empfindsame Poesie war in meiner Seele; ein wirres Aufbrausen, ein bis zur Weißglut erhitzter Kessel war sie, bereit zu explodieren …
Oh! die kraftlosen poetischen Worte, die den Zorn ableiten! Scham, Elend, Aufbegehren … Einer in mir zertrampelt mich voll Verachtung, er erstickt und will heraus aus meiner Seele, um eine freiere und reinere Luft zu atmen …
Aber Kughe konnte nicht begreifen.

Ich hob den Kopf: »Aber, Kughe san, warum haben Sie mich dann bis zum letzten Abend begleitet? Sie müssen mich sehr spät durchschaut haben ...«

Kughe runzelte die Stirn.

»Nein ...« brachte er hervor, »aber ...«

»Aber was?«

»Nichts«, sagte er trocken.

Immer habe ich die Blüten des Oleander leidenschaftlich geliebt, denn eine fürchterlich bittere Pflanze bringt sie hervor. Ich durchschaute die Erregung meines Freundes, seinen schroffen Ton und sein plötzliches Erröten. Ein Hauch von Freundschaft, ein Hauch von Zärtlichkeit für den Menschen einer verhaßten Rasse hatte ihn berührt. Er konnte sich diese Schwäche nicht verzeihen.

»Wie wollen wir unseren letzten Abend beenden?« fragte ich.

»Ganz einfach, indem wir uns trennen ...« antwortete Kughe und erhob sich.

Sein Gesicht war noch ein wenig bleicher als sonst, ein wenig härter.

»Schreiben Sie mir ab und zu?« sagte ich, indem ich ihn leicht an der Schulter berührte.

»Wozu? ... Vielleicht ...« setzte er hinzu, indem er meiner freundschaftlichen Berührung auswich.

Ich streckte ihm die Hand hin. Er faßte sie nicht an, sondern verneigte sich dreimal nach japanischer Sitte, öffnete die Tür und verschwand.

12

Ich kehrte spät ins Hotel zurück, Bitterkeit im Mund. Schlaflos verbrachte ich die Nacht auf den Beinen, mit aufeinander gepreßten Lippen. Alle Freuden, die ich in Japan gekostet hatte, sonderten jetzt einen bitteren Tropfen in mir ab. Die Worte Kughes: »Dichter«, »machen Sie so weiter!«, dieses Achselzucken ließen mich vor Scham erröten.

Ach! wenn ich diese Poesie, die mich entmannt, nur vor die Tür setzen könnte! Wenn ich den tödlichen Zauber, den Worte auf mich ausüben, bannen und diese allzu vernünftige Vernunft, die sich über meine Glut lustig macht, zum Schweigen bringen könnte!

Einer in mir kämpft darum, die Grenzsteine zu versetzen. Mit Schrecken spüre ich an diesem Abend meinen Leib und meine Seele und ersticke. Erschüttert von meiner Berührung mit Japan, begann ich an diesem Abend das schreckliche Gesicht dessen zu erkennen, der in mir – doch über mir stehend – schreit und für die Freiheit kämpft.

Als der Morgen dämmerte, war ich am Ende; ich appellierte erneut an die verhaßten Worte, um in sie das Übermaß meiner Qual abzuleiten. Als ich zu schreiben aufhörte, fühlte ich mich ein wenig erleichtert ...

Nun, Kughe san!

Ich bin nicht gut, ich bin nicht rein! Ich bin voll von unartikulierten Stimmen und Finsternis. Mit Scham wälze ich mich in dieser gemeinen Wiege meines Fleisches.

Ich plustere mich auf mit falschen Federn, ich schreie, ich singe, ich weine, um den erbarmungslosen Schrei meines Herzens zu ersticken.

Ich bin nicht Licht, ich bin Nacht, aber eine Flamme lodert in meinem Innersten und verzehrt mich.

Einer in mir ringt darum, aus dem Schlaf aufzuspringen, und er treibt mich an zu sprechen, zu sehen, mich aufrecht zu halten für ein paar Augenblicke, so gut ich kann.

Ein schwacher und hartnäckiger Atem kämpft verzweifelt in mir, die Gewohnheit, die Ermüdung und den Tod zu besiegen.

Ich übe meinen Körper wie ein Schlachtroß, ich halte ihn sauber, tüchtig, immer bereit. Ich peitsche ihn und habe Mitleid mit ihm. Er ist mein einziges Pferd in diesem Leben und im anderen.

Ich halte mein Gehirn wach, hell und unerbittlich. Ich treibe und stachle es an, gleich dem Licht die Finsternis des Fleisches zu verschlingen, die Finsternis der Erde und des Himmels. Ein anderes Laboratorium, die Finsternis in Licht zu verwandeln, besitze ich nicht.

Ich halte mein Herz warm, mutig, ruhelos. Ich fühle in meinem Herzen alle Unruhe und Widersprüchlichkeit, alle Freuden und Schmerzen dieses Lebens. Aber ich strenge mich an, sie einem Rhythmus zu unterwerfen, der erhabener ist als mein Geist, härter als mein Herz, – dem Rhythmus des Universums, das emporsteigt.

Der Schrei ordnet in mir die Mobilmachung an: »Ich bin's, der Schrei, dein Gott und dein Herr! Ich bin keine Zuflucht. Ich bin keine Hoffnung. Ich heile nicht, ich habe kein Mitleid. Ich bin weder Vater noch Sohn noch Geist. Ich bin dein kommandierender General!

Du bist nicht mein Diener und kein Spielzeug in meinen Händen. Du bist nicht mein Freund noch mein Sohn; du bist mein Kamerad im Kampf.

Halte tapfer den Posten, den ich dir anvertraut habe; verrate ihn nicht! Du mußt und du kannst in deinem kleinen Schützengraben ein Held werden.
Liebe die Gefahr, reihe dich der Avantgarde meiner Truppen ein. Was ist das Schwierigste? Gerade das will ich! Welchen Weg nehmen? Wähle. Der ansteigende Weg, der steilste, ist immer mein Weg. Folge mir.
Lerne gehorchen. Nur wer einem ihm überlegenen Rhythmus folgt, ist frei.
Lerne befehlen. Nur wer befehlen kann, ist mein Repräsentant auf dieser Erde.
Liebe die Verantwortung. Sage dir: Ich allein muß die Erde retten.
Liebe jeden entsprechend seinem Beitrag zum Kampf. Suche nicht Freunde. Suche Kampfgefährten!
Sei immer ruhelos, immer unangepaßt. Wenn eine Gewohnheit bequem wird, tilge sie aus. Die größte Sünde ist, zufrieden zu sein.
Wohin gehen wir? Werden wir je siegen? Wozu ist dieser ganze Kampf gut? Laß die Fragen! Kämpfe!«
Ich beuge mich vor und höre diesen Kriegsruf in der Tiefe meines Inneren. Ich beginne das Gesicht des Befehlshabers zu erraten, seine Stimme zu unterscheiden, zitternd seine strengen Befehle zu vernehmen.
Ja, ja, ich bin nichts. Bloß ein phosphoreszierender Dunst über feuchtem Grund, ein elendes Etwas, das lacht und liebt, das ein paar Minuten schreit, bis man ihm den Mund mit Erde stopft. Die dunklen Mächte lassen sich nicht herbei, eine andere Antwort zu geben. Aber in meinem Herzen erhebt sich eine mir überlegene, unsterbliche Stimme. Denn ob ich will oder nicht, auch ich bin gewiß ein Teil des sichtbaren und unsichtbaren Universums. Die Mächte, die uns ins Leben stoßen, die

Mächte, die uns in den Tod stoßen, sind auch meine eigenen Mächte.
Ich bin kein Meteor ohne Wurzeln in der Welt. Ich bin Fleisch von ihrem Fleisch und Atem von ihrem Atem. Ich fürchte nicht allein, ich hoffe nicht allein, ich schreie nicht allein. Eine gewaltige Armee von Seelen und Körpern fürchtet, hofft und schreit mit mir.
Ich bin nur eine provisorische Brücke; einer geht über mich hinüber, und sofort breche ich hinter ihm zusammen.
Der Schrei war nicht meiner, er entstammte nicht meiner Brust. Ein großer, verwundeter Hungriger durchdringt mich, verzehrt mein Fleisch und mein Gehirn und sucht sich einen Weg zu bahnen, sich von mir zu befreien. Nicht ich bin es, Er ist es, der schreit.
Der Vorfahr: Der Schrei, den du gehört hast, ist nicht dein eigener! Nicht du bist es, der spricht. Zahllose Vorfahren sprechen durch deinen Mund. Nicht du bist es, der sich sehnt. Zahllose Generationen von Nachkommen sehnen sich durch dein Herz.
Deine Toten ruhen nicht in der Erde. Sie sind Vögel, Bäume, Luft geworden. Du sitzt in ihrem Schatten, du nährst dich von ihrem Fleisch, du atmest ihren Atem. Sie sind Ideen geworden und Leidenschaften und bestimmen deinen Willen und deine Handlungen.
Die künftigen Generationen bewegen sich nicht in der unbestimmten Zeit fern von dir. Sie kommen, wirken und sehnen sich in deinem Herzen und deinen Lenden.
Deine erste Pflicht ist es, dein Ich zu erweitern und in diesem kurzen Augenblick, in dem du den Fuß auf die Erde setzt, die endlose, sichtbare und unsichtbare Reise deines Selbst leben zu können.
Du bist nicht allein, du bist die Truppe einer Armee. Für einen

Moment erhellt sich unter der Sonne eines deiner Gesichter. Und gleich verlischt es wieder, und ein anderes taucht hinter dir ins Licht, ein jüngeres.
Deine Rasse ist dein großer Körper, der vergangene, der gegenwärtige und der künftige. Du bist nur der augenblickliche Ausdruck, sie ist das Gesicht. Du bist nur der Schatten, sie ist das Fleisch.
Du bist nicht frei. Zahllose unsichtbare Hände halten deine Hände und bewegen sie. Wenn du in Zorn gerätst, schäumt ein Vorfahr in deinem Mund; wenn du liebst, brüllt ein Höhlenahne von dir; wenn du schläfst, öffnen sich die Gräber in deinem Gedächtnis, und dein Kopf füllt sich mit Schattengebilden.
Dein Kopf gleicht einer Grube mit Blut; die Schatten der Toten eilen dorthin in Herden und trinken, um für eine Weile ins Leben zurückzukehren.
»Stirb nicht, damit wir nicht sterben!« schreien die Toten. »Wir haben keine Zeit gehabt, die Frauen, die wir begehrt haben, zu genießen. Liebe du sie, schlafe mit ihnen!
Wir hatten nicht die Zeit, unsere Ideen in Taten zu verwandeln. Verwandle du sie!
Wir hatten nicht die Zeit, das Angesicht unserer Hoffnung zu begreifen und festzulegen. Gib du ihm feste Form!
Vollende unser Werk! Vollende unser Werk! Tag und Nacht betreten wir deinen Leib, verlassen wir deinen Leib und schreien. Wir sind nicht getrennt von dir, nicht hinabgestiegen in die Erde; wir haben uns deines warmen Fleisches bemächtigt und setzen den Kampf fort. Befreie uns!«
Es genügt nicht, in dir auf das Brüllen der Vorfahren zu horchen. Es genügt nicht zu hören, wie sie sich vor der Schwelle deines Gehirns schlagen.
Alle stürmen nach oben, um sich an das helle Gehirn zu klammern und erneut in die Arena des Tages zu steigen.

Du aber stoße sie zurück und wähle. Wähle den Ahnen, der würdig ist, abermals auf die Erde zu steigen.
Habe kein Mitleid mit deinen Ahnen! Kauere dich nieder, wache vor der Grube deines Herzens und wähle. Dieser Schatten ist gemein, er zittert wie ein Tier. Er soll gehen! Dieser hier ist schweigsam und unerbittlich, er erregt einen Sturm in deinem Herzen. Lebendiger als du selbst schwingt er sich auf wie ein schwarzer Dämon und will sein Werk vollenden. Der trinke all dein Blut!
Kläre das schmutzige Gehirn deiner Ahnen, forme ihre Schreie zu Worten, filtere ihren Willen, erweitere ihren Tierschädel! Das ist deine zweite Pflicht!
Denn du bist nicht nur ein Sklave. Sobald du geboren bist, ist eine neue Möglichkeit mit dir geboren, ein freier Schlag läßt das gewaltige und finstere Herz der Rasse aufhüpfen.
Du bringst, ob du willst oder nicht, einen neuen Rhythmus mit. Hilf ihm, bereichere deine väterliche Erde. Einen neuen Willen bringst du mit, eine neue Idee, neue Trauer.
Wohin wirst du dich wenden? Mit welchem Blick wirst du Leben und Tod, Tugend und Furcht gegenübertreten? Die ganze Nachkommenschaft sucht Zuflucht in deiner Brust und fragt und wartet in Angst.
Du bist verantwortlich. In deine Hand ist nicht mehr nur deine momentane und unbedeutende Existenz gegeben. Du bist ein Würfelwurf, mit dem in einem Augenblick das ganze Schicksal deiner Rasse auf dem Spiel steht.
Jede deiner Handlungen hat ihr Echo in zahllosen Geschicken! Indem du gehst, eröffnest und erschaffst du das Bett, in das der Strom der Nachkommen eintritt und seinen Lauf nimmt.
Wenn du Angst hast, verzweigt sich diese Angst in die Generationen, und du erniedrigst Tausende von Seelen vor dir und nach dir.

Wenn du dich zu einer tapferen Tat erhebst, richtet sich deine ganze Rasse auf und wird edler.
»Ich bin nicht allein, ich bin nicht allein.« Diese Vision muß dir Tag und Nacht die Augen verbrennen.
Du bist kein elender und vergänglicher Körper; hinter deiner vergänglichen Maske aus Erde verbirgt sich das dauerhafte Antlitz der Jahrhunderte. Deine Leidenschaften und deine Ideen sind älter als dein Herz und dein Gehirn.
Dein unsichtbarer Körper, das sind deine toten Ahnen und deine noch ungeborenen Enkel. Dein sichtbarer Körper sind die Männer, Frauen und Kinder deiner eigenen Zeit und Rasse.
Nur der wird aus der Hölle seines Ichs gerettet, der Hunger verspürt, wenn ein Kind seiner Rasse nichts zu essen hat, und der vor Freude springt, wenn ein Mann und eine Frau seiner Rasse sich umarmen.
Alle diese Körper sind Glieder deines sichtbaren Körpers. Du leidest und du freust dich, zerstreut in Tausende von Körpern desselben Blutes an den vier Enden der Welt.
Kämpfe für deinen kleinen Körper, wie du für deinen großen Körper kämpfst. Trachte danach, daß alle Körper bereit, kräftig und nüchtern sind. Daß ihr Gehirn sich erhellt, daß ihr Herz warm, edel und ruhelos schlage.
Wie könntest du stark, klar und tüchtig sein, wenn all diese Tugenden nicht zugleich deinen ganzen großen Körper, den der Rasse, belebten? Wie könntest du dein Heil finden, wenn nicht dein ganzes Blut gerettet ist?
Wenn einer aus deiner Rasse verdirbt, zieht er dich mit in den Untergang. Ein Glied deines Körpers und deines Geistes ist verloren.
Wisse diese tiefe Identität zu leben, nicht als abstrakte Idee, sondern als eine aus Fleisch und Blut.

Du bist ein Blatt, eine Blüte, eine Frucht auf dem großen Baum der Rasse. Was ist deine Pflicht? Dich fest an den Zweig zu heften und in dir den ganzen, vollständigen Baum der Rasse zu fühlen.

Wenn du deinen Dienst im Kampf für deine Rasse erfüllen willst, ist es deine erste Pflicht, in dir all deine Ahnen zu fühlen.

Deine zweite Pflicht ist, ihr Streben zu klären, ihr Werk fortzusetzen und zu vollenden.

Deine dritte Pflicht ist, auf den Sohn die große Sendung zu übertragen, dich zu übertreffen.

Einer in dir kämpft, sich abzulösen, herauszukommen aus deinem Fleisch, sich von dir frei zu machen. Ein Samen in deinen Lenden, ein Samen in deinem Gehirn mag nicht mehr bei dir bleiben und kämpft um die Freiheit!

»Vater, dein Herz faßt mich nicht mehr. Ich will es zerbrechen und fort von hier! Vater, ich hasse deinen Leib, ich schäme mich, an dich gebunden zu sein, ich gehe!

Du bist nur ein schwerfälliges Lasttier. Deine Schritte können dem vorwärtsdrängenden Rhythmus meines Herzens nicht mehr folgen.

Ich habe es eilig! Ich möchte einen anderen Körper besteigen und dich mitten auf dem Weg verlassen.«

Und du, der Vater, du freust dich, wenn du die abschätzige Stimme deines Sohnes hörst.

»Alles, alles für den Sohn!« schreist du. »Ich bin nichts. Ich bin der Affe, er ist der Mensch. Ich bin der Mensch, er ist der Sohn des Menschen!«

Eine Kraft in deiner Brust – dir überlegen – durchfährt zerstörerisch deinen Körper und dein Gehirn und ruft: »Setz das Sichere, das Gegenwärtige, aufs Spiel, scher dich nicht darum, setz es aufs Spiel für das Unsichere und das Künftige! Behalte nichts in der Reserve; ich liebe die Gefahr! Kann sein, wir gehen zugrunde. Kann sein, wir werden gerettet. Frage nicht. Leg in jedem Augenblick das ganze Universum in die Hände der Gefahr. Ich, der Samen der Zukunft, ich verschlinge die Eingeweide deiner Rasse und schreie!«

13

Das blaue Meer, die salzige Luft, ein heroischer Atem. Die unsichtbaren Dämonen sind verstummt, das liebe Auge des Fleisches schweift klar und gierig über die Wellen und Möwen und ist glücklich, weil es die Welt gibt.

Gegen Abend, als wir gerade die letzten Felsen Japans hinter uns lassen, springt ein Delphin über die Wellen.

Sein glänzender und kräftiger Körper schlug, überwältigt von einer ihn plötzlich durchzuckenden Freude, einen Salto in der Luft, um sich zu beruhigen. Er glänzte einen Augenblick auf, zu einem zitternden Bogen gekrümmt, und tauchte wieder ins Wasser.

Das Land hinter uns verschwand; mit naiver Unruhe verfolgte ich den Todeskampf der fernen Berge, die am Horizont erstarben.

»Nie mehr! Nie mehr!« sagte ich bei mir, und es schien mir, daß Japan im Meer unterging.

Mit traurigen Augen schaute ich um mich. Auf dem Deck Chinesen, aufeinander gehäuft, ineinander verschlungen wie ein Knäuel Raupen. Blaue Baumwollstoffe, Haare schwarz wie Lack, entstellte Frauenfüße, Augen, die uns mit dumpfer Feindseligkeit durchbohren. Ein widerwärtiger, fremder, fetter Geruch ... Schrille Schreie – ein Lagerplatz von Affen.

Es gab etwas in mir, das sich widersetzte und sich mit diesem gelben Gewimmel nicht verbrüdern wollte. Einen mysteriösen, angeborenen Widerwillen, der mein Herz eng und gemein werden ließ. Ich war beschämt. Ich stellte meine Unfähigkeit fest, in mir den Punkt zu finden, wo die beiden Äste, der gelbe und der weiße, sich gabelten; meine Unfähigkeit zu fühlen, daß wir einen gemeinsamen Stamm hatten. Mein ganzes Wesen bäumte sich auf und wies es von sich, die Brüder wiederzuerkennen.

Und trotzdem blieb ich stundenlang auf dem Deck. Fasziniert konnte ich die Augen nicht abwenden von dieser übelriechenden Menge, die an Deck schrie, lachte und sich lauste.

Der Abendstern erschien. Die gelben Bäuche haben Hunger, man verteilt in schmutzigen Schalen den weißen Reis. Die Holzstäbchen packen gierig die Nahrung, ganz nahe lauern die Münder und verschlingen. Unersättliche, bodenlose Löcher, in die die Bissen sich stürzen und verschwinden.

Man leckt die Schüsseln, steht auf, holt Atem. Frauen stillen gelbe Bündel, Männer machen sich voll Leidenschaft ans Würfelspiel. Die Chinesen spielen um ihren Geldbeutel, ihre Kleider, ihre Frauen. Dann beginnen sie mit dem Abschneiden und spielen um ihren eigenen Körper: die Finger, die Ohren...

Das Opium, das Spiel, die Frau – das sind die drei großen Tore der Trunkenheit, durch die die chinesische Seele entflieht und endlich frei, fern von der schmutzigen Wirklichkeit, umherschweift.

Ein schrecklich magerer, mit gekreuzten Beinen dasitzender Alter schlägt auf seinen Knien ein großes Buch auf und beginnt mit durchdringender Stimme zu lesen. Monoton sich wiegend, schaukelt er vor und zurück, und die Musik seiner Worte ist unerträglich, schwindelerregend.

Er muß irgendeinen heiligen Text psalmodieren, denn kleine Frauen hocken um ihn und knochendürre Alte sind in Ekstase. Und jetzt beginnen alle nach und nach, mechanisch ihren Oberkörper zu wiegen und die näselnde Stimme des Vorlesers

mit einer Art melodischem Murmeln zu begleiten. Man könnte sie mit Arbeitsbienen vergleichen, die sich murmelnd um die Wabe scharen, die sie gerade bauen.
Ein unwiderstehlicher und verworrener Zauber zieht mich zu diesem Geschlinge feuchten Fleisches, das mich anwidert, eine Art Taumel. Und auf dem Grund dieses Abscheus gibt es einen anrüchigen Tropfen Vergnügen.
Die gelbe Menge auf dem Hinterdeck gerät in Bewegung. Man schafft Platz, man hockt sich im Kreis herum. Ein muskulöser, halbnackter junger Mann mit rasiertem Kopf stellt sich in die Mitte des Kreises. Er beginnt zu sprechen. Er gestikuliert heftig, seine Stimme ist kräftig.
Gewiß erzählt er irgendeine volkstümliche Legende. Er spielt alle Personen der Geschichte. Jetzt wandelt sich die schrille Stimme eines erregten Mannes in das zarte Wimmern einer weinenden oder liebenden Frau. Alle Anwesenden lachen schallend.
Der unermüdliche Erzähler geht auf und ab, er wechselt die Stimmen, die Gesten, die Gangart. Er vervielfältigt sich, wird Mann und Frau und kleines Kind. Alle Personen der Geschichte treten auf, wunderbar herbeizitiert vom kräftigen Körper des Schauspielers. Dieser Körper ist ein schöpferisches Rad, das sich in der Abendluft dreht und den leeren Raum des Hinterdecks mit lebendigen Wesen füllt.
Die Anwesenden, Männer und Frauen, hängen an seinen Lippen. Ein nacktes Kind beginnt erschreckt zu weinen; seine Mutter verpaßt ihm lachend eine Ohrfeige.
Ich betrachtete den genialen Schauspieler, der sich vervielfachte, und fühlte mich verwirrt. Ich hatte die Geburt des Dramas lebendig vor mir. Es gab erst einen einzigen Schauspieler, der alle Passionen des Gottes und des Menschen darstellen mußte. Die Rollen waren noch nicht auf mehrere Körper ver-

teilt; ein Mensch allein trug die ganze erdrückende Bürde des Geschicks.

Aber mit welcher Fröhlichkeit! Wie trostreich erscheint dieses kunstvolle Spiel; welch ein Lächeln hinter den Schreien und Seufzern! Eine göttliche Atmosphäre des Traums ist um diesen stämmigen, halbnackten Chinesen mit dem rasierten Kopf verbreitet.

Nun steht er schweißgebadet da. Ein muffiger Gestank strömt aus allen diesen vom Schauspiel erregten Körpern. Ich zog mich angeekelt und seltsam bewegt zurück.

An diesem Abend beugte sich mein ganzes Denken betört über die Quellen der Tragödie. Der Mensch, der mit unerklärbarer Intensität die Schmerzen und die Freuden lebt, die die seinen nicht sind ... Das ganze Universum ist in ihm – Götter, Menschen, Tiere, Naturkräfte. Er trägt auf seinen Schultern das Universum wie einen Kopf.

Er erstickt; er beginnt, alle Passionen nachzuahmen, um sich ihrer zu entledigen; die Freuden und die Schmerzen der ganzen Welt hinauszuschreien, damit sein Herz nicht birst ...

Man baut ihm eine Bühne, man stattet sie aus, die träge Masse sperrt verblüfft Augen und Ohren auf, sie fühlt, wie ihr Herz weit wird und das Universum empfängt.

»Die ersten Schritte des schöpferischen Tanzes«, sagte ich bei mir, »die ersten Schreie des Schauspielers, der, auf dem Marktplatz stehend, die Menge ruft – welch einzigartigen Augenblicke!«

Auf einmal dachte ich an die Quellen der Rhône; wie demütig sie unter dem hohen Eis entspringen und sich einen Augenblick unschlüssig zerstreuen, dann ihr Bett graben und brüllend zu Tale gehn! So sind auch die Quellen der Idee ...

Ich schlief ein und sieh! Eine »Quelle« erschien mir im Traum:

O-Kouni, die schöne Tänzerin, die Mutter des Kabuki-Theaters.
Ich überraschte sie gerade in dem Moment, als sie den Schinto-Tempel in Kioto verließ, wo sie im Dienst der Götter tanzte. Der kunstvolle Aufbau ihrer lackschwarzen Haare war in Unordnung, der Zorn zerknitterte ihre langgezogenen Brauen; sie schüttelte ihren Fächer, sie erstickte.
O-Kouni wollte nicht mehr in den finsteren Tempeln tanzen, vor empfindungslosen Göttern. Über sie war das Verlangen gekommen, vor den Menschen zu tanzen, die Augen haben, sie zu bewundern, Hände, um ihr zu applaudieren, und warme Lippen, um sie zu küssen.
Ich sah sie zögernd die hohen Stufen des Tempels herabsteigen, und ihre zarten und kraftvollen Beine schimmerten. Wußten diese Beine, daß sie in diesem Augenblick eine Straße des Triumphes betraten?
»O-Kouni!« rief ich außer mir vor Freude.
Sie wandte sich langsam um, sie betrachtete mich, sie verstand die Glut der menschlichen Sehnsucht und erbebte. Ihr Herz wurde fest, ihre Beine, weiß wie Elfenbein, zögerten nicht mehr. Ja, sie mußte ihre Reize nicht mehr an Götter aus Holz oder Stein verschwenden. Die Menschen! Die Menschen! Fleisch gleich dem ihren, warm, vergänglich, schreiend, wollüstig von Schweiß überperlt.
Sie machte mir mit ihrem seidenen Fächer ein Zeichen und lächelte.
Und lang folgte ihr in der dichten Luft des Traums mein Blick: Sie ging in die Stadt, auf dem großen Marktplatz blieb sie stehen, stieß einen Schrei der Freiheit aus, hob ihren seidenen Kimono und begann ihre Tänze und Lieder.
O-Kouni tanzte keine feierlichen und kalten religiösen Tänze mehr; sie tanzte wie das betrunkene Volk auf den Jahrmärkten.

Sie sang keine hieratischen Hymnen mehr zur Ehre Gottes, sondern einfache und kecke Lieder zur Ehre von Mann und Frau.
Die Fischer, die Obstverkäufer, die Handwerker, die Bauern, die Frauen aus dem Volk, die Gassenjungen umringten sie verwundert.
»Ich will keine Götter mehr!« sang sie, »ich will keine alten Priester mehr, die keine Arme, keinen Mund und kein Herz haben. Kommt her, Leute, für euch tanze ich!«
»O-Kouni!« rief ich wieder in meinem Schlaf, »o Quelle!«
Sie war jetzt in das trockene Bett des Kamo-Flusses gestiegen; sie tanzte, und die wimmelnden Ufer stießen Schreie der Sehnsucht aus. Sie war jetzt nicht mehr allein, O-Kouni; ihr Geliebter war bei ihr, der schöne Nagoya Santsabouro, und auch andere Männer und Frauen, ein ganzer Schwarm.
Ist die Schöpfung nicht immer ein momentaner Verlust des Gleichgewichts (um ein höheres Gleichgewicht zu erreichen), ein Akt des Wahnsinns?
O-Kouni, die Quelle, hatte die ganze Nacht mein sichtbares und unsichtbares Wesen erfrischt.

14

Am Morgen, noch gebadet von dieser nächtlichen Freude, machte ich die Bekanntschaft eines alten Chinesen, meines Tischnachbarn.

Kung Liang Ki wirkte fein und ironisch, geprägt von alter Kultur, die nicht nur seinen Geist geadelt hatte, sondern auch sein ganzes fast durchsichtiges Fleisch. Es war wie das Fleisch der Seidenraupe im letzten Stadium ihrer Entwicklung …

Äußerst entgegenkommend, sehr zurückhaltend, diente ihm seine Höflichkeit als undurchdringlicher Panzer, der ihn von den Füßen bis zur schwarzseidenen Kappe auf seinem Kopf bedeckte. Und wenn er eine etwas bissige Bemerkung machte, begleitete er sie mit einem derart freundlichen Lächeln, daß der Biß nur wie ein freundschaftlicher Kratzer wirkte.

Kung Liang Ki kannte den Vater meines Freundes Li Teh: »Wir sind alte Freunde«, sagte er zu mir. »Wir haben beide dem Kaiserreich gedient, ich resigniert im Ausland, er mit Leidenschaft und Glauben in Peking. Skeptischer und legerer, wie ich war, witterte ich, daß wir das Ende des Reichs erlebten und suchte die etwas welken, aber sehr süßen Schönheiten zu genießen, die alle Dinge in den köstlichen Augenblicken ihres Untergangs begleiten.

Mein alter Freund Kung Tschang Hen, leidenschaftlicher als ich, wollte den Lauf des großen Flusses ändern und dem Schicksal Züge aufzwingen, die seinen patriotischen Zielen entsprachen. Er verstand alles, aber er verzieh nichts; das Reich ist gestürzt, aber er hat das nie anerkennen wollen. Er zog sich in sein Haus zurück, er setzte sich in den Lehnstuhl seiner Vorfahren, er raucht seine lange Pfeife und baut sich ein Reich im Himmel auf, während seine Augen den großen Mauern aus Opiumrauch folgen.«

Kung Liang Ki lächelte schelmisch: »Er ist schweigsam und scheu«, fügte er hinzu, »er ist eine große Seele; Lebensliebe und Todeshaß kennt er nicht. Geben Sie acht, lieber Fremder! Er liebt die Weißen nicht, aber er ist sehr höflich.«

Am selben Abend überraschte ich den alten Mandarin, wie er seine Hand in eine Wasserschale tauchte und eine kleine Jadekugel langsam liebkoste.

»Auf diese Weise«, erklärte er mir lächelnd, »kann sich unsere Haut ihre Empfindungsfähigkeit erhalten. Und Sie wissen doch, wie wichtig diese Empfindungsfähigkeit des Tastsinns im Leben ist: Die Liebe, die Statuen, die Früchte, die kostbaren Hölzer, die Seide erfordern eine sehr feine Haut. Und auch die Ideen ...«

Ich wagte eine indiskrete Frage: »Wie erlangten Sie dieses Lächeln, das niemals entstellt ist von Zorn oder Überdruß?«

Der alte Chinese betrachtete mich einen Augenblick; er zögerte, als ob er mir ein großes Geheimnis anzuvertrauen hätte. Endlich entschied er sich: »Wissen Sie, was das Tao ist?«

»Ja.«

»Können Sie es definieren?«

»Nein, das kann ich nicht. Es durchdringt alles. Mehr weiß ich nicht.«

»Dann kennen Sie es. Wer es definieren kann, kennt es nicht. Es übersteigt jede Definition.«

»Und weiter?«

»Nun, ich bin mit dem Tao endgültig vereinigt. Ich habe die flüchtigen Ekstasen hinter mir, die uns für einen Augenblick versengen und uns gleich nachher verkohlt und rauchend zurücklassen. Ich lodere nicht mehr wie Brände, ich brenne ohne Überschwang und ohne Erlöschen. Sanft wie eine kleine Öllampe.«

»Sie haben keine Angst?«

»Angst? Warum? Ich bin ein freier Mann.«

Ich bewunderte die Rasse, die zur gleichen Zeit jene stinkenden Kulis auf dem Deck wie dieses raffinierte und heroische Wesen von solcher Einfachheit hervorzubringen vermochte.

Auf diesem Schiff, das schon ein schmutzfarbenes Meer pflügte und sich Schanghai näherte, konnte ich mit einem Blick die in den Unrat gesenkten Wurzeln wie die höchste Blüte Chinas erfassen. Und ich begann, die göttliche Sendung des Mistes zu begreifen. Durch mysteriöse Verarbeitung wurde der Gestank zunächst ein angenehmer Geruch und erreichte dann die letzte Form seines höchsten Strebens: das Verschwinden jeden Geruchs.

»Sind Sie Buddhist?« fragte ich wieder.

»Ach, die Weißen!« sagte Kung Liang Ki, diskret lächelnd, »sie müssen einen immer einordnen können. Man existiert nur, wenn man zu jemandem oder zu etwas gehört. Ihr Kopf ist voll von Schubfächern und Zetteln ...

Ich bin Buddhist, ja, ein wenig ... Aber ich verehre auch Konfuzius und habe immer danach getrachtet, seinen so menschlichen Geboten zu folgen.

Wenn Sie wollen, schreiben Sie auf Ihren Zettel: ›Kung Liang Ki, Religion: In seinem täglichen Leben Konfuzianist; in seinen Augenblicken der Kontemplation Buddhist. Aber aktiv oder kontemplativ, er hat Buddha und Konfuzius immer als zwei Masken betrachtet, die dasselbe Antlitz bedecken: Tao.‹«

»Aber Tao«, entgegnete ich, »hat kein Antlitz!«

»Wer hat Ihnen das gesagt? Tao kann alles haben, selbst ein Antlitz.«

»Welches Antlitz?«

»Das meine, vielleicht ...« antwortete leise der Alte mit plötzlich ernster Stimme und tat den Mund nicht mehr auf.

15

Zarte, feuchte Morgendämmerung. Der silbergraue Himmel lächelt im Osten, Möwen überfliegen uns, elegant und hungrig. Die Chinesen auf dem Deck werden unruhig und trippeln und stoßen schrille Schreie aus wie zornige Ratten.
Kung Liang Ki in seiner Robe aus himmelblauer Seide, mit seiner runden Mandarinkappe und seinen Schuhen aus schwarzer Seide, stand neben mir auf dem Bug.
Schweigend hielten wir unsere Blicke auf eine feine Linie in der Ferne gerichtet, endlos und schmutzfarben, China.
»China ... China ...« murmelte ich, und mein Herz hüpfte.
Als Mohammed an die Tür eines seiner Gefährten klopfte, öffnete ihm die schöne Zeineb, die Frau dieses Gefährten. Der Wind wehte in diesem Augenblick und verschob ein wenig das Kleid der Zeineb; ein Aufleuchten, ihre feste Brust enthüllte sich. Geblendet und dankbar vergaß Mohammed auf der Stelle alle Frauen, die er geliebt hatte, und hob die Hände zum Himmel: »Allah«, rief er aus, »ich danke dir, daß du mir ein so unbeständiges Herz gegeben hast!«
Als ich China sah, vergaß ich sofort alle Länder, die ich liebte, alle meine geographischen Passionen, und wandte mich dem neuen Liebesabenteuer zu, dem Land mit den geschlitzten Mongolenaugen und dem grausamen, geheimnisvollen und beunruhigenden Lächeln. Danken wir Allah, daß er uns ein so unbeständiges Herz gegeben hat und daß der Wind wieder weht und die ewig feste Brust Chinas ein wenig enthüllt!
Die Sonne geht auf, der Morgendunst zerstreut sich allmäh-

lich, China enthüllt sich; grüne Felder erscheinen in der Ferne, jadefarben.

In diesem Augenblick ließ sich die Stimme Kung Liang Kis vernehmen, dünn und ironisch: »Nun sind wir endlich angelangt im sogenannten Reich des Himmels. Aber es gibt, Buddha sei gepriesen, auf der Welt kein irdischeres. China ist aus dem Schlamm gemacht, den seine Flüsse anschwemmen, und aus den Exkrementen seiner Bewohner. Es ist vor allem gemacht aus den Körpern – den Haaren, dem Fleisch und den Knochen – der Vorfahren. Ich frage mich, was Sie davon verstehen können, Sie, ein weißer Mann.«

»Ich bin nicht zu euch gekommen, um zu verstehen«, antwortete ich, verärgert über den lächelnden Sarkasmus in seinem Ton. »Ich komme zur Freude meiner fünf Sinne. Ich bin, Christus und Buddha sei Dank, kein Soziologe, Kaufmann oder Tourist.«

»Was sind Sie dann?«

»Die alten Griechen sagten, daß die Seele ein ›Zusammenwirken der fünf Sinne‹ ist. Ich bin eine solche Seele. Ich bin ein Lebewesen mit fünf Fühlern, das die Welt streichelt. Ich erfülle diese Pflicht, so gut ich kann; das ist der Grund, warum ich keine Ironie, keine Enttäuschung zu fürchten habe. China ist für mich ein neuer Weideplatz, wo ich meine kleine Herde weiden lassen werde, meine fünf hungrigen Tiger: den Blick, das Gehör, den Geschmack, den Geruch und den Tastsinn.«

Ich hatte nicht die ganze Wahrheit gesagt; ich hatte die Angst verschwiegen, die mich in diese fernen Länder treibt. Aber ich hasse die Herzensergießungen und die schnellen Verbrüderungen. Vor allem hasse ich die Bekenntnisse, die das Herz erleichtern.

»Weint nicht!« rief ein alter arabischer Dichter den Söhnen sei-

ner Rasse zu, als sie im Krieg besiegt worden waren. »Weint nicht, damit euer Schmerz nicht geringer werde!«
Dieser Ruf ist seit langem in mein Leben gedrungen; eifersüchtig erhalte ich mir meinen Schmerz unversehrt und kräftig.
»Ja«, sagte Liang Ki und blinzelte mit den Augen. »Achten Sie auf Ihre kleine Herde, junger Mann. Die Chinesen und die Chinesinnen sind erpicht auf diese jungen Tiger mit dem zarten Fleisch.«
Er lachte gezwungen und verabschiedete sich von mir mit ausgesuchter Höflichkeit.
»Ich habe das sehr angenehme Vorgefühl, daß wir uns in Peking wiedersehen werden. Seien Sie glücklich und klug!«
Schwärme von Dschunken und Sampans mit Segeln aus Flicken oder Matten ziehen wie Fledermäuse vorbei. Sie haben hohe schwarze, rote, grüne Hecks; lackierte Drachen mit aufgerissenem Maul beugen sich von ihnen herab, und das ganze Meer ist voll von Dämonen.
Wir fahren langsam durch schlammiges Wasser. Der Hafen von Schanghai zeichnet sich im Hintergrund ab, ein Wald von Mastbäumen, beflaggt, dumpf tosend in der Morgenstille.
Mit gereckten Hälsen und aufgesperrten Augen versuchen wir, Schanghai, die verfluchte Stadt, über dem Schmutz zu erkennen.
Vor einigen Jahrzehnten war Schanghai ein kleiner, stiller Hafen; ein paar Fischerhütten, Ausrufe des Zorns und der Liebe; geduldig und schläfrig trottete das Leben dahin wie eine Schildkröte.
Auf einmal fielen die weißen Dämonen vom Ozean über diese Küste her und brachten ihre schrecklichen Sklaven mit, die Maschinen. Mit Besessenheit und Wut räumten sie die Flußmündungen aus, bauten Kais, errichteten Wolkenkratzer und Fabriken, erfüllten die Luft mit dem abscheulichen Lärm dröh-

nender Maschinen, pfeifender Schiffe, mit dem Geschrei der Börse und mit ihrer Tanzmusik.
Sie brachten diesen seltsamen, duftenden, wurmzerfressenen Apfel, die Zivilisation.
»China ist schön! ...« hörte ich plötzlich hinter mir. Ich drehte mich um; es war einer dieser weißen Dämonen, hohlwangig, die Augen blaßblau und trüb.
»China ist schön«, wiederholte er. »Und Schanghai ist sein duftender, hungriger Mund. Glücklich, wer ihn küßt.«
Er lächelte und zwinkerte mir komplizenhaft zu.
»Frauen? Whisky? Dollars?« fragte ich grinsend.
»Pf!« machte der Mann, mit den Achseln zuckend. »Nicht Frauen, Whisky, Dollars, sondern ›chinesische Prinzessinnen‹. So nennen wir anderen die schönen chinesischen Mädchen mit den anschmiegsamen Körpern. Und nachts, auf den weichen Diwanen, wenn die Lichter ausgehen und die langen Pfeifen angezündet werden – da fällt der Vorhang, der Vorhang, den ihr anderen die Wirklichkeit nennt. Und die wirklich wirkliche Welt öffnet sich vor uns, den Erwählten, und wir dringen in sie ein ...«
Das blaue Auge leuchtete für einen Moment auf und erlosch sofort wieder. Die massige Kinnlade sackte herab, und der Mund verzerrte sich. Ich fühlte Ärger und Ekel, wie immer, wenn ich Seele und Fleisch eines Menschen entstellt sehe.
Um meine Augen ein wenig zu erfrischen, richtete ich sie auf die Küste zu meiner Linken, wo ein letztes Feld grünte; dank irgendeines Zufalls war es noch nicht von den Dämonen erobert. Es war zartgrün geblieben, von Tau überperlt wie von Tränen.
Ohne daß es mir zu Bewußtsein kam, reichte ich ihm die Hand, als ob ich Abschied nehmen wollte von ihm. Bei meiner Rückkehr würde es vielleicht von Beton und Eisen überwuchert sein.

»Soll es verschwinden!« murmelte ich, plötzlich gereizt. Diese Empfindsamkeit mitten unter den Drachen hat etwas Unzeitgemäßes und Lächerliches an sich; dieses Stück Land behauptet sich, bleibt in seiner Frische nicht dank eigener Kraft erhalten, sondern dank Zufall oder Mißachtung. Mag sie verschwinden, diese Poesie!
Die Poesie der schwarzen Drachen! Die trockene, wilde Poesie unserer Epoche! Die Verse wie Stahl hämmern! Harmonie schaffen zwischen dem Herzen und den infernalischen Fabriken! Die Schönheit mit Eisen panzern! Den heroischen Reim finden zwischen unserer Zeit und uns!
Schanghai, diese verfluchte Stadt, ist vielleicht ein modernes Gedicht. Wehe dem, der es nicht versteht! Wehe mir, wenn ich es nicht verstehe!

16

Zum ersten Mal eine Stadt zu sehen, zu hören, sie zum ersten Mal langsam zu berühren, einzudringen in ihre Alleen, sich genießerisch in ihren Straßen und Sackgassen zu verlieren; ihr geheimstes Parfum zu riechen, mit einem langen Blick ihre Häuser zu begrüßen, ihre Kieselsteine und ihr Ungeziefer, die menschlichen Wesen, die an ihr nagen – welche Lust!
Nur das allmähliche Eindringen in die Intimsphäre einer Frau kann eine – wenn auch nur blasse – Vorstellung dieser Lust vermitteln, die uns bis zum Schmerz genießen läßt.
Wenn schon ein so prosaisches und friedliches Eindringen unser Herz glücklich macht, wie unbändig muß dann die Freude der Eroberer sein, die, noch von Blut besudelt und dampfend, in die belagerte und endlich eroberte Stadt einziehen!
Das Schiff wirft die Brücke aus und klammert sich an Schanghai. Ungeduldig springe ich auf den Kai und stürze mich in die Straßen, die sich vor mir wie ein bunter Fächer öffnen.
Schnell lasse ich die anmaßenden Viertel der Weißen hinter mir, die breiten, schrecklich geraden Avenuen, die Banken, die Buildings, die Paläste, die Engländer mit Wangen wie halbgare Beefsteaks, die schwindsüchtigen Inder, die Seidenstoffe und Tee verkaufen.
Ich lasse die Kirchen mit ihrer verblüffenden Häßlichkeit hinter mir, die öffentlichen Bibliotheken, die Hospitäler, die Wohltätigkeitseinrichtungen, die ganze verlogene Schauseite unserer heuchlerischen Zivilisation, und stürze mich in das schmutzige Gewimmel des chinesischen Viertels.

»Passen Sie auf! Wagen Sie sich nicht ins chinesische Viertel!« empfahl mir ein alter Passagier mit erschreckter Miene. »Das ist sehr gefährlich. Vor allem abends. Sie könnten schnell eine Schlinge um den Hals bekommen.«

Hören wir nicht auf diese alte Schwiegermutter, die Vernunft! Sinken wir in diesen gelben Ozean!

Ich öffne die Augen und möchte schreien vor Freude. Ein so schreckliches und lebendiges Gesicht der Erde zu sehen, hatte ich nicht erwartet. Die Freude steigt mir in die Kehle. Es scheint mir, ich wäre erleichtert, wenn ich einen Schrei ausstieße, wenn ich die Zöpfe der Chinesen packte, die um mich tänzeln oder, friedlich an der Straßenecke kauernd, ihre Pfeifen mit den winzigen Köpfen rauchen.

Eine seltsame Trunkenheit treibt uns, uns mit dieser ganzen zähflüssigen Masse zahlloser Köpfe zu vereinen, die Abneigung und die Angst zu überwinden, uns voll Lust in dieser abstoßenden Flut zu verlieren und zu vergessen, woher wir kommen und wohin wir gehen ...

Ein gelber Dionysos, schlitzäugig, unendlich betörender und tiefer als der andere, schenkt uns einen gefährlichen Wein aus Lotus ein.

Allmählich verebbt die Trunkenheit, und ich beginne klar zu sehen. Beflaggte Gassen, Fahnen mit beunruhigenden Zeichen, Drachen und phantastische Vögel, in Holz geschnitzt, Läden eng wie Zellen, in denen kleine, gelbe, zusammengeklappte Körper geduldig Eisen, Elfenbein, Leder bearbeiten. Ihre Hände, geführt von den Tausenden von unsichtbaren Händen der Vorfahren, verrichten die überlieferten Handgriffe mit unfehlbarer Geschicklichkeit. Andere zünden Feuer an, kochen, essen gierig, den Mund an die Schale gepreßt.

Frauen in langen blauen oder schwarzen Hosen stillen, auf der Erde sitzend, ihre Kindermeute. Andere tänzeln mit ihren entstellten Füßen und wiegen ihre gewaltigen Hüften. Männer kauern in der Reihe und entleeren sich, während sie ruhig plaudern.

Hier ist jedes menschliche Wesen eine Kloake. Seit Tausenden von Jahren häuft es unermeßlichen Unrat auf seiner Durchreise an, und so hat sich diese dicke Kruste Chinas gebildet, elastisch und fruchtbar.

Ein fauliger Geruch. Die Luft ist sämig und klebt in den Nüstern.

»Geduld, mein Herz! Geduld«, murmelte ich, während ich mir die Nase zuhielt. »Das ist der Orient. Versuche es, wenn du kannst, mit der geheimnisvollen Methode der schweren Austern des Orients, die ihre Krankheit in eine große Perle verwandeln.«

Lepröse mit zerfressenen Fingern verkaufen Melonenkerne und Reiskuchen. Ein Barbier, dessen Wangen von einem Ekzem verwüstet sind, rasiert einen alten Kuli an der Straßenecke, auf dem Pflaster. Eine beleibte Prostituierte mit Papierblumen im schütteren Haar wendet sich an die Passanten mit spitzen Schreien.

Ich schlendere langsam und bemühe mich, nicht von Panik ergriffen zu werden. Ich will dieses entsetzliche Schauspiel auskosten, ohne dabei in Ohnmacht zu fallen.

Du gehst durch die Straßen von Schanghai, und ein Schauder überläuft dich. Wie wenn du plötzlich in den Dschungel geraten wärst. Die Gesichter sind angespannt, mitleidlos, auf der Lauer. Die Augen sind voll Grausamkeit und Haß. Die Weißen eilen, steigen über Treppen, öffnen Türen, beugen sich mit zusammengepreßten Lippen über Schreibtische, notieren Zahlen, telefonieren, geben dringende Depeschen auf, machen Business.

Unersättlicher Durst nach Gold, stöhnende Lust, die schreck-

lichen Triebe, der Hunger, die Liebe, bis zur Panik verwildert. Denn die Weißen, die frechen Herren, werden gehetzt. Rund um sie erhebt sich die chinesische Mauer des Hasses. Und die Mauer wird immer enger, wie eine Schlinge. Zahllose kleine, gierige Schlitzaugen belauern den Weißen und warten.
Früher oder später, der große Tag wird kommen. Er nähert sich Schritt für Schritt. Die Chinesen pressen das Ohr an die Erde und hören ihn kommen, bald mit gedämpften Schritten, bald mit dem gellenden Schrei: »Werft die Weißen ins Meer!«
Der Abend sinkt, die Nacht bricht an, die große Komplizin. Die Banken, die Büros, die Läden schließen. Die Weißen räkeln sich und gähnen, sie stehen auf, parfümieren sich und steigen in die Straßen hinab. Sie waren Wölfe bei Tag, nachts werden sie Schweine.
Die Papierlaternen leuchten auf, rote mit schwarzen Drachen, grüne mit Orchideenblüten. Die große Straße der Fröhlichkeit, Fou-tscheou, erglänzt unter bunten Lichtern. Der Jazz hat, wild, unwiderstehlich, seine ersten Schreie ausgestoßen.
Die Pfauen der Nacht, die Kokotten, werden munter. Sie schlagen das Rad, sie glätten ihr Gefieder, sie legen Rouge auf die Lippen ... Die schweigsamen Kulis werfen sich nieder, sie steigen in ihre samtenen Rikschas. Wenn sie den Fuß heben, werfen für einen Augenblick Bein und Schenkel einen düsteren Blitz durch das geschlitzte Kleid. Andere gehen mit weiten, ungestümen Schritten durch die Straßen, gelben Erzengeln gleich.
Alle haben es eilig. Sie begeben sich von Cabaret zu Cabaret, von Restaurant zu Restaurant, sie singen ein wenig, sie lächeln, sie streicheln die Männer wie kranke Kinder, ihr Bein wirft wieder stählerne Blitze, sie steigen wieder in ihre Rikschas, teilnahmslos, ein wenig traurig, und eilen zu anderen Klienten. Ihr Haar gerät etwas in Unordnung, das Rouge blättert ab. Sie

holen ihren winzigen Spiegel heraus, machen sich die Ponyfrisur über der Stirn wieder zurecht, frischen das Rouge auf und setzen ihren Weg durch die Nacht fort.
Mitternacht. Ich kann mich nicht zum Schlafen entschließen. Ich irre durch die Straßen, ich öffne die Augen, spitze die Ohren, ich gleite die Häuser entlang wie ein Spion.
Viereckige Höfe, drei, vier baufällige Stockwerke, einige blinzelnde Lichter. Ringsherum eine Tür neben der anderen, wie in Klöstern, würde man sagen. Es sind keine Klöster. Von der Balustrade beugen sich halbnackte Frauen herab und rufen. Ein schaler Geruch nach parfümierter Seife und Kölnisch Wasser ... Ein Fenster geht auf, Waschwasser wird ausgekippt, man hört einen Augenblick Lachen, Schreie, das Fenster wird geschlossen, und alles kehrt wieder in ein verdächtiges Schweigen zurück. Und die halbnackten Körper erscheinen wieder über der Balustrade und rufen mit heiserer Stimme.
In diesen großen Basaren des Fleisches, den sexual stores, kannst du für ein paar Dollars alles erleben, »was in einem Zimmer vor sich gehen kann«, die ganze Schmach, die Trauer, die Schrecken der Lust. Und du bist für immer angeekelt (wenn du eine Seele hast) von Mann und Frau.
Schanghai hat eine infernalische Größe. Die Stadt quillt über von Leben und Tod. Sie hat Fieber; voller Hast erwirbt und genießt sie, und von Ahnungen gequält, erwartet sie mit Angst das Morgen.
In Colombo, in Singapur ist die Erniedrigung des Weißen nicht so entwürdigend und schmerzlich. Hitze, Feuchtigkeit, du starrst auf die tropischen Bäume, und eine Lähmung befällt dich, du trittst in das Nirwana ein, und wollüstig löst du dich in das große Ganze auf. Du wirst zu Baum, Wolke, zum Schatten von Baum und Wolke, du hörst auf zu existieren.
Aber du hörst zu existieren auf, indem du dich mit etwas

Höherem, als du selbst bist, vertauschst, mit etwas Unendlichem, Ewigem. Du erniedrigst dich nicht, du vergöttlichst dich.

Hier in Schanghai erniedrigst du dich. Du verlierst dich, indem du zu etwas Niedrigerem, als du selbst bist, hinabstürzt, zu etwas Beschränkterem, das unterhalb der menschlichen Seele ist.

Ja, Schanghai ist eine herrliche und eine verfluchte Stadt. Sie ist fortschrittlich und kündigt die Form an, die unsere auf das Ende zutreibende Welt bald annehmen wird... Sie ist die mißgestaltige Blüte der Zivilisation, mit Staubgefäßen aus Eisen und verwestem Herzen.

So wie sie müssen Ninive und Babylon, das ägyptische Theben und Knossos auf Kreta gewesen sein, als sie endlich reif waren: schamlos, ungläubig, überquellend von Reichtum und Geist, bereit zum Sterben.

Kurz nach Mitternacht gehe ich durch den Saal eines großen, erleuchteten Gebäudes. Man spielt Ma-Jongg, Fandang, Roulette. Man diniert, man tanzt, man raucht, man liebt. Schöne Chinesinnen, schlank, begehrlich, ungestillt, spielen um ihren Schmuck und ihren Körper; die Generäle um die Kasse ihrer Truppen; die Studenten um ihre kleine, gierige Jugend.

Verstört wandere ich durch diese gelbe Hölle und atme tief den scharfen Geruch schöner, schwitzender Körper ein.

»Wir leben das Ende, gut! Wir haben uns den Tag unserer Geburt nicht ausgesucht. Leben wir also das Ende mit der Intensität jener Körper und Seelen, die kein Morgen haben!«

Eine Tür ging auf, freudige Rufe, Lachen, Säbelgeklirr. Die etwas heisere Stimme einer betrunkenen Frau.

Ich fuhr zusammen; wo hatte ich diese Stimme schon gehört?

Die Tür blieb halb offen; Kellner mit verschlossenen Gesich-

tern kamen und gingen, mit großen Schüsseln und hohen Flaschen beladen.
Die Frau hatte jetzt zu singen begonnen; ihre heisere, leidenschaftliche, mitreißende Stimme jagte einem wilde Schauder ein. Das war keine menschliche Stimme mehr, es war der hemmungslose Lockruf einer brünstigen Tigerin.
Ich reckte den Hals, ich wollte sehen. Welche Frau war das nur? Ein schrecklicher Verdacht war in mir aufgestiegen, aber ich wagte nicht, ihm ins Gesicht zu blicken.
Ein roher Arm hielt mich zurück. Ich hob den Kopf. Der geheimnisvolle Chinese mit der Narbe richtete sich vor mir auf. Schaudernd wich ich zurück. Überstürzt verließ ich dieses infernalische Haus, ein Würgen in der Kehle.
»Warum? Warum?« stammelte ich, von einem unerklärbaren Schmerz ergriffen. »Warum ist Joshiro so tief gefallen?«

17

Ich steige in eine Rikscha, mit Genugtuung lese ich noch einmal das Telegramm meines Freundes Li Teh aus Peking. »Vater, Schwester und ich erwarten Sie bei uns mit Freude. Kommen Sie bitte!«

Eine Silhouette löst sich aus meinem Gedächtnis, schlank, elegant, schlicht. Mein Freund Li Teh. Unsere Jahre in Oxford, der Reiz sich andeutender Möglichkeiten an der Schwelle der Zukunft, die bezaubernde Anmaßung der Jugend …

Li Teh liebte die Blumen, die Frauen und den Boxkampf. Er war verschwiegen und leidenschaftlich. Man fürchtete sein Lächeln. Ein Ruf kalter Gefühllosigkeit isolierte ihn. Wir aber waren Freunde geworden. Er sah in mir einen Menschen, der besessen darum kämpfte, seine wilden, tierischen Instinkte in klare Gedanken umzuformen, und dieser Kampf zog ihn an. Ich sah in ihm einen verschlagenen Leoparden, der in Menschenfleisch vernarrt ist, aber sich beherrscht, der in jedem Augenblick seinen Hunger in ein Lächeln verwandelt.

Wir waren zwei große Verdränger; hinter der menschlichen Maske verbargen wir sorgfältig zwei wilde Tiere, Li Teh auf dem Feld der Tat, ich – noch grimmiger – auf dem höheren der Kontemplation.

»Wir sind zwei Hälften«, sagte ich einmal zu ihm. »Zwei Bruchstücke einer großen Seele. Zwei verstümmelte Wesen.«

Seiner abscheulichen Gewohnheit folgend, knirschte Li Teh bloß mit den Zähnen, ohne zu antworten. Aber am Abend lachte er höhnisch, und seine großen weißen Zähne glitzerten drohend: »Ich hasse die Ideen, die Träume und die Onanie. Ich liebe nur den Zorn, der sich in Taten umsetzt. Dschingis-Khan!«

Die Tundren und die Wüsten Zentralasiens öffneten sich plötzlich bei diesen Worten und fielen über Oxford her. Der Khan der Tartaren, seine roten Haare, sein Blaufuchspelz, sein weißes Pferd …

»Was ist die größte Freude, die ein Mann erleben kann?« fragte Dschingis-Khan eines Tages seine Genossen.

»Als Sieger aus dem Krieg heimzukehren und, in deinem Garten sitzend, das Gezwitscher deiner Frauen zu hören …«

»Nein!« schrie Dschingis-Khan wütend. »Nein! Sondern auf dem Leichnam des Feindes zu tanzen!«

Li Teh sah mich lächelnd an.

»Woran denken Sie?« fragte er mich.

»An Dschingis-Khan.«

Li Teh runzelte die Stirn.

»Wieso?« rief er gereizt. »An diesen Wolf zu denken, behalte ich mir vor. Denkt ihr anderen an euer Lamm Jesus Christus!«

Der Kuli meiner Rikscha hielt. Schnell kehrte ich nach Schanghai zurück. Der Kuli wies mit dem Finger auf eine Frau, die auf einem Dach schrie.

Ich betrachtete sie neugierig. Eine dicke Frau mit zerzaustem Haar ging auf dem niedrigen Dach ihres Häuschens aus Stroh und Lehm wütend auf und ab. Sie schrie, wobei sie ihre Faust gegen die Passanten auf der Straße streckte. Schaum stand ihr auf dem breiten Mund.

»Was hat sie?« fragte ich meinen Kuli.

»Tsch'i!« antwortete er gleichgültig. »Die schwarze Wut; sie beschimpft die Straße.«

»Warum?«

»Sie hat es satt, sie erstickt, deshalb!«
Ein seltsamer Schauder lief mir über den Rücken. Das also war Tsch'i, die schwarze Wut, die »heilige Krankheit« dieser Rasse.
Die Frau mit dem zerzausten Haar tobte auf ihrem Dach, sie zerriß ihren Pyjama aus blauer Baumwolle, ihre heiseren Laute glichen einem Röcheln. Dann und wann blieb sie stehen und öffnete heftig ihren Fächer; wütend fächelte sie sich.
So sind die Chinesen von Zeit zu Zeit vom Dämon besessen. Sie sind ruhig, sanft, sie lächeln still, entlausen sich, rauchen. Sie arbeiten sich zu Tode, zu Wasser und zu Land, ohne zu klagen. Aber plötzlich kommt der Dämon über sie. Sie steigen auf die Dächer und beschimpfen die Straße. Sie kommen auf die Straße herab, mit der Schlinge in der Hand. Sie töten oder töten sich selbst vor Wut. Maßloser, ohnmächtiger Zorn wirft sie nieder.
Die Königin Lou, die vor zwanzig Jahrhunderten lebte, war geduldig, sehr sanft. Plötzlich bedeckten sich ihre königlichen Lippen mit Schaum. Der schönen Tse, der Konkubine des Königs, schnitt sie Hände und Füße ab. Sie stach ihr die Augen aus, schnitt ihr die Ohren ab, ließ sie geschmolzenes Blei trinken. Dann packte sie den Leichnam, warf ihn in die Kloake und begann darauf zu tanzen.
Der Chinese hortet und sammelt alles, und nichts entfällt ihm. Er notiert sich das Geringste auf deinem Schuldenkonto. Und eines Tages wirst du todsicher zahlen.
»Los!« rief ich meinem Kuli zu, der, am Boden sitzend, sich ausruhte und selig rauchte. Er steckte gemächlich die Pfeife in seinen Gürtel und machte sich wieder daran, zum Bahnhof zu laufen.
»Mein heutiger Tag ist nicht verloren«, dachte ich. »Ich habe diese Chinesin gesehen; sie sei gesegnet. Sie ließ mich einen

flüchtigen Blick auf das schreckliche China werfen, das sich nach Osten aufgemacht hat.«

Erschrocken fuhr ich auf: »Wie, wenn sich eines Tages das Tsch'i nicht nur einer Chinesin, sondern ganz Chinas bemächtigt?«

Generalproben gibt es schon da und dort. Im Jahr 1900 hörte man eines Tages auf einer Straße Pekings fürchterliche Schreie, und es war nicht nur eine Schauspielerin, eine Chinesin, sondern eine ganze Truppe.

»Tötet die Weißen! Werft sie ins Meer!«

Rasende Propheten liefen durch die Straßen und hetzten die Masse auf: »Die Weißen beleidigen unsere Götter, sie erzürnen den Himmel und die Erde, und auf unsere Felder will kein Regen mehr fallen. Erhebt euch, Chinesen! Acht Millionen Geister rüsten sich, vom Himmel herabzukommen und uns zu Hilfe zu eilen! Vereinigt euch mit diesen Geistern! Tötet die Weißen! Werft sie ins Meer!«

Wie könnte man den Menschen in den Kampf für die Freiheit treiben, ohne an seine tiefsten Instinkte zu appellieren? Der Haß, der Hunger, der Durst, die Rache, die Lust am Blutvergießen sind ungeheure Kräfte, die man mobilisieren muß. Die Tugenden, bürgerliche oder nicht-bürgerliche, reichen nicht aus, um die Menschen aus ihrer Apathie zu rütteln.

An jenem Tag waren einige tausend Kulis, die Hi Ho Tuan, die »geschnürten Fäuste«, die Boxer, von der schwarzen Wut befallen. Sie rannten durch die Straßen wie Dämonen. Ein wilder Glaube vervielfachte ihre Kräfte.

Wunder wurden ruchbar. Man trieb lange Nägel in diese Propheten, stieß Messer in ihr Fleisch, ohne daß ein Tropfen Blut floß. Man rief das heilige Fasten aus. Man stimmte religiöse Hymnen an, man verbrannte die Bekanntmachungen mit den Aufrufen zur Gewalt und verschlang ihre Asche. Man kletter-

te auf Bäume, man sprang von den Dächern, und schäumende Lippen zischten verworrene und blutrünstige Orakel.
Ein Fanatiker zerstückelte sein Töchterchen und warf die Stücke unter die Gläubigen. Sie hatten den Kopf mit einem Turban umwickelt, auf dem das Wort »Fou«, Glückseligkeit, geschrieben war. Sie stürzten in das Botschafterviertel; die Gewehre, die Kanonen, die Granaten, die sie dezimierten, vermochten ihrer Raserei nicht Einhalt zu gebieten.
Drei Monate dauerte dieser Anfall von Tsch'i. Dann beruhigten sich die Kulis, ihr Fieber sank, sie nahmen ihre niedrigen Dienste wieder auf und machten wieder ihre Bücklinge vor den weißen Herren. Sie begannen wieder zu schweigen, zu lächeln, ihre schwarze Wut aufzustauen, wieder ihre Seelen nach und nach damit anzufüllen.

Mein Kuli hielt. »Der Bahnhof!« sagte er und streckte mir gierig die Hand hin. Ich zählte ihm schwere Kupferstücke hinein. Sein Handteller füllte sich mit Münzen, er leerte ihn in seine Tasche und streckte ihn mir wieder hin.
Ein Engländer, der vorüberging, blieb stehen und sah uns zu. Gerade wollte ich die Hand des Kulis von neuem füllen.
Plötzlich trat der Engländer rasch heran und versetzte dem Kuli einen rohen Fußtritt in den Bauch; zornig schleuderte er ihm ein paar chinesische Worte entgegen.
Etwa dreißig Chinesen scharten sich um uns und schauten uns regungslos und stumm zu.
»Sie haben ihm zuviel gegeben!« sagte der Engländer zu mir im Ton strengen Tadels. »Man darf sie nicht verwöhnen.«
Ich begann zu lachen: »Was ist schon dabei! Ich hatte Mitleid mit ihm!«
»Es ist schon etwas dabei!« antwortete der Engländer trocken. »Jawohl! Sie befinden sich in China, vergessen Sie das nicht!«

»Aber warum haben Sie mich nicht mit einem Wort gewarnt, anstatt ihm diesen Fußtritt zu geben?«

»Er hätte zu schreien begonnen. Der Fußtritt hat ihm Schrecken eingejagt. Das ist das einzige Mittel.«

Ich betrat den Bahnhof.

Das ist das einzige Mittel! Vierhundertfünfzig Millionen Chinesen auf der einen Seite, ein Engländer auf der anderen. Aber wie lange noch?

Ich hatte einen verstohlenen Blick auf die Chinesen geworfen, die sich um uns geschart hatten. Keiner hatte die Lippen bewegt, keiner mit den Wimpern gezuckt. Ihre Gesichter waren regungslos geblieben wie Masken. Ihre Fäuste hatten sich ein wenig verkrampft.

Er speichert die Wut, der Chinese, er steckt die Schläge ein, die Beleidigungen, das Gelächter. Und eines Tages geht sein Herz davon über. Werden die Flotten der Dämonen von Jenseits des Meeres an jenem Tag Zeit genug haben, die weißen Kehlen zu retten?

18

Nie werde ich diesen Abend vergessen, den fünften nach meiner Abreise von Schanghai.
Ich fuhr in einer Zickzacklinie über die ungeheure Erde Chinas nach Peking hinauf. Von den ersten Tagen an hatte mich die schlichte und majestätische Landschaft überwältigt. Ich wurde nicht müde, mit heiligem Schrecken den Yangtse zu bewundern, die mächtige Arterie, die Millionen Wesen nährt und oft verschlingt, wahrhaft ein Oger des Ostens, ein Gott des Lebens und des Todes.
Er ist ein Drache, der an den Bambuswäldern und den Dörfern leckt, die Reisfelder überschwemmt, allen Unrat in sich aufnimmt und langsam zum Meer hinabsteigt, blauschwarze Kadaver und gewaltige Massen von Schlamm mit sich führend.
An jenem Abend spielte ein milder Schimmer auf seinen Schuppen, die im fahlen Glanz des vollen Mondes aufleuchteten. Seine sämigen Wellen klatschten an die Seitenwand eines alten Bootes, das von Schlinggewächsen mit blaßvioletten Blüten bekränzt war. Seltsames Gurren drang von diesem am Ufer vertäuten Boot her und dann und wann dünne, spitze Schreie, wie von Nagetieren oder erregten Frauen.
Auf dem Deck alte Matten, ein Durcheinander kleiner Kissen, der stechende Geruch von Opium, Augen, die im Halbdunkel gelb aufflammten, wie von Raubtieren im Hinterhalt. Rechts und links reglos und stumm ausgestreckt die Kurtisanen, stark nach Moschus riechend – die gelben Sirenen.

Ihre geschminkten Lippen bluteten wie Wunden; ihre Wangen hatten die »Farbe der Trunkenheit«, die Augenbrauen waren rasiert, und darüber waren weit weggespreizte Fühler gemalt, hauchdünn, wie »die Silhouette ferner Berge«.
Ich hatte die Frauen jäh bemerkt, als ich über das Deck ging, und ein Schauder hatte mich überlaufen wie vor riesigen Vipern.
Allmählich gewöhnten sich meine Augen an das Halbdunkel, und ich bemerkte jetzt hinter diesen geschminkten Götterbildern etwa zehn kauernde, sehr magere Chinesen, die rauchten, mit in die Ferne verlorenen Augen. Sie schauten nicht auf die Frauen; sie folgten über dem Wasser, das jetzt den Mond trug, ihrem Traum ohne Antlitz.
Der Goldflitter, die schwarzen Perlen, die Ohrringe, die Bronze-Armbänder warfen kurze Blitze im beunruhigenden Schimmer des Mondes. Der Fluß atmete wie ein Nachttier, und sanft bewegte sich das Boot, indem es der mächtigen Atmung folgte.
Dieser schaukelnde Lastkahn der Liebe auf dem schlammigen Wasser erschien mir plötzlich wie die schwimmende Kathedrale einer ewigen Religion. Sie trug die Last heiliger Frauen und Märtyrer, die sich auf Matten lagerten, die Häupter von einer phosphoreszierenden Aureole umgeben.
Auf ihrer gastlichen und heroischen Brust waren die Weihgaben der Gläubigen zu erkennen: goldene Anhänger, Tränen aus Jade, tiefe Bisse, Brandwunden von Zigaretten …
Die Kronleuchter der Sterne funkelten über ihren Köpfen; und in der duftenden Dunkelheit vollzogen sich schweigend die Riten – die tausendjährigen Gesten von Armen, die sich öffnen, und von Händen, die tasten …
Langsam ging ich weiter und versuchte, im Mondlicht unter diesen einander gleichenden und gespenstischen Erscheinun-

gen ein menschliches Gesicht zu entdecken, um mich demütig an seiner Seite niederzulassen.
Ein mildes Mitgefühl hatte sich meiner bemächtigt, der unerwartete Wunsch, ein Opfer zu bringen, die plötzliche Entdekkung, daß dies hier meine leprösen Brüder und Schwestern waren.
So stieg langsam die heilige Akropole in der Luft auf, die ich so sehr geliebt habe. Frühling, das über und über grüne Tal in Umbrien, die blühenden Dornenhecken, die jungen, dunkelhaarigen Mädchen mit den großen Augen, die, auf der Hausschwelle sitzend, Spitzen häkeln, die weißen Tauben, die auf den Glocken der Klöster gurren …
Die silberne Stimme der kleinen Glocken von Santa Chiara, mutwillig, schelmisch, ausgelassen; summend hält sie ein und beginnt wieder, die Flucht der Verliebten vorzutäuschen … Sie hält abermals ein und wartet. Und da ist endlich der gewaltige Klang der großen Glocke vom Kloster des Heiligen Franziskus, tief, männlich, leidenschaftlich, der die kleine, feine Glocke der heiligen Nachbarin übertönt …
Einen Augenblick schweigt Santa Chiara bestürzt; aber schnell faßt sie sich und beginnt wieder ihre silbernen Rufe, fröhlich, sorglos, trunken vor Glück … Und die beiden Stimmen vermischen sich in der Luft und vereinigen sich wie zwei Körper.
Bezaubert folgte ich diesen Glockentönen, die mich so sehr erbeben ließen. Ich ging durch die steilen Gassen und tauchte ein in das kühle Dunkel der königlichen Kirche des Poverello. Und nach und nach erblühten im Zwielicht die frühlingszarten Fresken Giottos … Proserpina gleich, erstand die Malerei langsam und taufrisch vor mir, indem sie mit ihren Rosenfingern das byzantinische Leichentuch beiseite schob.
Liebe, Reinheit, jungfräuliche Frische! Der auferstandene Chri-

stus, der den Fuß auf das junge Gras setzt ... Und das Gras krümmt sich nicht unter seinen Füßen; das ganze Fleisch ist zu Geist verdunstet. Magdalena verfolgt ihn, mit offenen Armen, hemmungslos; sie will berühren, fühlen, umarmen, um zu glauben. Sie ist eine Frau. Sie glaubt nicht an den Geist. Aber er, der reine Geist, sträubt sich und ruft mit leichtem Beben: »Noli me tangere!« Hatte er Angst, daß die Berührung der Frau seinen noch ungefestigten Geist zurückführen könnte auf seine niedrigere Stufe, zum Fleisch?

Eine Rakete warf einen fahlen Schein über das Blumenboot. Ich drehte mich um; die ausgestreckten Frauen und die kauernden Männer werden für einen Augenblick mit roher Gewalt beleuchtet und fallen sofort in ein tiefes Dunkel zurück. Ich betrachtete nacheinander die Frauen, die sich hier anboten. Sie hatten alle nur ein Gesicht, getüncht, grell bemalt, geschmückt nach jahrhundertealten Traditionen. Die Masken des Individuums sind hier zerbrochen, die Frauen verlieren ihren Namen, ihr Alter und ihre zufälligen Züge; sie sind alle miteinander zu einer hieratischen, geheimnisvollen und ewigen Synthese verschmolzen. Zu einem heiligen, schwer bekleideten Götzenbild mit großen Talismanen und unbewegtem Herzen.

Zu Knossos auf Kreta hat man an der primitiven Statuette einer steatopygen Frau ein Stück magnetisches Eisen gefunden, das in die Wunde des Geschlechts gesteckt war. Auf diesem Blumenschiff spürt man überall diesen wundertätigen Talisman, dieses magnetische Eisen, die Spirale, die sich nicht bewegt und anzieht ...

Rund um dieses mystische Zentrum hefteten sich zu demütigem Dienst der Körper, die Seele und das Gehirn; ein wenig später die Tätowierungen, die Kleinodien und die Kleidung, noch ein wenig später die große Pfauenfeder, die Liebe.

Das Boot nimmt wieder das Aussehen eines prähistorischen Tempels an, einer Höhle am Rand des Wassers, eines schaukelnden Altars, dem Mondkult der Göttin geweiht, die übereinander auf ihrer Brust die Reihen schwerer, rosiger Brüste trägt, wie die eines Mutterschweins.
Ich wählte nicht mehr; ich hatte verstanden. Ich ließ mich neben einer Frau nieder, der ersten, an die mein Fuß jetzt gestoßen war, und streckte die Hand aus ...
Und sofort bewegte sich die Frau, sie setzte sich halb auf, als ob sie plötzlich ihrer Starre entrissen wäre, sie bog den bleichen Kopf zurück und begann zu singen. Ich sah sie im grünlichen Mondlicht, den Kopf wie eine Schlange aufgerichtet.
Sie sang mit einer seltsamen, schrillen Stimme; das Jammern eines tödlich verletzten Tieres, die traurige, leidenschaftliche Klage einer läufigen Hündin; die untröstliche, wilde Stimme einer verwitwet in der Höhle zurückgebliebenen Frau.
Die Eingeweide, die viel älter sind als das Herz oder das Gehirn, zerreißen, wenn sie diesen Lockruf hören. Es erwacht in ihnen der tausendjährige Hunger, den kein Fleisch stillen kann; sie erinnern sich an Kämpfe und Gebrüll und Steinäxte ...
Ein wildes Tier springt aus der Tiefe unserer Lenden auf, unser Totem – der Schakal, der Tiger oder das Schwein.
Circe wird gesungen haben wie diese chinesische Dirne, die miaut, während sie das Wasser betrachtet. Sie allein hat den geheimen Pfad zur Höhle wiederfinden können. Wäre Odysseus ein wenig besser, ein wenig schlechter gewesen, als er war, er wäre nie ins menschliche Gleichgewicht zurückgekehrt.
»Joshiro! Joshiro!« murmelte ich, plötzlich von einem unerklärbaren Verlangen ergriffen. Ich senkte die Lider, und das Bild der jungen Frau schlug mich in Bann, häßlich und grausam und so verführerisch! »Joshiro! Joshiro«, murmelte ich, »warum sind Sie so tief gesunken?«

Ich hörte wieder ihre heisere, zügellose Stimme, zärtlich vermischt mit dem Klirren von Säbeln. Ich erstickte; ich öffnete wieder die Augen, ich sah, wie mich die unbekannte Frau gleichmütig durch ihre weiße Maske hindurch betrachtete. Joshiro verschwand ... Ich fühlte jetzt, daß meine Hand fiebrig die harte Maske der sich hingebenden Frau streichelte, diese heiße und straffe Brust, diese schlanken und kräftigen Knie.

Die Abneigung, die die Rassen trennt, verschwindet. Auf einmal sieht man, daß man über den unüberwindlichen Abgrund eine Brücke schlagen kann.

Ich erhob mich; ich stützte mich auf die lackierten Brüstungen; auch ich begann, über die befriedigte Frau hinweg das plätschernde Wasser zu betrachten.

Es war keine bestimmte Frau, die ich gestreichelt hatte, es war die Frau; jene, die es vermochte, der Liebe ihren ganzen falschen Schmuck zu nehmen, die Schminke schöntuerischer Sentimentalität. Keine Engelsflügel mehr, keine Pfeile und Rosen, sondern muskulöse, schmutzige Beine und ein tierisches, rohes Gesicht.

An diesem Abend erkannte ich, daß die Lust nicht das ist, wofür sie die goldene Legende der weißen Rasse ausgibt – eine körperliche Freude, die wechselseitige Ergänzung der beiden Geschlechter, Kameradschaft und andere Albernheiten. Die Lust ist eine Gottesanbeterin. Ein unbarmherziger Kampf, ein unstillbarer Haß der beiden Geschlechter, zwei einander feindliche kosmische Kräfte, jene, die aufwärts strebt, jene, die hinabsteigt, und die zusammen das Universum hervorbringen.

Der Mann, der den Kopf zum Himmel heben will, und die Frau, die ihn zischend, miauend, wie diese Chinesin an diesem Abend, umstrickt und zur Erde niederzieht.

Die japanischen Geishas beugen sich in der Liebe über den Mann, als ob er krank wäre und sie ihn heilen wollten; oder als ob er ihr Sohn wäre und sie ihm die Brust entblößten und ihn stillten. Die Chinesin beugt sich über den Mann, wie wenn er ihr Todfeind wäre, den sie im Krieg gefangennahm und für den es, wie sie weiß, kein Mitleid gibt.

Gewiß war Circe gelb und Chinesin. Die weißen Sirenen, wie treuherzig und unerfahren erscheinen sie, unkundig der erotischen Wissenschaft, stümperhaft und oberflächlich, da sie die Liebe mit dem Sport oder mit dem Durst nach Gold oder mit dem Glück verwechseln.

Hier geht die Lust über alle diese belanglosen Vergnügungen hinaus, übersteigt das artikulierte Wort, kehrt zum wilden Schrei zurück, erreicht wieder, noch tiefer, die großen Wurzeln, das Tier, die Pflanze und den Tod.

Der Rachen der Schlange im grünen Bambus,
Der Stachel der gelben Hornisse –
Gering ist das Übel, das sie zufügen können.
Viel giftiger ist die Brust der Frau,

singt ein alter chinesischer Mund.

»Nein, sie ist nicht giftig, die Brust der Frau«, dachte ich im lauen Halbdunkel, in dem es übel nach aufgelösten Haaren und schwitzenden Körpern roch. »Sie ist nur eine treue – und wie geschickte! – Dienerin der einen der beiden großen Kräfte, der zu widerstehen ein Verbrechen und vergeblich wäre – der Kraft, die uns zur Erde drückt.

Gesegnet sei diese Kraft! Gesegnet sei auch die entgegengesetzte Kraft, die uns aus dem Körper heraustreibt, nach oben! Aus ihrem Widerstreit und ihrer Liebe wird dieses märchenhafte Schauspiel geboren, das wir so lieben: die Welt.«

Gegen Mitternacht verließ ich das Blumenboot und »sah die Sterne wieder«.

19

Ich nahm meinen Weg nach Norden wieder auf. Ich fühlte mich ein wenig traurig und müde, aber mein Herz war zufrieden. Es gab etwas in mir, das reifer wurde in diesen schmerzlichen und doch so einfachen und banalen Erfahrungen.
Ich habe immer danach gestrebt, das tägliche Leben mit der Wucht außerordentlicher Ereignisse in mich eindringen zu lassen. Die Sterne zu betrachten, eine Frau zu umarmen, ein Glas frisches Wasser zu trinken, eine Scheibe Brot zu essen, gewährte mir immer jungfräuliche Empfindungen, eine Erschütterung wie vor einem Wunder.
Stets war ich bemüht, alle Dinge mit immer neuen Augen zu sehen. Ohne mir dessen bewußt zu sein, folgte ich dem in seiner Einfachheit unsagbar schwierigen Rat des Tsching Thang. Dieser chinesische Kaiser ließ über sein Bad den schrecklichen Satz schreiben: »Erneuere dich jeden Morgen!«
Ich hatte einen Ochsenkarren gemietet. Mein Führer war ein friedlicher Alter mit schütter herabhängendem Schnurrbart und eng über seinen Knöcheln geschlossenen Hosen. Er hieß Wang Lung. Ich hatte ihn gewählt, weil er ein paar englische Wörter von seinem aus Amerika zurückgekehrten Sohn konnte, die wesentlichsten: »Ich habe Hunger, ich habe Durst, gut, schlecht, ja, nein, Gott, Feuer.« Wir kombinierten diese Wörter auf tausend Arten, wir ergänzten sie durch Gesten und Blicke und waren fast Freunde geworden. Es war mir gelungen, in Wang Lungs schwarzem Auge freundliche Empfindungen zu erregen, wenn es sich auf mich richtete.

Wir hatten uns in der Tiefe einer ungeheuren, sehr stillen Ebene verloren, fern vom Fluß. Eine Atmosphäre ernster Heiterkeit, eine unsichtbare Gegenwart ewiger Geister stieg aus dem Land auf. Staub und Sonne, Sterne und nächtliche Kühle wechselten in feierlichem Rhythmus. Und mein Blut hatte sich ihm nach und nach angepaßt und kostete ein uraltes Glück, das ich verloren glaubte.

Wie weit waren wir von den fiebergeschüttelten, von den Weißen verpesteten Küsten entfernt! Hier, in dieser stillen Einsamkeit, hatte die Zeit ihren erhabenen Schritt wiedergewonnen und ihren natürlichen Atem. Sie bewegte sich kaum, bloß wie ein sehr tiefes Wasser, das, gemächlich strömend, seinen Lauf zum Meer lenkt. Hier hatte die Zeit einen Anschein von Ewigkeit, und alles, was in ihre köstliche, stillstehende Substanz getaucht war, wurde ewig. Dies hier war das erhabene Antlitz der Erde vor der so unerwünschten Erscheinung dieses schwirrenden Insekts und Störenfrieds, des Menschen.

Eine östliche Legende kam mir immer wieder in den Sinn, während sich die Räder unseres Karrens in den Sand gruben und sich mühsam weiterdrehten.

Ich erinnere mich, wie ich einmal in einem bitterarmen indischen Dorf von der Nacht überrascht wurde. Die Alten kamen und setzten sich um mich; ein junger Mann mit Gazellenaugen konnte Englisch und diente uns als Dolmetscher.

»Warum reist du?« fragte mich ein Alter mit weißem Turban.

»Um die Erde zu sehen.«

»Aber du kannst sie bei dir zu Hause sehen.«

»Aber ich will die ganze Erde.«

Der Alte begann darauf, mit mir im Ton wohlwollender Ironie zu sprechen: »Warum die ganze Erde? Die Mitte der Erde, deine Heimat, genügt dir also nicht? Reise in deinem Land, und du wirst die Welt bereisen. Verzeih mir, ich werde dir eine alte Geschichte erzählen: Die Mutter des Alls hatte zwei Söhne: den Gott der Weisheit und den Gott des Kriegs. Alle beide wollten sich auf ihre Knie setzen. ›Ich kann euch nicht alle beide auf meine Knie nehmen‹, sagte die Mutter. ›Macht eine Reise um das All; wer von euch als erster zurück ist, wird sich auf meine Knie setzen‹. Der Gott des Kriegs sprang auf sein Roß und stürmte davon wie ein Pfeil. Der Gott der Weisheit kauerte sich zu Füßen seiner Mutter, er hörte, wie sich sein Bruder in größter Eile entfernte, er stand auf, verneigte sich vor seiner Mutter, ging dreimal um sie herum und setzte sich auf ihre Knie. Als der Gott des Kriegs nach Jahren ganz außer Atem zurückkehrte, sah er seinen Bruder auf den Knien seiner Mutter; er geriet in Zorn: ›Warum hältst du ihn auf den Knien?‹ schrie er. ›Er hat sich nicht von der Stelle gerührt.‹ Und die Mutter antwortete: ›Was zählt, mein Sohn, ist nicht die Reise um das All, sondern die Reise um die Mitte des Alls.‹

Der Chinese ist diesem Weg des Gottes der Weisheit gefolgt. Jeden Morgen steht er auf, verneigt sich vor der Erde, geht in tiefem Ernst um sie herum, setzt sich abends auf ihre Knie. Seine Füße, seine Hände, sein Gehirn sind wie Wurzeln schwer von Erde. Er lebt sie, atmet sie, besamt sie wie eine Frau. Er verehrt sie wie eine lebenspendende Mutter, deren Brüste von Milch geschwollen sind.

Es ist nicht die Erde, die ihm gehört, wie uns anderen leichtfertigen Wesen, die wurzellos und vom Wind getrieben auf der Kruppe des Pferdes des Kriegsgotts dahinjagen. Sondern er ist es, der der Erde gehört. Sein ganzes Leben dient er ihr gebückt. Wenn er stirbt, kehrt er in ihren Schoß zurück, wie der Samen, wie ein Getreidekorn; mit gekreuzten Händen empfängt er Regen und Sonne und wirkt über den Lebenden mit vervielfachter Kraft.

Der Tote ist ein Wirbel unsichtbarer Kräfte, die man durch Opfer und Gebete für sich gewinnen muß, – wenn nicht, wehe dir! Alle Ahnen sind wie kostbare Schätze in der Erde verborgen und führen da ein allmächtiges Leben. Der Chinese spürt, wie sie aus dem Boden aufsteigen und Brot und Tränen mit ihm teilen. Ein unermeßliches Volk von Leichnamen, das die Lebenden regiert. Das Grab ist das unverrückbare Zentrum, um das sich das Leben dreht.

»Der Mensch hat die Erde zu seinem Vorbild!« rief Lao Tse aus. Im Winter fällt er mit ihr in Starre; er wird wiedergeboren mit ihr im Frühling; er reift wie eine gelbe Melone in den Gärten des Sommers.

Die Kälte kommt, die Erde wird hart, die Bäume verlieren das Laub, die Vögel fliegen fort und verstecken sich. Der Chinese folgt dem großen Rhythmus, er schließt sich in sein Haus ein, er ruht aus, er wartet. Wenn es regnet, spürt er, wie ihm der Regen durch Fleisch und Knochen dringt und ihn bewässert wie die Erde.

»Wacht über die Brücken! Schließt die Wege! Enthüllt nicht, was zugedeckt ist! Öffnet die Häuser nicht! Alles sei verschlossen und versperrt!«

Im Winter verengen sich auch seine Ideen, seine Moral wird strenger. Handlungen, die im Frühling erlaubt sind, sind im Winter verboten. Alles verriegelt sich, wird egoistisch, armselig und hart.

Im Frühling öffnet sich die Erde, die Häuser öffnen sich, die Vögel kommen zurück, die Bäume werden wieder grün. Der alte Dichter hat recht: »Niemand kann die fünf Gebote Buddhas befolgen, wenn die Kirschbäume blühen.« Die Liebe kitzelt die Körper, die Moral wird weitherzig. Die Frühlingsfeste beginnen. In alten Zeiten pflückten die jungen Burschen und Mädchen Orchideen und gaben sich dem Tanz hin. Einem rituellen, aufreizenden, von Flöten und Liebesgesängen begleiteten Tanz.

Für den Tod, für das Leben, für das Leid
Verbinde ich mich mit dir.
Ich nehme deine Hände in die meinen,
Mit dir will ich alt werden!

Im Frühling vergaß man die Härte des Lebens und seine niedrigen Sorgen. Eine der Erde entstiegene Trunkenheit schwellte die Herzen. Voll Edelmut und Tapferkeit bot man dem Leben die Stirn:

Warum sagst du, du seiest ohne Kleid, mein Geliebter?
Gehört doch das meine auch dir!

Schweigend durchqueren wir, mein Führer und ich, die endlose Ebene des Yangtse. Das Leben beschränkt sich hier auf seine elementarsten Funktionen, und dankbar paßt sich mein Herz ihnen an; ihm ist, als kehrte es nach so vielen Umwegen in das Haus der Mutter zurück.

Eines Abends fühlte ich mich sehr müde; es war kalt.

»Wang Lung«, rief ich, »Feuer! Ich habe Hunger!«

Wang Lung verneigte sich, der Wagen hielt. Wir machten Feuer, ich setzte mich mit gekreuzten Beinen und sah in die Flammen. Das hämische Gelächter der Hyäne ließ sich in der Ferne hören, ein Schakal glitt durch das Gestrüpp.

Wang Lung steckte seine Pfeife an und schloß die Augen, nach Westen gewandt. Sein mageres, rissiges Gesicht glänzte im Widerschein der Flammen.

»Er verrichtet sein Gebet«, dachte ich; »er spricht zu seinem Gott. Er ist auf den Gipfel seines Daseins gestiegen; stören wir ihn nicht!«

Ich vergaß meinen Hunger, ich schämte mich, geringer zu sein als dieser alte Chinese. Gewiß hatte auch er Hunger, er hatte sich in der Gewalt.

Beunruhigt von meinem Schweigen, öffnete Wang Lung kurz die Augen und sah mich an.
»Gott?« sagte ich lächelnd zu ihm.
»Gott!« antwortete er und schloß wieder die Augen.
Da wandte ich mich zu meinem eigenen Betstuhl, zum Notizheft. Ich betrachtete die Flammen und rief mir alles zurück, was ich in diesen letzten Tagen gesehen und empfunden hatte. Die zwei Reisen: die sichtbare durch China und die unsichtbare...
Ich hatte einmal eine byzantinische Ikone gesehen mit dem Heiligen Georg. Der junge Held mit den blonden Haaren, auf seinem weißen Pferd, warf sich mit erhobener Lanze dem Ungeheuer entgegen. Alle Leiber – der Heilige Georg, das Pferd, das Ungeheuer – waren fest, muskulös, gesättigt von dichter Materie. Ein wirkliches Drama, ein blutiger Kampf.
Aber über diesem wirklichen Heiligen Georg gab es einen zweiten Heiligen Georg in der Luft, auf demselben weißen Pferd, mit derselben Lanze, im Kampf mit demselben Ungeheuer. Aber alles auf dieser höheren Bildebene war dematerialisiert, die Leiber waren transparent, und man sah durch sie hindurch die blühenden Felder und die fernen, blaßblauen Berge.
Dieser Heilige Georg war wirklicher als der der Wirklichkeit, der astrale Leib der Tat, die blasse und unsterbliche Blume der Materie.
An diesem Abend in der Einsamkeit, vor den Flammen, fühlte ich diese doppelte Reise meines Seins. Ich sah, ich berührte die sichtbare Reise; alle ihre Einzelheiten waren fixiert durch die Materie. Aber die innere Reise flimmerte, des festen Körpers beraubt, wie ein halbwirklicher Schemen. Man mußte sie durch Wörter festnageln, damit sie sich nicht verflüchtigte; diese furchtlosen Soldaten mobilisieren, die fünfundzwanzig Buchstaben des Alphabets, den lebendigen Hauch einschlie-

ßen, ihn fangen, ihn nicht mehr in der Luft umherschweifen lassen ... Ja, ich weiß, die feinste Substanz kann im Netz des Worts nicht festgehalten werden; aber es bleibt immer etwas darin, ein zarter Duft, der uns Schwung gibt und uns das Unsichtbare sehen läßt.
Ich fühlte, daß mein Herz in diesen letzten Tagen weiter geworden war durch meinen Kontakt mit der Erde in der Einsamkeit. Etwas in mir war gereift, einer in mir hatte einen Schritt nach vorn getan.
Über mein Notizbuch gebeugt, versuchte ich dieser Linie, die sich angedeutet hatte, zu folgen.

20

Die Menschheit

Nicht du bist es, der geschrien hat, nicht deine Rasse ist es. Die unzähligen Geschlechter hinter dir – weiße, gelbe, schwarze – brechen hervor und schreien.

Löse dich von deiner Rasse. Versuche, die ganze Anstrengung des Menschen überhaupt zu leben. Betrachte schaudernd, wie der Mensch sich vom Tier trennt und darum ringt, sich aufrecht zu halten, Ordnung in seine unartikulierten Schreie zu bringen, das Feuer zu schützen zwischen den Steinen, den Geist zu schützen zwischen den Knochen seines Schädels.

Habe Mitleid mit dieser Kreatur, die eines Morgens die Affen verließ, nackt, schutzlos, ohne Hörner und ohne Zähne, allein, mit einem rätselhaften Funken hinter ihrer großen, zerbrechlichen Stirn.

Sie weiß nicht, woher sie kommt noch wohin sie geht. Aber sie will sich kämpfend, liebend, tötend einen Weg öffnen.

Betrachte die Menschen, habe Mitleid mit ihnen! Betrachte dich selbst inmitten der Menschen, habe Mitleid mit dir! Im Dämmerlicht des Lebens berühren wir uns, einer den anderen, stellen wir uns Fragen, lauschen wir, rufen wir um Hilfe!

Wir eilen. Wir wissen, daß wir dem Tod entgegeneilen, aber wir können nicht stehenbleiben.

Wir tragen eine Fackel und eilen. Unser Gesicht wird für einen Augenblick hell, aber hastig übergeben wir die Fackel unserem Sohn, und sofort verlöschen wir, steigen wir in die Erde hinab.

Die Mutter blickt nach vorne, auf ihre Tochter; die Tochter blickt nach vorne, auf den Sohn, jenseits des Körpers ihres Gatten.
Das ist die Reise des Unsichtbaren über die Erde.
Ohne Mitleid schauen wir alle nach vorne, getrieben von mächtigen, finsteren Kräften.
Erhebe dich über die hinfällige Brüstung deines Körpers, betrachte die Jahrhunderte hinter dir. Was siehst du?
Behaarte Tiere verlassen brüllend die großen Wälder; sie stürzen sich aufeinander und verwandeln sich in einen Klumpen aus Blut, Fleisch und Schmutz.
Schau hin: Wie Gras sprießen die Völker aus der Erde und sinken wieder zurück auf die Erde, fruchtbarer Dünger für die künftigen Saaten. Die Erde wird fett von der Asche, dem Blut und dem Hirn der Menschen.
Völker verschwinden auf halbem Weg, unfruchtbar werden sie geboren und sterben sie. Abgründe öffnen sich plötzlich inmitten der Finsternis.
Völker stürzen in sie, abgerissene Kommandos werden hörbar in dem chaotischen Lärm, und die Menschenherden verlieren den Verstand.
Wir ahnen plötzlich unter und um uns und in den Abgründen unseres Herzens blinde, unersättliche Mächte, ohne Herz und ohne Gehirn.
Wir segeln über ein stürmisches Meer, ein greller Blitz erleuchtet uns; einem zerbrechlichen Floß haben wir unsere Schätze, unsere Kinder und unsere Götter anvertraut.
Wie dunkle, undurchdringliche, von Blut schwere Wogen steigen und fallen die Jahrhunderte. Jeder Augenblick ist ein Abgrund, der sich öffnet.
Erforsche das finstere Meer und bleibe aufrecht. Erforsche den Abgrund ohne Illusionen, ohne Anmaßung und ohne Furcht.

Das genügt nicht; versuche dem Abgrund einen Sinn zu geben.
Übe dein Herz, eine weitere Arena zu beherrschen, so gut es vermag.
Erfasse den Weg des Menschen durch ein, zwei, drei, zehn Jahrhunderte hindurch. Übe dein Auge, die Bewegung der Völker durch große Zeiträume hin zu verfolgen.
Verliere dich mit Geduld und Liebe in diesen Anblick, bis die Welt endlich in dir aufatmet und Klarheit über die Streitenden kommt, bis sie sich vereinigen in deinem Herzen und sich als Brüder erkennen.
Das Herz führt zusammen, was das Gehirn teilt, es schreitet über den Kampfplatz der Notwendigkeit hinaus und verwandelt den Kampf in Liebe.
Wandle am Rand des gierigen Abgrunds und versuche zu begreifen, was du siehst. Hebe die bunte Falltür des Geheimnisses – die Sterne, die Erde, die Menschen und die Ideen.
Gib dem gestaltlosen und dummen Unendlichen Form und Sinn.
Vereinige in deinem Herzen alle Schrecken, laß jeden Schauder ein. Was ist das Glück? Alles Unglück zu leben. Mit klarem und furchtlosem Auge das Universum zu betrachten.
Wir sind ein geringer Buchstabe, eine Silbe, ein Wort der gewaltigen Odyssee. Wir sind in einem epischen Gesang versenkt und glänzen wie bescheidene Muscheln im Meer.
Was ist unsere Pflicht? Den Kopf für einen Augenblick aus dem Text zu heben, solange unsere Lungen es aushalten, und den ewigen Gesang zu atmen; alle Episoden zu verbinden, der Reise ein Ziel zu geben, zusammen mit Tieren, Menschen und Göttern zu arbeiten und langsam, geduldig Ithaka in unserem Kopf zu bauen.

Wie eine kleine Insel steigt, ganz langsam, unter furchtbaren Mühen, mitten im Ozean des Nichts das Werk des Menschen empor.

Auf dieser kleinen Insel arbeiten, lieben, hoffen und sterben die Geschlechter der Menschen. Über die Leichname der Väter schreiten neue Generationen, setzen die Arbeit über dem Abgrund fort und mühen sich, das wilde Geheimnis zu zähmen, indem sie ein Feld bestellen, eine Frau umarmen, einen Stein, ein Tier oder eine Idee untersuchen.

Erdbeben ereignen sich, die Insel schwankt, eine Ecke versinkt, eine andere Ecke steigt aus den düsteren Fluten empor.

Der Geist ist ein Arbeiter auf See, und seine Arbeit ist es, das Chaos zu bebauen.

Aus all diesen Geschlechtern, aus all diesem Unglück und Glück, aus all dieser Liebe, diesen Kriegen und diesen Ideen steigt eine reine und ruhige Stimme auf, rein und ruhig, denn sie umfaßt alle Sünden und alle Unrast des Menschen, läßt sie hinter sich und steigt!

Aus der Tiefe dieser Menschenmasse steigt einer mit Händen, mit Füßen empor, erstickt in Tränen und Blut, und ringt darum, sich zu befreien.

Sich zu befreien wovon? Vom Körper, der ihn gefangenhält, vom Volk, das ihn niederdrückt, vom Fleisch, vom Herzen und vom Gehirn des Menschen.

»Herr, wer bist du? Wie ein Kentaur richtest du dich vor mir auf, die Hände zum Himmel gestreckt, die Füße tief im Schlamm.«

»Ich bin jener, der ewig steigt! Ich strecke die Hände aus, ich klammere mich an alle Körper, hebe den Kopf über den Geist hinaus, um atmen zu können; ich ersticke in allen Teilen, nichts kann mich fassen!«

»Warum zitterst du?«

»Ich habe Angst. Jede meiner Anstrengungen ist jeden Augenblick in Gefahr. Jede meiner Anstrengungen ist in jedem Körper in Gefahr. Ich drücke, ich presse alles Fleisch, und ich schreie in der Nacht: ›Hilfe!‹«

Die Erde

Nicht du bist es, der geschrien hat. Es ist nicht deine Rasse, die in deiner Brust aus Ton schreit. Es sind nicht die Generationen der Menschen, die weißen, die gelben, die schwarzen, die in deinem Herzen schreien.
Die Erde überhaupt, mit ihren Flüssen und ihren Bäumen, mit ihren Tieren, ihren Menschen und ihren Göttern, klammert sich an deine Brust und schreit.
Die Erde erhebt sich in deinem Gehirn und betrachtet zum ersten Mal ihren ganzen Körper.
Sie schaudert. Sie sieht sich als ein wildes Tier, das frißt, niederkommt, sich bewegt und sich erinnert. Sie hat Hunger, sie verschlingt ihre Kinder – Pflanzen, Tiere, Menschen, Ideen. Sie mahlt sie zwischen ihren schweren Kiefern, filtert sie durch ihren Körper und läßt sie wieder auf die Erde rinnen.
Sie erinnert sich, sie denkt über ihre Leiden nach. In meinem Herzen öffnet sich ihr Gedächtnis, entfaltet es sich, bemächtigt es sich der Zeit und des Raums.
Ich rufe mir eine endlose Wüste unzerstörbarer und weißglühender Materie ins Gedächtnis. Ich brenne!
Ich durchquere die unermeßliche und tote Zeit, ganz allein, verzweifelt, und schreie in der Wüste.
Langsam erlischt die Flamme, der Schoß der Materie kühlt ab, der Stein regt sich, er zerkrümelt, und aus der Erde steigt zitternd ein kleines, grünes Blatt.

Es klammert sich fest an die Erde, es richtet sich auf, es hascht unersättlich nach Luft, Wasser und Licht, es beginnt, das ganze Universum zu melken.
Es beginnt, das ganze Universum zu melken, und will durch es mit seinem winzigen Körper hindurchgehen und es in Blüte, Frucht und Samen verwandeln.
Das Meer erschaudert, es teilt sich entzwei, und aus seinen schlammigen Tiefen klettert ein hungriger, ruheloser und blinder Wurm.
Die Schwere ist besiegt, die Grabplatte ist gehoben, die Bäume und die Tiere erscheinen, voll Liebesdrang, umkommend vor Hunger.
Ich sehe die Erde, und ich zittere, indem ich die Gefahr wiedererlebe: ich könnte einschlafen, mich in diese Wurzeln verlieren, die wollüstig den Schlamm aussaugen; ich könnte ersticken unter dieser dicken und runzeligen Haut.
Oder auch ewig zappeln im dunklen und blutigen Schädel des Vorfahren.
Aber ich bin entkommen. Ich bin hinausgeschritten über die üppigen Pflanzen, ich habe die Fische, die Vögel, die wilden Tiere und die Affen hinter mir gelassen. Ich habe den Menschen gemacht.
Ich habe den Menschen gemacht, und jetzt will ich ihn niedermachen.
»Er kann mich nicht fassen! Er kann mich nicht fassen! Ich will fliehen!« Dieser Schrei zerreißt nach Tausenden von Jahren die Eingeweide der Welt!
Er springt von Körper zu Körper, von Generation zu Generation, von Art zu Art, immer gefräßiger und mächtiger. Alle Väter schreien: »Ich will einen Sohn zeugen, der mich übertrifft.«
In dem schrecklichen Augenblick, wo dieser Schrei unseren

Leib durchfährt, fühlen wir plötzlich überall eine außermenschliche Kraft, die uns vorantreibt.
Ein Liebeshauch weht über die Erde, ein Taumel bemächtigt sich aller lebenden Wesen; sie paaren sich im Wasser, in den Höhlen, in der Luft, unter der Erde, von Körper zu Körper eine große, eine unbegreifliche Botschaft weitertragend.
Erst jetzt, wenn wir den Sturm hinter uns fühlen, beginnen wir dunkel zu ahnen, was die Tiere zum Kampf, zur Zeugung und zum Tode trieb, und hinter den Tieren die Pflanzen und die ganze stoffliche Welt.
Dankbarkeit und Mitleid für unsere alten Kameraden im Kampf. Sie litten, sie liebten, sie starben, um uns den Weg zu bahnen.
Auch wir, die wir ebenso Lust, Hoffnung und Schmerz erfahren, arbeiten für einen, der bei jeder unserer heroischen Taten einen Schritt nach vorne macht.
Unser ganzer Kampf wird wieder ein Ziel haben, das über uns steht, in dem unsere Qualen, unser Elend und unsere Missetaten als nützlich und fruchtbar gerechtfertigt sein werden.
Ein Sturm ist entfesselt. Ein Wehen erhebt sich, schwillt an und befruchtet die Materie, durchquert die Pflanzen, durchdringt die Tiere, erschafft den Menschen; es klammert sich wie ein Raubvogel an seinen Kopf und stößt seinen gellenden Schrei aus.
Jetzt ist die Reihe an uns! Das Wehen bemächtigt sich unser, es verwandelt in uns die Materie in Geist, es stemmt sich auf unser Gehirn, es reitet auf dem Samen und stürzt sich aus uns heraus, unseren Körper und unseren Geist hinter sich stoßend.
Als ob dieses ganze Leben nichts anderes als die ewige und sichtbare Jagd eines unsichtbaren Bräutigams wäre, der in Ewigkeit von Körper zu Körper die unzähmbare Braut verfolgt.

Und wir anderen, der ganze Hochzeitszug, Pflanzen, Tiere, Menschen, wir eilen zitternd hin zum geheimnisvollen Schlafgemach. Und jeder von uns trägt schaudernd die heiligen Symbole der Hochzeit: die einen den Phallus, die anderen den Schoß.

21

Ich fühle mich berauscht von einem exotischen Wein, gewonnen aus Datteln, Bananen und Reis und ein paar Tropfen eines schweren und geheimnisvollen Blutes.
War dies denn das wirkliche Peking, das ich lange, unter Schmerzen, durchzogen habe? Oder war dieses Peking nur ein blauer Dunst, der meiner Trunkenheit entstieg?
Ich ließ Wang Lung und seinen Karren, von plötzlicher Ungeduld ergriffen; ein schwelgerisches Vorgefühl versetzte meinen Körper in Fieber.
Der Frühling war zart wie ein ganz junger Bambussproß; die Glyzinien ließen ihre duftenden Trauben über den Unrat hängen, lange Alleen blühender Akazien umgaben die alten, zahnlosen Mauern. Und aus der Tiefe des purpurnen Wüstenhimmels flogen Rabenscharen herbei, die von fern den ungeheuren Kadaver gerochen hatten.
Der Abendstern zuckte wie ein Herz. Auf dem Türsturz des großen Stadttors die drei rituellen, in diesem Elend so lächerlich wirkenden Zeichen: Tai Ha Men, Große Pforte der Glückseligkeit. Ihre schwarzen Linien verknoteten und strafften sich über meinem Kopf wie ein Knäuel von Schlangen.
Fette, bärtige Tibetaner, riesenhafte Mandschus, verschlossene, schweigsame Mongolen, schlanke, verlotterte Chinesen; Bonzen in der erdfarbenen Robe der Mönche; Männer und Frauen aus der Wüste, mit mageren, sehnigen Beinen und langgeschlitzten Augen voll von Einsamkeit.
Esel, Ziegenböcke, Schweine, Büffel, die sich im Schmutz

wälzten. Gärender Urin, ranziges Rizinusöl und die scharfe Ausdünstung von Menschenschweiß. Der Duft Chinas. Der Wind weht, und die Mauern, die Tempel, die Gräber zerbröckeln, und der Staub der Toten würgt euch in der Kehle.
Ich überlasse mich dieser Flut von kleinen, schrägen Augen, Gerüchen und Farben ...
»Geduld ... Geduld ...« sagte ich mir, »halte dir nicht die Nase zu, atme. Tao, das göttliche Wesen, durchdringt und reinigt jeden Schmutz. Vergiß nicht, was der weise Tschuang seinem neugierigen Schüler antwortete:
›Wo ist nun das, was du das Tao nennst?‹
›Es gibt nichts auf Erden, im Himmel und in der Hölle, wo Tao nicht wäre!‹
›Sag mir genau, wo.‹
›Nun, in dieser kleinen Ameise.‹
›Noch weiter unten?‹
›In diesem Grashalm.‹
›Noch weiter unten?‹
›In diesem Kieselstein.‹
›Noch weiter unten?‹
›Nun, in der Ausscheidung des Menschen!‹«
Der Duft Chinas ist hartnäckig, er haftet in meiner Nase. Sein göttlicher Ursprung kann mich nicht trösten. Aber schließlich muß man resignieren. Die ganze Kruste dieses wunderbaren Landes ist aus dem Mist des Menschen gemacht. Auch er, er vor allem ist vergöttlicht in dieser alles einschließenden Umarmung des Tao.
Die religiösen Bücher sprechen davon mit Nachdruck und Achtung. Tschou-Li, das Heilige Buch, legt schon seit dreitausend Jahren bis ins einzelne die Verfahren bei der Verarbeitung und Nutzung des menschlichen Mistes fest, »der Basis der chinesischen Zivilisation«.

Oft hatte ich mich, wenn ich durch chinesische Dörfer kam, in Gedanken an diese heiligen Seiten geklammert, um das Unerträgliche zu ertragen. Seit Tausenden von Jahren beachtet China aus religiöser Gesinnung das Gesetz dieses Kreislaufs, und es gedeiht dabei. Nichts geht verloren, alles geht und kehrt wieder, in verschiedener Gestalt, nichts stirbt für immer. Das Leben ist ein verschlossenes Gefäß, in dem sich das einzige Element, das Tao, unendlich kombiniert und die Blumen, die Düfte und die Götter erzeugt, zerstört und wiedererzeugt.
Alles ist eins; glücklich, wer durch die zahllosen, fließenden Masken hindurch dieses unwandelbare Eine erkennen kann. Er wird sich dann mit Achtung vor dem menschlichen Mist verneigen.
Verzweifelt flüchtete ich an diesem Abend in solche Gedanken, um die Aufmerksamkeit ein wenig von meinen Sinnen abzulenken. Es gelang mir keinen Augenblick, und ungeduldig hielt ich Ausschau, wie ich mir einen Weg durch dieses Gedränge bahnen könnte.
Da eilt mir unversehens mein Freund Li Teh auf seiner Rikscha zu Hilfe. Er drückt mir die Hand, er heißt mich in einem herzlichen und trockenen Ton willkommen. Er redet noch immer sehr wenig, er ist höflich und zurückhaltend geblieben. Aber in seinen kleinen schwarzen Augen gibt es etwas Neues, das mich beunruhigt: eine neue Spitze aus Stahl.
»Ich hätte seine Einladung nicht annehmen sollen«, sagte ich für mich und äußerte laut meine Freude, ihn wiederzusehen; ich versicherte ihm, ich würde, indem ich ihn wiedersähe, der junge Student von Oxford.
Er lächelte; seine makellos weißen Zähne glitzerten einen Augenblick.
»Ja«, sagte er, »Oxford, die Jugend ... die blonden Mädchen, das Bier ...« und preßte die Lippen aufeinander.

Ein alter Kuli warf sich vor mir nieder; ich stieg in seine Rikscha.

Der Duft der Akazien schwängerte die Abendluft. Peking summte wie ein Korb, der von zornigen Bienen überquoll. Die flammenden Aufschriften schaukelten über unseren Köpfen – lange, rotschwarze Fahnen mit großen, eingewebten Zeichen von beunruhigendem Zauber. Als ob dieses bizarre Alphabet ein finsterer Dschungel wäre, wo sich die uralten Schlangen der Erkenntnis ineinanderdrehen und sich liebend umschlingen oder sich wütend bekämpfen.

Wir fuhren schnell durch die überfüllten Straßen. Li Teh voran. Meine Augen waren fasziniert vom Rücken meines Kulis vor mir. Er schaukelte nach rechts und links, und dicker Schweiß lief an seinem ausgemergelten Körper herab. Ich horchte und hörte im Lärm Pekings, wie seine breiten Fußsohlen roh auf die lockeren Platten schlugen oder im Schlamm klatschten.

Li Teh ertappte mich bei diesem Blick auf den geschundenen Rücken meines Kulis: »Das sind unsere Lasttiere«, sagte er, wobei er wieder seine Zähne entblößte. »Und auch die eueren ...« fügte er nach kurzem Zögern hinzu.

Ein finsteres Lächeln huschte über seine feinen, scharf geschnittenen Lippen.

Ich antwortete nicht, aber ich schämte mich. Ich fühlte plötzlich, daß beide gedemütigt werden, der Mensch, der zieht, wie auch der, der sich ziehen läßt.

Um mich ein wenig zu trösten, beeilte ich mich, eine Entschuldigung zu finden: »Solange die Welt bestehen wird«, sagte ich zu meinem Freund, »wird es, glaube ich, Kulis unter verschiedenen Masken geben ... Auch wir Weißen haben unsere Lasttiere mit menschlichem Gesicht. Dieses Unrecht ist mit dem sozialen Leben notwendig verbunden. Aber, Gott sei Dank, auch die Revolution gegen dieses Unrecht. Danach kommt ein neues Unrecht, auf anderer Ebene, unter anderer Maske. Es ist nichts als der Tausch der Maske, was sich triumphierend für ein paar Augenblicke Emanzipation und Freiheit nennt.«

Li Teh drehte sich schroff um und sah mich an. Dieses neue Etwas, die stählerne Spitze, leuchtete in seinen Augen auf und erlosch sofort wieder. Eine verborgene Feder knirschte in seinem Fleisch; aber schnell faßte er sich wieder: »Ja …« murmelte er und schwieg.

Sofort erinnerte ich mich an einen Abend in Oxford, in einer kleinen Studentenkneipe. Joshiro, von Li Teh damals schon begehrt, tanzte schamlos vor uns in den Armen eines jungen, sehr schönen Engländers. Li Teh betrachtete sie lange, und kein Muskel regte sich in seinem Gesicht.

Aber plötzlich zog er aus seiner Weste ein Taschenmesser. Er beugte sich ein wenig unter den Tisch und stieß es dreimal mit bedächtiger Bewegung in sein Bein.

Aber jetzt war etwas Neues in ihm. Li Teh benutzt kein Messer mehr, er findet sein Gleichgewicht nicht mehr durch einen Aderlaß. Er staut auf, er verdaut; er verschwendet keinen Tropfen seiner Kraft mehr vergeblich; er sammelt sich, er rüstet sich zum Sprung.

Ich hatte an den Wänden einer Höhle in Afrika einen grob gezeichneten Tiger auf der Lauer gesehen. Die eine Vorderpranke hatte er gehoben, er hatte sie wie eine Feder zusammengerollt, bereit zum Losschnellen. Sein gelbes, schläfrig scheinendes Auge verschlang eine unsichtbare Beute.

»Ich hätte seine Einladung nicht annehmen sollen«, dachte ich wieder. »Er ist nicht mehr mein Freund. Er ist von einem neuen Dämon besessen. Ich sehe in seinen Augen die Pranke des Tigers.«

22

Ein herrschaftliches Tor, frisch rot gestrichen, weit geöffnet. Die Gassen rings umher sind vollgestopft mit einer Menschenmenge in phantastischen Lumpen.
Bettelmönche, auf den langen Stab mit den kleinen Schellen gestützt, strecken, leise psalmodierend, ihre leere Schale hin. Nackte Kinder, Jungen und Mädchen, wälzen sich in einer Wasserlache an der Straßenkreuzung, zusammen mit kleinen blonden Schweinen und blaugrünen Enten.
Lange Reihen von Rikschas rechts und links vom Tor, und die kauernden Kulis, die, im Traum dösend, rauchen.
»Das Vaterhaus«, rief Li Teh, während er von seiner Rikscha sprang.
Und als ich überrascht diesen Festschmuck betrachtete, versicherte mir mein Freund: »Nein, diese Ehrenbezeugung gilt nicht Ihnen!« zischte er, und ich glaubte, eine leise Ironie in seiner Stimme zu hören. »Mein Vater feiert heute seinen achtzigsten Geburtstag. Sie sind an einem Glückstag gekommen. Haben Sie die Güte, lieber Freund, und treten Sie über unsere Schwelle!«
Ein wirrer Lärm. Dumpfe Trommelschläge, schrille Flöten, näselnde Stimmen. Der ganze Hof war von unten bis oben mit langen Bändern heiter geschmückt, auf denen goldene Zeichen standen.
Li Teh begann, sie mir mit etwas gelangweilter Miene zu übersetzen. »›Die großen Götter des Lichts mögen dir noch ein langes Leben auf Erden schenken!‹ ›Söhne, Enkel und Ur-

enkel...‹ ›Du bist der gesegnete Baum voll reifer Früchte und Blüten!‹
Das sind Seidenbänder, die mein Vater von seinen Freunden erhalten hat. Man hat ihm auch Tauben, Kuchen und seltene Handschriften geschickt. Aber jetzt darf ich Sie bitten, sich vor dem Alten niederzuwerfen!«
Ich warf mich vor dem alten Mandarin nieder. Er thronte in einem tiefen Lehnstuhl mit fein geschnitzten Drachen. Er war sehr dick, er hatte einen schütteren Kinnbart, einen dünnen, herabhängenden Schnurrbart und wunderbar schöne Hände. Er glich einem alten, sehr traurigen Buddha.
Der große Saal war überfüllt; Herren in seidener Robe, elegante Damen; ein starker Duft nach Jasmin und Moschus. Eine Versammlung exotischer Vögel in auffallenden Farben.
Auf einer provisorischen Bühne im Hintergrund führte eine Truppe junger Schauspieler eine alte Komödie auf: Geschminkte, schöne junge Männer spielten die Femmes fatales, wobei sie entsetzlich näselten; wilde Räuber, verdorbene, scheinheilige Mönche; und schrille Flöten begleiteten und untermalten unbekümmert diese allzu menschlichen Leidenschaften.
Der alte Mandarin lächelte mir zu und richtete ein paar chinesische Worte an mich.
»Er freut sich«, erklärte mir Li Teh. »Er bittet Sie, seine Unkenntnis fremder Sprachen zu entschuldigen. Er kann Ihnen, sagte er, nur ein Lächeln anbieten.«
Diener gingen unter den Gästen herum und boten auf lackierten Tabletts in winzigen Tassen Tee an, der mit Jasmin versetzt war. Man lachte, man tuschelte, man rauchte, man knabberte geröstete Melonenkerne.
Heimlich beobachtete ich meinen Freund Li Teh. Seine Maske hatte sich deutlicher ausgeprägt, seine Augen waren düsterer

geworden. Sein Blick war immer abwesend, bewegungslos, fest auf einen Punkt gerichtet.
»Gewiß arbeitet er viel«, dachte ich; »eine starke Anspannung zehrt ihn auf. Kämpft er gegen die Roten? Kämpft er gegen seine arglistigen und mächtigen Brüder, die Japaner?«
»Lieber Freund«, sagte ich, »die Schauspieler in Japan haben mich tief beeindruckt; nur konnte ich mir nie erklären, warum sie mit ihrer Stimme so künstlich näselten. Jetzt verstehe ich das: Sie ahmen euch nach.«
Li Teh brummte zwischen den Zähnen: »Affen ...«
»Li Teh«, sagte ich, um meinen Freund ein wenig auszuhorchen, »Li Teh, warum denn dieser unversöhnliche Haß auf Japan?«
»Es handelt sich nicht um Haß«, murmelte Li Teh, »sondern um Verachtung.«
»Sie sind eure Brüder, Li Teh ...«
»Sind Sie Pazifist geworden?«
»Der Krieg ist etwas Schreckliches, ich habe ihn gesehen!«
»Ja«, antwortete Li Teh, »schrecklich, aber wirksam. Er beschleunigt den Lauf der Dinge, er weckt die großen Tugenden, er ist imstande, aus einem miserablen Kleinbürger einen Helden zu machen. Und außerdem ...«
»Außerdem?«
»Es *ist* Krieg; er ist die einzige Wirklichkeit. Der Krieger, der Mann, entschlossen, den Tod zu erleiden und selbst zu töten ... Die anderen sind Abfall, sollen sie verfaulen.«
»Joshiro ...« begann ich.
Bei diesem Namen drehte sich Li Teh heftig um; seine Maske war angespannt, wild: »Ich weiß«, sagte er, »sie ist wieder zurückgekehrt.«
»Joshiro liebt China und arbeitet für seine Befreiung ... Könnten Sie beide sich nicht verstehen? Sie wollte mich in China

treffen ...« sagte ich, die Worte Joshiros absichtlich etwas entstellend.
»Wo?« fragte Li Teh in schroffem Ton, den er nicht meistern konnte.
»Eben hier, in Peking.«
»In Peking!« rief Li Teh mit Wut in der Stimme.
Er schwieg. Ein höhnisches Lächeln entspannte gleich darauf seine Lippen.
»Wir werden sehen ...« knurrte er. »Wir werden sehen ...«
Ich begriff nichts. Ich fand diese Wut übertrieben. War also die Liebe so entsetzlich in Haß umgeschlagen? Und wie konnte dieser starke Mensch, der so tief seine Verantwortung für sein bedrohtes Land empfand, sich so ernsthaft mit seinen kleinen, sentimentalen Affären beschäftigen?
»Li Teh ...« sagte ich, entschlossen, dieses Geheimnis zu lüften. Aber in diesem Moment stand mein Freund auf.
»Mein Onkel Kung Ta Hen«, sagte Li Teh.
Vor einem halben Jahrhundert war dieser alte Mandarin Attaché bei der chinesischen Botschaft in Paris. Er sprach ein wunderlich altmodisches Französisch. Wir begannen, uns zu unterhalten. Er setzte sich zwischen Li Teh und mich und betrachtete mich mit seinen kleinen, freundlichen und lustigen Augen.
»Die Kommunisten«, sagte ich leise zu ihm, um seine schläfrige Seligkeit ein wenig zu erschüttern, »rücken in China vor. Die Depeschen von heute abend sind alarmierend. Eine große Provinz ist in ihre Hände gefallen.«
Der Alte lächelte: »Rußland vergeht«, sagte er; »China ist ewig.«
»Japan«, fügte ich in erschrockenem Ton hinzu, »will die chinesische Küste haben. Und es wird sie bekommen. Japan ist schrecklich.«
»Japan vergeht; China ist ewig.«

»Aber der Yangtse ist vor einigen Jahren über die Ufer getreten; dreißig Millionen Seelen sind zugrunde gegangen.«
»Ja, ja ... aber China ist ewig.«
Ein junges Mädchen näherte sich uns, anmutig auf ihren kleinen entstellten Füßen hüpfend, die in bestickten Pantoffeln staken; sie glich einem verwundeten Vogel. Sie trug ein Kleid aus honiggelber Seide, ihr schweres Haar hatte einen lackartigen blauen Schimmer. Ihr Lächeln war von unaussprechlicher Süße und Traurigkeit. Sie verneigte sich.
»Meine Schwester Siu-lan«, sagte mein Freund. »Sie können mit ihr sprechen, sie versteht ein wenig Englisch.«
Eine seltsame Erregung bemächtigte sich meiner. Ich fühlte, wie der Astralleib dieses jungen Mädchens die unsichtbare und bebende Hülle meines Körpers lustvoll durchdrang.
Wo nur hatte ich sie schon gesehen? Nirgends. Aber ihr verfließendes, leicht zitterndes Gesicht entsprach auf wunderbare Weise dem einen bestimmten Gesicht, das ich auf Erden suche. Das Geheimnis dieses brennenden Wunsches nach Vereinigung, den man Liebe nennt, erschien mir immer wie eine schreckliche Erinnerung, wie der Befehl eines Höhlenahnen, wie der Ewige Jude, der durch die Jahrhunderte und die Körper irrt und verzweifelt sucht. Einer meiner Vorfahren hatte in den Höhlen eine Frau geliebt und nicht besitzen können, die dieser Chinesin glich, die zitternd vor mir stand.
»Siu-lan«, murmelte ich in mir, und mein ganzes Fleisch war glücklich.
Wie die Hexen der alten Kaiserhöfe Chinas Neuankömmlinge rochen und am Geruch erkannten, ob es Freunde oder Feinde waren, so spürte meine Seele an Siu-lan ein süßes, aus uralten Zeiten stammendes Parfum, das ich für verflogen hielt, einen Leib, der sich tief in die Ausbuchtungen und Höhlungen meines Leibes fügte.

Ich habe immer die romantischen Federn gehaßt, die dieses unersättliche Ungeheuer, das weder schön noch sanft noch rein ist, so lächerlich machen.

»O mein Meister! O mein Meister!« rief ich; »du vernichtest alle Dinge, ohne grausam zu sein; du gibst im Überfluß, ohne gut zu sein! Du bist älter als die fernste Vorzeit und bist nicht alt! Du bildest alle Formen, ohne geschickt zu sein! Dein Name ist Liebe!«

Siu-lan reichte mir eine Tasse Tee; ich nahm die Tasse zwischen beide Hände und fühlte eine plötzliche Glut in mir. In diesem Augenblick sprang ein junger Mann auf die Bühne. Er war sehr schön, stark geschminkt und hatte langgeschlitzte, verdorbene Augen. Er glich jungen Buddhas, die ich im Halbdunkel indischer Tempel gesehen hatte: ein Hermaphrodit mit verführerischen Frauenbrüsten, mit einem sinnlichen und zweideutigen Lächeln.

Er begann einen hemmungslosen Tanz; niemals könnten Worte oder Töne die Macht des Verlangens und die maßlose Lust zu leben mit solcher Raserei wiedergeben.

Ich wandte mich mit fragender Miene zu Siu-lan. Sie senkte bestürzt die Augen.

»Das ist der Dämon!« murmelte sie nach einigen Sekunden. »Der Versucher, der Geist des Bösen.«

»Ich dachte, es wäre die Liebe ...« sagte ich lächelnd. »Sie ist ihm so ähnlich!«

»Nein, nein! Das ist der Dämon, der Geist des Bösen!« wiederholte sie.

»Während die Liebe der Geist des Guten ist, nicht wahr?«

Siu-lan lächelte: »Ich weiß es nicht«, sagte sie.

Ein kleines Mädchen erschien atemlos: »Siu-lan, Ihr Vater ruft sie!« rief sie aus.

Ich drehte mich um und sah den alten Mandarin, der uns,

nervös seinen Fächer bewegend, betrachtete. Er war plötzlich noch trauriger und älter geworden.
Ich lächelte ihm zu, indem ich mich verneigte; aber sein Auge starrte mich unbeweglich, verwirrt und groß an.

23

Ein kleiner Salon zum Garten hinaus. Die Fenster stehen offen, die Sonne dringt schon in den Hof. Zwei Kanarienvögel in einem vergoldeten Käfig strecken ihre Köpfe zum Licht und singen. Der alte Gärtner geht hin und her und verweilt vor jedem Strauch; er richtet ihn sanft auf, er entfernt ein trockenes Zweiglein. Er streichelt ihn. Sein Auge ist sicher und liebevoll.
Wir nehmen den aromatischen Tee in alten, feinen Tassen, Siu-lan, Li Teh und ich. Beim letzten Schluck zeigt sich auf dem Boden der Tasse ein gelber, drohender Drache.
Alte Seidenmalereien schimmern sanft an der Wand. Ich kann sie in dem blauen Schatten des Morgens nicht klar erkennen; aber in einer Nische im Hintergrund begrüße ich freudig eine kleine Statuette Kwannons, der Göttin der Barmherzigkeit.
Siu-lan goß mir wieder Tee ein. Dann setzte sie sich, neigte sich leicht vor und lauschte mit ihrem großen Buddha-Ohr.
Ich erschrak ... Wie sehr glich Siu-lan jener Kwannon!
Ihr ovales Gesicht, ihre schrägen Augen, ihre sinnlichen Lippen, ihre wie scharfe Schwerter geschwungenen Brauen ... Dieselbe von Sanftmut gemilderte Strenge, dasselbe adelige und freundliche Wesen.
»Kwannon ... Kwannon ...« murmelte ich schaudernd.
Nie hatte mein Herz eine solche Göttin der Barmherzigkeit schaffen können – selbstbewußt, herablassend, unerschütterlich. Sie heilt den Schmerz nicht durch eine Handlung; sie kommt nicht zu den Unglücklichen, um ihnen den Trost zu bringen. Diese Kwannon ist die Gottheit, die das Herz des

Menschen heilt, indem sie regungslos thront. Sie zu sehen genügt schon, um jeden Schmerz zu vergessen.
Sie neigte sich leicht vor, als horchte sie mit ihrem übergroßen Buddha-Ohr. Als hörte sie von fern, von ganz fern das menschliche Leid. Und die Tochter Buddhas lächelt, denn sie weiß, daß das Leiden eine Illusion ist wie das Glück; daß du erwachen wirst und daß dein Leid entschwinden wird wie ein Traum. Daß auch du vergehen wirst und die ganze Welt und die Ursache der Welt.
Ich betrachtete Kwannon und fühlte, wie mein Herz ihr überschwenglich antwortete. Ich war glücklich. Die Zeit stand still in meiner Brust.
»Sie stammt aus Japan ...« sagte ich oben hin, indem ich auf die schöne Statuette zeigte.
»Nein«, sagte Siu-lan fest und schüchtern. »Nein, aus China.«
Li Teh saß mir gegenüber; sein Gesicht war ruhig und verschlossen; ich fühlte seinen Blick ohne Zärtlichkeit auf mich gerichtet.
Schweigen. Die Luft war schwer, voll unausgesprochener Fragen. Man fühlte im Raum zwischen Li Teh und mir einen unsichtbaren und stummen Kampf.
Siu-lan saß zwischen uns beiden; sie trug ein blaues Kleid mit weiten, bestickten Ärmeln und silbernen Knöpfen. Ihr Vater, teilte sie uns mit, bedauere, den Tee nicht mit uns nehmen zu können; er hatte einen bösen Traum und war betrübt ...
Plötzlich erhob Li Teh die Stimme; Siu-lan hob beunruhigt den Kopf und sah ihren Bruder flehend an.
»Sie sind hier in China auf der Suche nach einer unerhörten Empfindung, nicht wahr? Denn ich kenne Sie, lieber Freund, Sie sind ein Pirat; Sie plündern die Meere. Ein echter Weißer!«
Ich schwieg. Wie hätte ich diesem so entschlossenen und praktisch denkenden Gelben die vage und tiefe Unruhe in meinem

Wesen begreiflich machen können? Ich sah ihn mit einer wirklichen Aufgabe beschäftigt; er war bestimmt einer der Führer der Kuomintang. Er hatte ein klares Ziel: sein Vaterland von den Weißen oder den Gelben zu befreien, sein Volk aufzurütteln, es würdig zu machen für Freiheit und Gerechtigkeit. Jeden Tag machte er einen Schritt auf dieses Ziel zu. Er konnte den Weg seines Geistes sehen, mit Händen greifen, ihn messen. Für den unanschaulichen Bereich darüber fehlte ihm der Sinn. Seine Seele kannte nur das Erdgeschoß. Wie sollte er mich also verstehen können?

Li Teh zündete eine Zigarette an; nervös führte er sie zwei- oder dreimal an seinen Mund und zerdrückte sie im Aschenbecher.

»Das höhere Opium?« lachte er spöttisch. »Sie suchen bei uns das höhere Opium? Das Vergessen? Das gelbe Gift?«

(Ja, ja, das gelbe Gift ... Mein Blut infizieren mit diesem wirksamen Virus. China meiner Seele einverleiben ... Heilung finden.)

»Nein!« antwortete ich.

»Um so besser! Sie wären enttäuscht ... Wir sind keine Exoten mehr. Auch wir Gelben leiden am weißen Gift: Kanonen, Hunger, Zorn ... Verlangen nach Gerechtigkeit und Freiheit ...«

»Ich bin ein unpolitisches Wesen.«

»Was dann? Süßholz raspeln in unserer Zeit? Die Schönheiten Chinas besichtigen: Palais, Tempel, Nippes, Porzellan, Buddhas? Sie haben also Ihren Kult des Schönen noch nicht überwunden?«

(Er wollte zweifellos hinzufügen: »Schämen Sie sich nicht?« Aber er beherrschte sich.)

Li Teh schwieg. Ich sah Siu-lan an; sie hatte ratlos die Augen gesenkt, ihre feinen Nasenflügel zitterten. Ihr ganzes Wesen wartete angespannt auf eine Antwort.

»Ich habe jeden Dienst aufgekündigt«, antwortete ich. »Ich bin ein freier Mensch. Ich habe keine Illusionen. Ich hoffe nichts. Ich kämpfe nicht mehr, nicht aus Gleichgültigkeit oder Feigheit, sondern weil ich weiß.«

»Was wissen Sie?«

»Wo alles endet.«

Li Teh zischte wie eine Schlange.

»In unserer Zeit – aus Eisen, Petroleum und Gas – braucht sich niemand zu sehr den Kopf zu zerbrechen. Wir stehen am Anfang der Dinge; überlassen wir das Ende – die Philosophie, die Metaphysik, die höhere Untätigkeit – den Generationen am Ende!

Wir sind in eine Zeit des Krieges geboren, kämpfen wir! Beziehen wir einfach und ohne intellektuelle Faxen unseren Posten in der Schlacht. Wählen wir; ob rechts oder links, ist egal; aber wählen wir!«

(Ja, ich kannte alle diese Parolen; meine Ohren dröhnten davon. Aber hinter diesen Parolen sah ich die Perfidie und die Hohlheit. Und ich bin allein geblieben. Ich fühle mich selbst unter meinen Freunden, ja vor allem unter meinen Freunden, als unerwünschten Gast. Eine Hand, die den Tagelohn nicht anrühren will; ein Auge, das klar sieht.)

Ich wandte mich zu Li Teh: »Mann der Tat, was haben Sie getan in diesen langen zehn Jahren, in denen wir uns nicht sahen?«

Li Teh biß sich auf die Lippen. Er blinzelte mit den Augen; ich fühlte, daß er sich für einen Augenblick in eine schreckliche Vision verlor. Der ungeheure Kadaver Chinas ... Kaiserreich, Republik, Kommunismus? Nein, sondern etwas Großes, das sich zersetzt. Die Generäle verkaufen sich für japanische Yen, englische Pfund, für Rubel und Dollars, sie ziehen von einem Lager zum anderen, dem jeweils mehr bietenden, mit einem langen Schwanz zerlumpter Kulis hinterdrein.

Li Teh schüttelte den Kopf; feine Schweißtropfen perlten auf seiner Stirn.
»Nichts!« antwortete er wütend. »Nichts! Und Sie?«
Ich schrak auf. Mein Leben? – Reisen, eine blutrote Spur quer durch die Kontinente. Ein Herz, das sich im leeren Raum sucht und sich verliert. Eine Seele, die sich nicht schämt, öffentlich Bekenntnisse auf bedrucktem Papier abzulegen und sich brokkenweise den Schweinen vorzuwerfen.
»Ein Schreiber! Ein Leben aus Papier und schwarzer Tinte ... Eine prostituierte Seele!«
»Nichts ...« antwortete ich leise.
Drückendes Schweigen. Die zwei Kanarienvögel waren ängstlich verstummt. Man hörte Siu-lan leicht seufzen. Schweigend erhob sie sich auf den Spitzen ihrer kleinen Füße, wie eine Tänzerin ... Sie legte zwei Rosen zwischen Li Teh und mich, sie schenkte Tee in unsere leeren Tassen. Dann setzte sie sich ruhig hin; ergeben und allmächtig hatte sie ihre Pflicht als Frau erfüllt.
Der Duft der Rosen verbreitete sich in der vom Streit vergifteten Luft. Süße, Glück, eine unaussprechliche Gegenwart. Zwischen die Männer, die sich ohne Rücksicht und Mitleid bekämpften und zerfleischten, legte die Frau die zwei Rosen, das trefflichste Argument.
Einen Moment lang schloß ich die Augen, um die unwiderlegbare Rose ungestört in mich einzulassen. Und ich fuhr fort in dem Anruf, den ich gestern, als ich Siu-lan sah, begonnen hatte: »O mein Meister! O mein Meister! Du hast unermeßlich viele Hände, die heranziehen und zurückstoßen, die bitten, versprechen und drohen, die streicheln, verwunden und die Zärtlichkeit erneuern ... O du, der du mit zwei Rosen kommst in schrecklicher und nichtiger Stunde, wo die Menschen sich streiten. O mein Meister! O mein Meister, o Liebe!«

Ich öffnete wieder die Augen. Li Teh hatte sich aus dem Zimmer zurückgezogen; Siu-lan lehnte am Fenster zum Garten und atmete, ein wenig blaß, mit verhaltener Begierde den Erdgeruch.

Am anderen Ende des Gartens rauchte der alte Vater, in seliger Betäubung dösend; die kleinen Opiumkügelchen knisterten im irdenen Pfeifenkopf. Man hörte das Glucksen der Pfeife. Die beiden goldgelben Kanarienvögel reckten den Kopf und begannen, frei und glücklich zu singen, einer neben dem anderen, in der Liebe wetteifernd.

24

»Siu-lan«, sagte ich leise.
Sie wandte sich um; sie bemerkte, daß wir allein waren; für einen Moment zeigte sie eine unbestimmte Regung von Angst. Aber sie lächelte gleich darauf.
»Sie haben Angst, Siu-lan?«
»Nein«, antwortete sie, wobei sie errötete; »Angst? Warum?«
Sie senkte verlegen den Kopf. Ihr ganzer junger Körper bebte leicht.
»Die Liebe«, sagte ich für mich, »der große Geier ... Seine mächtigen, gelbschwarzen Flügel ... Und die Luft zittert ...«
Siu-lans geliebte Katze drückte in diesem Augenblick sacht die Tür auf und kam geräuschlos herein, schmeichelnd und geschmeidig und kraftvoll, wie eine kleine Löwin.
Siu-lan fuhr glücklich auf. Sie nahm die Katze in ihre Arme und setzte sich beruhigt ans Fenster. Sie hatte keine Angst mehr, sie war nicht mehr allein; die großen Flügel, die sie eben über sich gespürt hatte, hatten sich wieder gefaltet.
Sie sah mir in die Augen, und ihr Lächeln bebte nicht mehr.
»Japan ... Erzählen Sie mir von Japan«, bat sie.
Im Duft ihres Atems entfaltete sich mein Gedächtnis üppig; mit betörender Gegenwärtigkeit stieg Japan aus den Fluten.
Als ich aber stumm blieb, drängte Siu-lan mit schmeichelnder Stimme.
»Was war Ihre größte Freude dort unten im ›Land der Zwerge‹? Ihr größter Schmerz? Erzählen Sie mir, ich bitte Sie darum.«

Ich erinnere mich nicht mehr genau meiner Worte. Aber an die Gesten meiner Hände, in die ich sie kleidete, erinnere ich mich und an die atemlose Leidenschaft meiner Stimme. Und vor allem erinnere ich mich an die Luft, die sich zwischen Siu-lan und mir bildete. Nie habe ich unter meiner Handfläche ein plastischeres Element gefühlt. Wie stofflich diese blaue Luftmasse wurde, zu welch kostbarer Substanz, wie aus Jade, welche Formen sie annahm und wie sie dem Heben und Sichsenken des atmenden Gedankens folgte!

Plötzlich erhob sich Japan vor mir wie ein leibhaftiger und lebendiger Organismus. Alle verschwommenen Einzelheiten waren zu einer festen Einheit verschmolzen; die vielgestaltige Masse meiner japanischen Erfahrungen hatte ein Gesicht bekommen.

»Siu-lan«, sagte ich, »das Bild Japans hat sich in mir verändert, es ist vollständiger und weiter geworden, es hat eine menschlichere Note bekommen, ich möchte sagen, es ist inniger und bitterer geworden.«

»Warum?« fragte Siu-lan leise, ohne den Kopf zu heben.

»Vielleicht, weil ich selbst menschlicher geworden bin und deshalb inniger und bitterer!« antwortete ich lachend, um meine Erregung zu verbergen.

Aus der Tiefe meiner Augen und meiner Ohren und meines schmerzlichen Berührens stiegen die traurigen Erinnerungen auf.

Und unter diesen Erinnerungen verschloß eine vor allem, die traurigste, mein Herz.

Ich muß von dieser Erinnerung laut gesprochen haben, denn nach und nach verschleierten sich Siu-lans Augen und füllten sich mit Tränen.

»›Wer keine Kinder hat‹, sagte einmal ein Japaner zu mir, ›der kennt nicht das Ach! der Dinge!‹

Weit weg, Siu-lan, in einem anderen Land, stieg ich eines Tages über die schneebedeckten Gipfel des Athos, des heiligen Gebirges mit den strengen byzantinischen Klöstern. Auf einmal befand ich mich vor der Höhle eines Asketen. In dieser Höhle gab es nichts als ein großes eisernes Kreuz, zwei heilige Bilder und einen Wasserkrug. Auf dem Boden der Höhle kauerte der alte Asket und zitterte vor Kälte. Ich blieb stehen, und wir wechselten ein paar Worte.

›Dein Leben ist sehr hart, o heiliger Anachoret!‹ sagte ich zu ihm. ›Du leidest.‹

›Ich?‹ antwortete der Asket und schüttelte den Kopf. ›Ich soll leiden? Ist das das Leiden?‹ (Und er zeigte auf seine erfrorenen Füße, seine Lumpen, die kahle Höhle.)

›Das ist nichts, mein Kind, Kleinigkeiten. Leiden ist etwas anderes ...‹

›Was, mein Vater?‹

›Ein Kind haben und es verlieren. Das ist das einzige Ach!, das es auf der Welt gibt.‹

Aber eines Abends habe ich in einem schrecklichen Viertel Tokios ein anderes Ach! kennengelernt, das tiefer und schwerer ist, weil es uns erniedrigt und entehrt.

Gesichter unter einer dicken Puderschicht, tausend entsetzliche Masken, die halb erdrosselt aus den Türluken ragen, den Hals recken, mit geschwollenen Augen, und klagend rufen ... Wochen hindurch quälte mich das Verlangen, dieses unsaubere Viertel zu besuchen, wo sich das gelbe Fleisch verkauft. Aber ich konnte meinen Ekel nicht überwinden. Die Krankheiten des Körpers und der Seele, die Erniedrigung des menschlichen Wesens erfüllen mich mit Empörung. Nicht gegen diese Unglücklichen, die leiden, sondern gegen die Natur des Menschen, die fähig ist, so tief zu fallen. Gegen die Seele und das Fleisch, die nicht die Kraft haben zu widerstehen.

Aber eines Abends schämte ich mich meiner Schwäche; ich nahm mein Herz in beide Hände und sprang in ein Taxi: ›Tamanoi!‹

Es regnete leicht. Die Nacht war angebrochen, eine traurige Nacht. In den verschiedenen Ländern, wo ich die fünf Sinne, aus denen ich bin, weiden ließ, haben die Nächte unterschiedlichen Charakter.

In Indien ist die Nacht eine Tigerin, die den Dschungel verläßt und brünstig brüllt, während sie um die Dörfer streift. Und in den Stupas und den großen Klöstern stimmen die Bikus in den safranfarbenen Roben ihre Abendhymne an, ›die Melodie des Tigers‹ – einschmeichelnd, monoton und voller Entsetzen.

In Afrika ist die Nacht eine Menschenfresserin mit gewaltigen Brüsten voll schwarzer Milch. Und gesättigt fallen die Menschen mit geballten Fäusten auf den Rücken.

In Andalusien überraschte ich die Nacht, als sie wie ein blauer Vogel mit langem, bestirntem Schwanz über die flammenden Granatapfelbäume flatterte. Und in Griechenland gleicht die Nacht einem blühenden Zitronenbaum.

Aber hier, in Tamanoi... Da ist die Nacht eine Hyäne. Ein Ding zwischen Hyäne und weinender Frau.

Gewundene und dunkle, sehr enge Gassen. Ein Brechreiz erregender Geruch nach Karbolsäure und Schweiß. Tausende von wurmstichigen Holzbaracken, rechts und links, und aus der Luke jeder Tür taucht zu deiner Bestürzung ein Frauenkopf auf – eine gespenstische Erscheinung, die die lange Litanei der Passanten anlächelt. Alte, Männer im mittleren Alter, junge Burschen ...

Das Lächeln ist starr eingegraben in den Gesichtspuder und in das geronnene Rot der Lippen. Es bewegt sich nicht, es verändert seinen Ausdruck nicht, es bleibt starr dasselbe die

ganze Nacht. Manchmal öffnet sich der Mund mühsam, dann hört man die ganze ausgetrocknete Gesichtskruste knirschen.
Meine Schritte überstürzen sich. Ich kann diese Scheußlichkeit nicht ertragen. Apotheken, Frisiersalons, Tabak- und Saketäden ... Meine Füße waten im Schlamm. Ich hatte mir zwei große rote Äpfel gekauft als Gesellschafter, die mir Mut machen sollten. Ich halte sie in meinen Händen, sie sind kühl und wohlriechend, und ich fühle einen seltsamen Trost.
Ich zwinge meine Augen, diese reglosen und in der feuchten Luft bläulich erscheinenden Köpfe ohne Angst zu betrachten.
In Yoshivara, dem anderen, weniger populären Basar für das bedauernswerte Fleisch der Frau, ist das Schauspiel nicht so erschreckend. Die kleinen Holzhäuser sind sehr sauber. Vor jeder Tür sitzt hinter den Gittern der Kasse ein Ausrufer auf den Fersen; er rühmt mit lauter Stimme seine Ware und nennt den Preis: ›Ein Yen! Ein Yen! Betrachten Sie die Fotos! Wir haben die schönsten Geishas. Ein Yen! Ein Yen! Betrachten Sie die Fotos! Wählen Sie!‹
Man sieht sich die Fotos an. Vor jeder Tür eine lange, schmale Vitrine in Sargform. Hinter dem Glas sieht man, auf Baumwolltuch ausgelegt und von winzigen bunten Lampions erleuchtet, große Fotografien lächelnder Geishas; sie gleichen sich alle wie Schwestern ... Und wie sie hier im blaßvioletten, blauen, grünen Licht mit dem Rücken auf dem Boden der Vitrine liegen, glaubt man ertrunkene Frauen in der Tiefe des Meers zu sehen, die rücklings hinabsinken ...
Ja, das Schauspiel in Yoshivara ist traurig; aber hin und wieder hört man Lachen oder die trockenen Klänge der Samisen, die an die Krallenhiebe eines Raubvogels erinnern. Und manchmal hört man hinter den Holzwänden den Gesang einer Frau: ›Okao ni usubeni tsuketa to sa sano, sano, tsuketa to sa.‹ (Sie

hat ihr Gesicht mit leichtem Rot bemalt, la, la, la, mit leichtem Rot …)

Aber hier, in Tamanoi, erstickt man. Hier bewegen sich die Lippen der Frauen nicht, die Augen sind starr und weit offen. Du trittst näher und entdeckst in diesen Augen einen tierischen, stummen Schmerz …

Siu-lan, diese Nacht in Tamanoi hat mein Herz vergiftet. Alle diese Köpfe, die sich aus den Türluken streckten, schienen mir die schreckliche Folter des Halseisens zu erleiden. Ja, alle diese Frauen, unsere armen Schwestern, trugen die Tür, die ganze Baracke, Tamanoi, Tokio, Sie und mich, die ganze Menschheit als Eisen um den Hals …

Ich fühlte mich von Schande bedeckt. Niederträchtig. Wir Männer bürdeten den Frauen die ganze Verantwortung auf. Wir ließen sie auf den gefährlichsten Posten kämpfen, und wir, wir haben uns feige hinter ihnen verkrochen.

Auf einmal glitt Buddha durch diese schrecklichen Gassen, wie ein langer Blick.

Aber das war nicht der Buddha, den wir lieben; er strahlte nicht in der Blüte seiner Jugend; er hatte keinen sinnlichen Mund und keine lachenden Augen. Er war alt, traurig, barmherzig wie der Tod.

Sogleich konnte ich meine Abscheu überwinden. Ich näherte mich einem geschminkten Kopf und sah ihm gerade in die Augen, wobei ich mich zu einem Lächeln zwang. War er jung, alt? War er schön? Es war unmöglich, durch diese dicke, starre Maske das Gesicht zu erkennen. Aber ich sah sehr wohl, daß es menschliche Augen waren.

In einer fremden Stadt im Norden hatte ich einmal eine alte Äffin hinter den Gittern eines zoologischen Gartens gesehen. Ich fand sie immer dicht an der Tür kauernd, die Hand an die Wange gestützt; sie schaute mich mit unermeßlicher Traurigkeit an. Ich war jung damals und grausam. Aber dank dieser Äffin begann ich den Schmerz zu begreifen, dem man manchmal im Auge von Menschen begegnet. Hin und wieder hustete sie. Ihre Brüste waren zwei leere Taschen. Sie schaute mich an, und aus dem Jammer ihres ganzen Wesens und ihren menschlichen Augen stieg eine schreckliche und einfache Frage: Warum? Warum?

Ich schüttelte den Kopf, um diese fürchterliche Vision loszuwerden. Ich sah wieder den geschminkten Kopf vor mir und brachte ein Lächeln zustande. Die Frau faßte Mut. Sie brachte ein Wort hervor. Ich hatte nicht verstanden, was sie sagte, aber der Klang ihrer Stimme war so flehend, daß ich fühlte, daß die Mauer zwischen uns beiden eingestürzt war.

Und wirklich öffnete sich die kleine, wurmstichige Tür, und unversehens fand ich mich auf einer alten Matte sitzend. Ich schaute um mich; ich erinnerte mich an die Höhle des Asketen im anderen heiligen Tamanoi, dem Berg Athos; ein paar Fotos amerikanischer Matrosen, ein Krug mit frischem Wasser und eine ausgebreitete Matratze.

Es war kalt. Die Frau schloß die Luke, kniete sich schweigend hin und schob einen kleinen, brennenden Kohlenofen vor mich.«

25

Ein Schluchzen. Ich schrak auf. Japan verschwand, und ich war wieder in diesem friedlichen Garten in Peking an einem sonnigen Tag. Siu-lan hatte ihr Gesicht zwischen den Knien vergraben und weinte.

Ich beugte mich behutsam zu ihr. »Siu-lan, weinen Sie nicht...«

Ein unwiderstehliches Verlangen hatte mich ergriffen, diesen elfenbeinweißen Nacken mit den fein gelockten Haaren zu berühren und an meinen Fingerspitzen die warmen Tränen der Frau zu fühlen.

Aber in dem Moment, als ich die Hand ausstreckte, hörte ich ein Husten im Garten. Ich drehte mich um und sah den alten Vater, der uns mit gerecktem Hals und herabhängenden Lippen aus seinen toten Augen anstarrte; über sein ganzes Gesicht war ein unbeschreiblicher Schrecken gebreitet.

In diesem Augenblick fühlte ich das grausame Martyrium des alten Mandarin. Er, der fanatische Konservative, der ganz gewiß jeden Abend die Arme zum Himmel hob und seine alten Ahnen bat: »Ihr großen Mächte Chinas, werft die weißen Dämonen ins Meer!« – er mußte mitansehen, wie die verfluchte Rasse bis ins Innerste seines Hauses eindrang und ihm seine angebetete Tochter raubte.

»Sie gehört mir!« murmelte ich zwischen den Zähnen; »sie ist nicht nur deine Tochter, nicht nur eine Chinesin; sie ist eine Frau. Sie ist einer der beiden Flügel der umfassenden Kraft, die das Leben erzeugt; ich bin der andere Flügel. Wir werden die beiden Flügel vereinen, ob du willst oder nicht.«

Ich richtete mich rasch auf und versuchte zu lachen.
»Siu-lan«, sagte ich, »ich gleiche jenen volkstümlichen Erzählern, denen ich jeden Abend an den Straßenkreuzungen Pekings begegne. Sie erzählen ihre lustige oder tragische Geschichte, indem sie alle Personen spielen. Ein ganzes Orchester von Menschen. Dem Atem ihrer Erzählung gehorsam weinen sie, lachen sie, verwandeln sie sich vor unseren erstaunten Augen in Prinzen, in Bettler, in Dämonen, in junge Mädchen. Und reichlich fließen die einfältigen Tränen der Menge. – Ich habe Sie zum Weinen gebracht, Siu-lan, verzeihen Sie mir. Aber wenn Sie wollen, blättere ich um und erzähle Ihnen eine lustige Geschichte, bei der Sie lachen müssen. Wollen Sie?«
»Nein!« sagte sie lebhaft. »Nein, ich will lieber weinen.«
Und nach einigen Sekunden murmelte sie mit dumpfer Stimme: »Ach! Es ist ein trauriges Handwerk, Frau zu sein!«
»Nein, nicht immer«, entgegnete ich lachend. »Gerade einen Tag nach dieser höllischen Nacht habe ich das schönste Lächeln kennengelernt, das es auf unserer traurigen Erde gibt: jenes der Geisha … Ich spazierte durch Asakusa, das volkstümliche Viertel im Herzen Tokios. Der große Tempel der Kwannon brüllte wie ein Stier. Bonzen schlugen die Trommeln, eine wimmelnde Volksmenge klatschte in die Hände, warf Münzen in einen gewaltigen Holzkasten und betete mit gefalteten Händen.
Diese kleine Kwannon, eine schwarze Statuette, war vor tausend und dreihundert Jahren von Fischern aus dem Meer gezogen worden. Man hatte sie eben hier in einer armen Strohhütte abgesetzt. Und aus der Strohhütte ist ein gewaltiger Tempel geworden, und rund um diesen Tempel stehen die zeitlosen Buden der Menschen, wo man etwas zu essen und zu trinken verkauft, Spielsachen für die Kinder und heilbringende

Talismane – alles, was der Mensch braucht, um dem Tod für eine Weile zu widerstehen.
Ich schlenderte langsam in dieser Menge unter mächtigen roten Laternen. Zwei gigantische Dämonen aus Kampferholz schauten am Eingang des Tempels auf die Menge und lachten laut auf.
Die hölzernen Stufen des Tempels glänzten, fein poliert von der Berührung zahlloser nackter Füße. Ich mischte mich unter die summenden Gläubigen, die, auf ihren Fersen sitzend, gedämpft den magischen Satz murmelten: ›Namou myoho reghenkyo ... Namou myoho reghenkyo ...‹
›Was bedeutet dieser Refrain?‹ fragte ich den listigen Mönch, der sich meiner auf den Stufen des Tempels bemächtigt hatte.
›Ehre der Sutra vom Lotus der Wahrheit.‹
›Und weiter?‹
›Das ist das Losungswort, verstehen Sie? Wenn du einst an die Pforte des Paradieses klopfst und du aus dem Inneren die schreckliche Stimme hörst: ›Wer ist da?‹, mußt du das Kennwort singen: ›Namou myoho reghenkyo‹, und die Pforte wird sich öffnen.‹
›Du bist dir dessen sicher?‹
Der durchtriebene Mönch schaute mich mit seinen kleinen, trüben Augen an.
›Ganz sicher!‹ antwortete er lächelnd.
Dieser ungläubige und betrügerische Mönch lächelte und erwartete von mir, daß ich seinen Spott teilte.
Ich aber betrachtete diese Männer und diese Frauen, die unter den brennenden Laternen auf den Matten des Tempels knieten. Ich blickte nachdenklich auf ihre ekstatischen Gesichter, die von Gewißheit und Freude leuchteten. Diese Männer und diese Frauen waren von ihren niedrigen Interessen befreit, von ihren kleinen Freuden und Schmerzen. Sie waren schon einge-

gangen ins Paradies. Wozu brauchten diese Seelen noch ein Paradies nach dem Tod? Sie sind schon eingegangen in das Paradies der einen Augenblick währenden Unsterblichkeit der Ekstase.

Ich betrachtete sie und murmelte zwischen meinen Zähnen die Worte des Weisen, dessen Namen ich vergessen habe: ›Wenn du glaubst, das Heil gefunden zu haben, hast du es gefunden; wenn du glaubst, es nicht gefunden zu haben, hast du es nicht gefunden.‹

Ja, das war alles schön, ich ging hin und her inmitten dieser glücklichen Menge, aber ich war traurig bis in den Tod. Hinter diesen Göttern und diesen Laternen nahm ich zwei unbewegliche Augen wahr, die mich verzweifelt ansahen. Ich sah einen geschminkten Mund, eine offene Wunde, die mir zurief: Hilfe! Tamanoi war da, mitten im Tempel, Tamanoi, der große, stinkende Geier, und all diese Tauben des Paradieses ergriffen die Flucht.

Damals, Siu-lan, überwältigte mich dieser Schmerz nicht mit der Heftigkeit, die ich heute empfinde, wenn ich Ihnen davon erzähle. Gewiß, ich war traurig, ich sah diese zwei Augen und hörte diesen Mund. Aber kleine Erlebnisse: ein Duft, eine Farbe, eine schöne Skulptur, eine vorübergehende Frau, vermochten mich damals zu zerstreuen … Mein großer Schmerz wurde jeden Augenblick von kleinen Freuden unterbrochen.

Aber jetzt, Siu-lan, während ich diese Erinnerung für Sie heraufrufe, fühle ich zum ersten Mal die Größe meines Schmerzes von damals. Einen vollständigen, reinen Schmerz, den keine Freude, ob klein oder groß, schmälert …«

Ich schwieg. Ich war wirklich sehr bewegt. Ich fühlte auf einmal, daß ich Siu-lan verlieren würde. Als ob dieser Schmerz, den ich plötzlich so rein fühlte, nur ein schreckliches Vorgefühl, eine Vorbereitung meines Herzens auf den großen Verlust wäre. Schon übte ich Leib und Seele, um ihn ertragen zu können …

Siu-lan hob den Kopf; an ihren langen Wimpern hing noch ein Tropfen bitteren Taus. Sie sah mich lange schweigend an; ich glaubte in ihren Augen eine mir neue Härte zu entdecken, einen stählernen Glanz.

Ihre Lippen bewegten sich; einen Augenblick formten sie sich zu einem spöttischen Lächeln. Und ich hörte in ihrer Stimme ein Zischen, das mir neu vorkam: »Und die Geishas?«

»Entschuldigen Sie«, sagte ich, »die habe ich ganz vergessen.«

»Ich nicht!« antwortete Siu-lan mit ihrer neuen, schneidenden Stimme.

26

»Nun, ich gehorche Ihnen, Siu-lan!

Während ich so verzweifelt im Tempel der Kwannon umherirrte, traf ich meinen japanischen Freund Kughe. Er war ein Schullehrer, sehr mager, sehr gelb, mit großen, brennenden Augen. Ich habe ihn sehr gemocht, denn er hatte den Mut, ›ich‹ zu sagen und unter diesem kleinen Wort seine ganze Rasse zu verstehen. Ich mochte ihn wegen seiner glühenden Reinheit, wegen seiner jugendlichen Grausamkeit und wegen der Frechheit seiner Behauptungen.

Sobald er mich einsam und ratlos inmitten der Menge entdeckt hatte, lief er auf mich zu: ›Was haben Sie denn, o Dämon vom Ozean?‹ rief er und rüttelte mich an der Schulter. ›Aber, mein armer Freund, Sie machen ein so seltsames Gesicht! Was ist Ihnen zugestoßen in diesem Land der getarnten Kanonen?‹

Ich erzählte ihm von meinem Abstieg in die ›Stadt der Schmerzen‹.

›Gehen wir‹, sagte er, ›Sie dürfen Japan nicht mit dieser bitteren Erinnerung verlassen. Kommen Sie diesen Abend mit mir. Sie werden andere Frauen sehen, Frauen, die reiner sind als eure Jungfrauen, unschuldig und sinnlich wie Gazellen. Und die lächeln können.‹

›Ich will keine Masken mehr sehen!‹ rief ich ärgerlich.

›Welche Masken?‹

›Die japanischen Gesichter. Männer und Frauen, alle lächeln wie Masken. Und nie weiß man, welches Gesicht sich hinter der Maske versteckt. Ich habe mich danach gesehnt, ein wirkliches Gesicht aus warmem Fleisch zu sehen; ob es lacht oder weint, ist mir gleich, es kann mich auch beschimpfen. Nur keine Maske!‹

›Aber es gibt keine Maske, o weißer Barbar! Oder, wenn Sie das lieber hören, es gibt kein Gesicht! Wenn Sie die Maske, von der Sie sprechen, entfernen, werden Sie eine zweite finden, die der ersten aufs Haar gleicht. Und wenn Sie auch diese zweite Maske entfernen, werden Sie eine dritte, vierte, fünfte finden und so immer weiter! Aber lassen wir die leeren Worte; es wird spät, die Laternen werden angezündet, gehen wir!‹

›Kughe san‹, sagte ich, ›gehen Sie nicht so schnell! Nehmen wir langsam Abschied vom alten Japan. Haben Sie Mitleid mit ihm, lieber Freund. Schenken Sie ihm einen Liebesblick. Es liegt im Sterben …‹

Kughe lachte.

›Wer bei uns stirbt, geht ins heilige Reich der Ahnen ein und wird Gott. Warum also Mitleid haben mit dem Sterbenden? Es gibt keinen Tod. Der Tod ist eine abendländische Erfindung.‹

Kughe schwieg einen Augenblick; der trockene Husten der Schwindsüchtigen schüttelte ihn. Ich betrachtete ihn, und Mitleid ergriff mich. ›Er wird bald sterben …‹ sagte ich für mich, ›er wird bald sterben …‹

›Das alte Japan verschwindet nicht‹, fuhr mein Freund, bleich geworden, fort; ›es verschwindet nicht, es verjüngt sich. Wir pfropfen auf unseren alten Stamm neue Formen. Geben Sie acht, lieber Weißer, ich will ihnen die drei Wesenszüge unserer Seele enthüllen, die Ihnen so rätselhaft erscheint: Die japanische Seele ist überaus empfänglich für fremde Ideen; sie übernimmt sie nicht sklavisch; sie assimiliert sie sich; sie gliedert die einmal assimilierten Ideen bruchlos in das Ensemble ihrer Überlieferungen ein – und alles paßt wieder zusammen …‹

Kughe blieb plötzlich stehen. Eine stille Gasse. Zwei große rote Laternen. Unter den Laternen eine offenstehende Tür. Wir traten ein. Ein kleiner Hof mit frisch gewaschenen Platten. Zwei blühende Kirschbäume in Porzellantöpfen; in einem kleinen Brunnenbecken aus weißem Marmor schwammen gelbe Blumen.
Drei junge Mädchen erschienen, mit schelmischem und lächelndem Gesicht; sie grüßten tief, und der kleine Hof füllte sich mit ihren zwitschernden Stimmen.
›Irassamaisse! Irassamaisse!‹ (Seien Sie willkommen!)
Sie zogen uns die Schuhe aus, sie ließen uns in Pantoffeln aus weichem Leder schlüpfen, sie gingen voran, um uns den Weg zu zeigen. Wir stiegen über eine große Treppe aus duftendem Holz.
Die Treppe war sehr hoch, die jungen Frauen sehr schön, der Duft süß, und mit einem Mal fühlte ich mich glücklich. Ein einfaches und ganz reines Glück, eine leichte Ekstase, die die Sinne nicht erschüttert, sondern die das Trennende zwischen der Seele und dem Leib aufhebt, indem sie es streichelt. Eine durchsichtige Trunkenheit aus Duft, Lächeln und dem Versprechen der Liebe.
Ein kahles Zimmer: feine Matten, ein Kohlenbecken, Kissen. An der Bambuswand ein Kakemono: Buddha mit gewaltigem Bauch, der, auf einem Büffel sitzend, aus vollem Hals lachte. Zwischen seinen fleischigen Fingern hielt er eine große blaue Blume.
Wir ließen uns neben dem Becken mit den glühenden Kohlen auf die Knie nieder. Man brachte uns grünen Tee und Reiskuchen, dann geröstete Pistazien und ein flaches Fläschchen Sake.
Ich trank von dem lauen Sake, ich knabberte Pistazien und dachte, welch süße, reine Freude die Liebe sein kann, ohne mo-

ralische Komplikationen, ohne jede christliche oder romantische Gefühlsduselei. Die drei Geishas kauerten neben uns, schauten uns lächelnd an und warteten auf ein Zeichen.
›Kughe san‹, sagte ich zu meinem Freund, ›fragen Sie bitte die Älteste, was die größte Freude in ihrem Leben war.‹
Mein Freund war etwas verlegen wegen meiner Indiskretheit, doch übersetzte er meine Frage; die junge Frau senkte die Augen, ohne etwas zu antworten.
›Ich erinnere mich keiner großen Freude‹, sagte sie schließlich mit sanfter Stimme. ›Ich bekam sofort Unterricht in Tanz, Gesang und im Samisen-Spiel und lernte, den Männern zu gefallen. Ich hatte viel Vergnügen in meinem Leben, aber …‹
Sie schwieg verwirrt. Sie fühlte, daß sie zuviel gesagt hatte.
Wir fragten die Kleinste, die neben mir wie eine Katze kauerte.
›Was ist Ihr größter Wunsch?‹
Sie errötete und beugte ihr Gesicht über das Kohlenbecken. Sie blieb stumm. Darauf begann die Älteste, mit bitterer Ironie zu lachen.
›Heiraten! Einen Mann finden, der sie in sein Haus führt. Kinder haben. Danach sehnen wir uns alle!‹
Ein Schatten von Trauer legte sich über das Zimmer. Ich fühlte Gewissensbisse. Wie oft habe ich nicht in meinem Leben den großen Rat Buddhas vergessen: ›Frage nie jemanden nach seiner Geschichte; sie ist immer schrecklich traurig; der Mensch vergißt sie oft, du aber wirst sie nie mehr vergessen!‹
Die älteste Geisha nahm die Samisen auf ihre Knie und begann zu singen:

Ich bin Geisha hier seit langen Jahren
Und warte auf meinen Geliebten.
Und heute morgen sah ich im Traum, daß er gekommen war;
Ich erwachte und weine, weine immer noch!

Die junge Geisha näherte sich mir, warf sich nieder und drückte ihre niedliche Nase an die Matte.

›Sie bittet darum, tanzen zu dürfen‹, erklärte mein Freund.

Die andere Geisha, die bei Kughe kauerte, glänzte im Dämmer wie ein kleiner erleuchteter Tempel, geschminkt, duftend, schweigend. Die Geisha mit der Samisen sang weiter:

In dieser langen, langen Nacht, lang
Wie der Schwanz des Goldfasans,
Muß ich also alleine schlafen?

Die ewige Klage der Frau, die nicht alleine schlafen will. Mein Herz verging vor Mitleid! In dieselbe Klage brach vor Tausenden von Jahren an den duftenden Küsten einer griechischen Insel eine andere Frau aus: ›Der Mond ist versunken und die Plejaden; es ist Mitternacht, die Stunde verrinnt, und ich schlafe allein.‹

Die junge Geisha begann zu den Klängen der Samisen zu tanzen: keusche Bewegungen, ein leidenschaftlicher und schlichter Ausdruck, eine fieberhafte, von Anmut gebändigte Ungeduld. In dem Augenblick, wo die Leidenschaft auszubrechen droht, faßt sie sich wieder und kehrt zwischen die bebenden Dämme der Scham zurück. Sie spielt die Frau, die ihren Geliebten erwartet.

Ich betrachtete sie, sanft getragen von diesem wunderbar ausgewogenen Spiel aus Leidenschaft und Anmut. Die Rohrwand weicht zurück, Buddha steigt herab von seinem Kakemono und nähert sich der Frau; er fühlt Mitleid mit ihr, er nimmt die Züge ihres Geliebten an. Die Frau stößt einen Schrei des Glückes aus und wirft sich wieder vor uns zu Boden, wobei sie die kleine Nase an die Matte drückt. Der Tanz ist beendet.

Sie steht auf, lächelt und kauert sich dicht bei mir nieder. Ich höre mein Herz und das Herz der Frau, zwei Tiere, die über die

Matte trippeln und spielen. Katze und Maus. Bald fühle ich mich in diesem listigen Spiel als Katze, bald als Maus. Die andere Geisha steht auf, die Samisen beginnt wieder mit ihren Rufen.
Sie singt mit etwas heiserer Stimme: ›Tatoe hi no naka mizu no soko mirai madema misto yato ...‹ (Durch Feuer und Fluten hindurch sind wir vereint, Mann und Frau, jenseits des Todes!)
Die Geisha stürzt sich in den Tanz. Der Geliebte ist gekommen, die Leidenschaft reißt sich los, die Scham wird von der Liebe überwältigt.
Man bringt ein zweites Fläschchen Sake und Austern. Freude erleuchtet unsere Wangen. Ich versuche, alle japanischen Wörter anzubringen, die ich kenne: Herz, Kirschblüte, Dank, Sonne, Mond, ja, nein, ich freue mich.
Eine Kleine mit lachenden Augen erscheint an der Tür: ›Das Bad ist bereit!‹ sagt sie.
Der Körper hat sich erfrischt, wir haben die leichte Yukata angelegt und kehren barfüßig ins Zimmer mit dem dicken Buddha zurück.
Ein Knistern zerreißenden Seidenstoffes. Ist das ein Kimono? Oder die seidene Matratze, die schnell ausgelegt wird?
Duft nach Sake, Austern und Gesichtspuder, der im Schweiß schmilzt ...
Und als wir uns gegen Morgen erhoben, knieten sich die beiden Geishas vor uns auf die Matte zum Zeichen des Danks und der Ehrerbietung.
Ein melodischer Gongschlag hallte in der Luft. Jemand muß in den benachbarten Tempel getreten sein, um früh am Morgen sein Gebet zu verrichten.
Als ich auf die Straße trat, fühlte ich mich wie ein von Goldstaub überpuderter Skarabäus. Er hat seine Nacht in einer Blüte verbracht, dieser schwere Skarabäus, und als er heraus-

kroch, war sein ganzer Körper, der Kopf, die Beine, der Bauch, voll von Blütenstaub.
Ich war glücklich und rein, ich hatte den christlichen Nachtmar besiegt, ich hatte endlich die Frau umarmt, ohne an etwas anderes zu denken als an die Frau.
Ich war zufrieden mit meinem Körper; mein Körper war zufrieden mit mir. Und über meine gesättigten Lippen trippelte ein befreiendes und zartes Haikai:

Wir haben Sympathie füreinander,
o Kirschbaum der Berge,
o mein Körper.
Außerhalb deiner erkenne ich niemanden.«

Ich schwieg. Der Mann fällt vor der Frau, die er begehrt, in tierische Verhaltensweisen zurück, die er für immer überwunden hielt, er wird wieder zum Pfau, Truthahn oder Gockel. Ich hatte vor Siu-lan alle meine glänzenden Federn gespreizt, um vor ihr das Rad zu schlagen. So heftig war weder meine Freude bei den Geishas gewesen noch mein Schmerz in Tamanoi. Ich hatte den Ton bloß gehoben, um Herz und Geist paradieren zu lassen.
Ich schwieg ein wenig beschämt und hörte in der Stille die beiden Kanarienvögel wie verrückt vor Liebe singen.
»Ja«, sagte Siu-lan endlich mit zusammengekniffenen Lippen und stand auf.
»Siu-lan«, rief ich, »nein, ich habe in jener Nacht nicht das große Glück erlebt, das ich beschrieben habe. Als ich Sie so nahe bei mir spürte vor diesem blühenden Garten, habe ich mich hinreißen lassen, und meine Worte brannten von einer Leidenschaft, die weit über die Freude hinausging, die mir jene Geishas schenkten! Verzeihen Sie mir!«
Siu-lan senkte unschlüssig den Kopf. Sie war erregt aufgestanden, um wegzugehen, jetzt stand sie zögernd da.

Ich begriff, daß dies der entscheidende Augenblick war.
»Siu-lan«, murmelte ich, »Kirschbaum der Berge ...«
Ein leichter Schauer überlief ihren zarten und kräftigen Körper. Sie schien bewegt... Verlangen, Scham, Furcht – sie erwog alles zwischen ihren langen, bebenden Brauen.
Allmählich hellte sich ihr Gesicht auf, ein kaum merkliches Lächeln deutete sich um ihre Lippen an. Sie öffnete den Mund...
Ich erwartete mit vorgebeugtem Körper und gespannten, etwas bebenden Zügen ihr entscheidendes Wort.
Aber gerade in diesem Moment hörten wir einen verzweifelten Ruf vom Garten her. Wir drehten uns erschrocken um; wir hatten die Anwesenheit des alten Vaters vergessen.
»Siu-lan!« rief der Alte mit erstickter Stimme, »Siu-lan!«
Das Mädchen sprang beunruhigt auf.
Ich biß mir wütend auf die Lippen. Siu-lan lief schon mit ihren hüpfenden Schritten durch den Garten. Ich sah, wie sie ihren alten Vater umarmte, ihm zärtlich zusprach, ihm Tee einschenkte und sich ergeben zu seinen Füßen setzte.
»Siu-lan!« rief ich in tiefster Angst, »Siu-lan!«
Es war mir, als müßte ich schreien, ich ging ein paar Schritte auf den Garten zu. In diesem Moment öffnete sich die Tür hinter mir: »Mein Onkel Kung Ta Hen bittet Sie, ihm die Ehre zu geben und heute abend bei ihm zu speisen. Um Ihnen eine Freude zu machen, hat er chinesische Gelehrte und Dichter eingeladen.«
Li Teh sprach hastig; er trug eine Aktentasche unter dem Arm, die mit Papieren vollgestopft war. Sein Auge war hart und kalt.
»Welcher Onkel?« fragte ich.
»Der alte Mandarin, mit dem Sie am ersten Abend nach Ihrer Ankunft hier geplaudert haben. Erinnern Sie sich? Er wiederholte auf jede Ihrer beängstigenden Fragen: ›Ja, ja, aber China ist ewig!‹«

Ich sah den alten Aristokraten wieder vor mir, und seine dünne, hochmütige Stimme tönte wieder in meinen Ohren. Wie weit war das weg!

»Ich werde mit Vergnügen hingehen«, antwortete ich. »Sie kommen auch, nicht wahr?«

»Ich bedaure, lieber Freund, unmöglich. Ich bin mit dringender Arbeit überhäuft. Entschuldigen Sie mich bitte, ich muß gehen.«

Er stieg in seine Rikscha und verschwand.

27

Ich verließ das Haus mit schwerem Herzen. Ich tauchte ein in das sinnverwirrende Schauspiel Pekings wie ein gefräßiges Insekt in die Falten und Windungen einer großen Orchidee. Jedesmal kam ich geblendet und müde daraus hervor.
Je länger ich die Luft Chinas atmete, um so dichter wurde das Geheimnis um mich her, und um so unbegreiflicher und gefährlicher erschien mir der Mechanismus in der gelben Brust.
Nicht umsonst ist die Seidenraupe – die seltsamste Raupe der Erde – das Totem Chinas. Die praktischen und kriechenden Chinesen haben manchmal die Sorglosigkeit und Zartheit der Schmetterlinge an sich. Die Dichter dieses erdverbundenen Volks wußten einzigartige Töne zu finden, um die Wonnen des Müßiggangs und des Traums zu besingen.

> Bauen wir unsere Strohhütte unter den Kiefern,
> Und dichten wir dort bloßen Hauptes Verse,
> Um nichts bekümmert als um Aufgang und Untergang der Sonne.

In dieser Verwandlung des widerlichsten Schmutzes besteht der unwiderstehliche Zauber Chinas. Alles spielt sich in peinlicher Verhüllung ab; der Haß wird zurückgehalten, die Liebe ist hart, das Lächeln mit gierigen Zähnen bewaffnet. Wenn sich der Chinese demütig und ohne ein Wort zu sagen vor dir verneigt und sich deinem gereizten Ton fügt, zitterst du, weil du dumpf ahnst, daß sein Schweigen aus lauten, unterdrückten Schreien besteht.

Gestern betrachtete ich in einem Teepavillon voll Bewunderung den jungen Kellner, der mich bediente. Nie hatte ich flinkere und geschicktere Finger gesehen, nie eine so kluge und schlichte Dienstbeflissenheit, eine derart unfehlbare Einfühlungsgabe. Bevor du zum ersten Wort ansetzt, die erste Geste andeutest, begreift er und bringt das Gewünschte.
Welches Glück, dachte ich, einen so zuverlässigen und so wunderbar geschulten Diener zu haben! Das Leben könnte erträglich werden.
Ich hob die Augen, um ihm anerkennend zuzulächeln, aber ich schrak zurück; ich hatte ihn bei einem Blick ertappt, der mich wie ein Dolch durchbohrte.

Die Sonne ging unter in rosa- und orangefarbenen Dämpfen. Der Abendstern hängte sich wie ein Tautropfen an den westlichen Himmel. Die rötlichen Mauern der Verbotenen Stadt, die grünen und honiggelben Dachziegel verblaßten allmählich in der blauen Dunkelheit.
Wir standen auf einer hohen Terrasse. Schlichte, menschliche Freude, ohne jeden Überschwang, fast unbewußt. Ich dachte an die so inhaltsschweren Worte von Konfuzius: »Ich weiß, warum das Glück so selten ist auf der Welt: Die Idealisten setzen es zu hoch an, die Materialisten zu tief. Aber das Glück befindet sich neben uns, in der Höhe unseres Herzens. Das Glück ist nicht das Kind des Himmels oder der Erde; es ist das Kind des Menschen.«
»Siu-lan«, sagte ich bei mir, »Siu-lan, in der Höhe meines Herzens, demütiges, irdenes Glück …«
Die Geladenen kommen an, fett, lächelnd, in langen blauen oder schwarzen Roben, mit knappen, höflichen Gesten. Fast alles Alte; fleischige Lippen, wabbelige Hände, ruhige und lächelnde Augen. Das alte China …

Die äußerste Höflichkeit kostet, zur Routine geworden, keine Mühe mehr. Die dreihundert so komplizierten Regeln der Etikette, die dreitausend Vorschriften des Benehmens, die durch bewußte Anstrengung ins Unbewußte übergingen, sind zu sehr einfachen Instinkten geworden. Alle diese Chinesen von Rasse begrüßen sich, sprechen und schweigen miteinander in erlesener Stilisierung.
Man bringt den mit Jasmin versetzten Tee und in kleinen Tellern geröstete Melonenkerne.
»Wenn es nicht so viele Melonenkerne in China gäbe«, sagte ein rundlicher und jovialer Alter, »würden wir viel mehr Revolutionen haben; Knabbern beruhigt die Nerven.«
Die lange Litanei der chinesischen Schüsseln beginnt: kompliziert, raffiniert, verdachterregend.
»Haben Sie keine Angst«, sagte Kung Ta Hen lachend zu mir. »Schauen Sie nicht so genau hin; kosten Sie von allem beherzt. Heute abend serviert man keinen Seidenraupenkuchen, keine Hunde und Katzen, keine Raupensauce ...«
Und indem er mit seinem zarten Finger auf einige Flaschen Wein zeigte, fügte er hinzu: »Wählen Sie! Über diesem Wein hat man einen jungen Affen geschlachtet; er scheint sehr anregend zu sein, ein wunderbarer Aperitif für die Liebe. Über dem hier hat man nur ein einfaches Huhn geschlachtet; dieser Wein lindert, scheint es, die physischen Schmerzen. Über dem dort schlachtete man eine Schlange; er erregt offenbar seltsame Neugier ... Wählen Sie!«
Ich wählte den Schlangenwein.
»Trinken wir auf das Wohl Ihres Landsmannes Sokrates!« rief ein alter Professor mit langem Bart. »Konfuzius und Sokrates waren zwei Masken, die dasselbe Gesicht bedeckten: das lichte, klar gezeichnete Gesicht des logischen menschlichen Denkens.«

Der Schlangenwein kam mir stark vor, ohne jede Blume und zerriß mir die Kehle.
»Wenn wir noch zwei Gläser von diesem Wein trinken«, sagte ich, »wird das logische menschliche Denken in Gefahr sein.«
»Um so besser!« antwortete ein alter Dichter mit langen, herrlichen Fingernägeln. »Es wird der Musik den Platz räumen, die die höchste Logik ist. Und Sie wissen, wie sehr unser Konfuzius den Wein, die Musik und die Frauen liebte. Genau wie euer Sokrates.«
Ich betrachte voll Bewunderung diese Alten um mich her mit der so ausgeglichenen Fröhlichkeit, dem so feinen Lächeln, dem so wunderbar jungen Herzen. Wie oft bin ich mitten auf der Straße stehengeblieben, um einen alten Mandarin zu bewundern, der langsam mit leuchtendem, ganz ruhigem Gesicht vorüberging; dessen skeptischer Mund lächelte bei dem ganzen höllischen Lärm einer chinesischen Straße und dessen kleine Augen all die Häßlichkeit erkannten und verziehen …
Kung Ta Hen klatschte in die Hände.
Er gab einem Knaben mit dem welken Körper eines Eunuchen einen kurzen Befehl.
Man brachte ihm eine bedruckte Karte aus rosa Papier. Der alte Mandarin zeichnete ein paar Linien darauf.
»Schnell!« befahl er dem Knaben.
Dann wandte er sich zu uns. »Mit Ihrer Erlaubnis«, sagte er, »habe ich die Blume des Abends eingeladen, unsere berühmte ›Schwester von der Strohhütte‹. Sie ist nicht mehr in der ersten Jugend, aber sie ist verführerisch.«
Man brachte eine große Platte mit Konfitüren.
»Kosten Sie! Kosten Sie!« raunte mir der alte Dichter zu. »Das ist Lotus: Sie werden das Vaterland vergessen.«
Wir tranken wieder vom Schlangenwein, die Umrisse der Dinge begannen zu wackeln.

Und auf einmal erschien, geräuschlos, wie ein Gespenst, mitten auf der Terrasse eine stark geschminkte Frau, mit Augenbrauen, die »dem Zweitagemond glichen«, mit großen Ohrringen aus Jade, mit einem Gesicht, das von den Küssen glatt geleckt war wie ein Stein am Meeresboden.
Ja, ihr Gesicht war mager geworden, langsam abgenutzt von den Zärtlichkeiten der Hände und der Lippen zahlloser Pilger ... Porciuncula, die kleine Kapelle des Heiligen Franz von Assisi, kam mir plötzlich in den Sinn; auch sie war, wie diese Frau, glatt geleckt von den zahllosen Küssen leidenschaftlicher Pilger durch die Jahrhunderte.
»Die Blume des Abends!« verkündete würdevoll der alte Mandarin, indem er sich verneigte.
Ich stutzte. Wo nur hatte ich diese Frau mit dem von der Liebe verwüsteten Gesicht schon gesehen? Mitten in einer großen Menschenmenge ... In einer fernen Stadt ... Aber wo?
Die Blume des Abends setzte sich, öffnete ihren Fächer und zeigte uns ein Lächeln.
Ihre Augen waren langgeschlitzt, sie bewegten sich langsam und warfen auf jeden von uns einen langen, schläfrigen und fernen Blick. Sie sah aus wie eine Tigerin, die Blut getrunken hat und nun, ruhig geworden, gähnen wollte.
Endlich tat sie den Mund auf und begann halblaut eine ferne Weise der Wüste zu singen. Es war ein Lied von Kameltreibern, die durch die schreckliche Wüste Gobi zogen. Ein eintöniges, inständiges, hoffnungsloses Lied.
Aber wo nur hatte ich diese Stimme schon gehört?
Die Blume des Abends beendete ihr Lied; sie schwieg; ihre Stimme war heiser und müde; ihre überaus feinen Hände umfaßten die Teetasse und hoben sie hoch: »Ich bin glücklich«, sagte sie lächelnd, »ich bin glücklich, aber ich kann heute

abend nicht mehr singen. Entschuldigen Sie mich, meine Herren, ich bin etwas müde ...«

Sie nahm Jasminblüten aus ihrem Haar und verteilte sie an uns, sie waren warm, welk und von starkem Duft.

Sie wandte sich zu mir. Wie ein Blitz durchfuhr mich die Erinnerung. Ja, ich hatte sie in Moskau gesehen, an einem großen Jahrtag, in einem Kaisersaal des Kreml. Sie war im Namen des roten China gekommen, und sie hatte an jenem Abend ein Revolutionslied gesungen. Wie hätte ich den abgehackten Rhythmus, die heisere Stimme, das unerbittliche Hämmern der kurzen, fremden Worte vergessen können, diese Schreie eines hungrigen Raubvogels?

Ich näherte mich der Blume des Abends. Sie hatte eben ihre Lippen mit Tee benetzt. Ich verneigte mich vor ihr. Sie sah mich lächelnd an. Aber plötzlich überschattete sich ihr Gesicht. Sie schlug die Augen nieder, als ob sie den kleinen Buddha betrachten wollte, der auf dem Boden ihrer Tasse kauerte.

»Sind wir uns schon irgendwo begegnet, o Blume des Abends?« fragt ich sie leise.

»Nein!« erwiderte sie lebhaft. »Wo?«

»Irgendwo in einer weit entfernten Stadt ... im Schnee ...«

Sie runzelte die Stirn. »Sie haben mich vielleicht im Traum gesehen, o lieber Fremder!« murmelte sie dumpf. »Ich störe manchmal den Schlaf der Männer ...« fügte sie trocken hinzu. Und sich an die satten und halb betrunkenen Herren wendend, sagte sie: »Es überkommt mich der Wunsch, ihr Herren, Ihnen ein Lied nach der neuesten Mode zu singen, Sie erlauben?«

Und ohne ihre Antwort abzuwarten, begann sie zu singen:

Eßt, trinkt, küßt, ihr Herren!
Was ist das für ein roter Vogel über euren Köpfen?
Es ist keine Wunde, keine Angst, ihr Herren!
Es ist mein Mund, der singt!

»Trinken wir auf die Schönheit der Blume des Abends!« rief ich. »Glücklich die Augen, die sie einmal gesehen haben, dreimal glücklich die Augen, die sie ein zweites Mal gesehen haben! Und der Mund, der sie berührt hat, wird sich in der Erde in eine große rote Blüte verwandeln!«

In dem Augenblick, als wir die Tassen leerten, verschwand die Blume des Abends. Sie ließ uns nichts als den Duft nach Jasmin.

»Sie beginnt zu welken, die Blume des Abends«, murmelte Kung Ta Hen nach kurzem Schweigen. »Der Herbst ist gekommen!«

Seine Stimme war voll Mitgefühl und traurig; er war zu alt, um über den Tod scherzen zu können.

»Das ist die köstlichste Jahreszeit der Frau. Ihr Körper ist voll von Saft und Duft und den betörenden Vorgefühlen der Verwesung ...« sagte der alte Dichter mit den geilen Lippen. »Ich liebe diese reifen Früchte sehr, sie zergehen im Mund ...«

Und ich dachte mit Freude an den sterblichen Atem der Frau, die sich einer unerbittlichen Idee verschrieben hat. Wie ein Lichtstrahl durchfuhr Joshiro meine vom Schlangenwein getrübten Augen. Ich habe an diesem Abend Vertrauen zu ihr, ich habe an diesem Abend Vertrauen in das hohe Ziel ihrer Unzucht! Und ihr heiseres Lied klingt an diesem Abend in meinen Ohren wie der Psalm eines heiligen Märtyrers, der im Feuer für seinen Gott singt ...

Und diese Blume des Abends, wie sie diesen alten, dem Tode nahen Herren das Mark aussaugt! Gesegnet sei sie, diese Frau ohne Mitleid! Sie untergräbt und zerrüttet ihre Lenden und läßt die Flamme ihrer Lippen auf ihren zahnlosen Mündern weiden. In die Erde mit ihnen! Und China soll wieder jung werden, durch Siu-lan, durch die Blume des Abends oder selbst durch Joshiro!

In diesen schrecklichen und köstlichen Epochen, in denen eine Zivilisation zugrundegeht und eine andere neu beginnt, erfüllt die Frau – gesegnet sei sie! – auf wunderbare Weise ihre hohe Sendung: Mitleidlos und schnell tötet sie die Todverfallenen!

Der alte Mandarin rief wieder den jungen Eunuchen. Noch einmal schrieb er auf rosa Papier seine geheimnisvollen Zeichen.

»Geschwind!« befahl er dem Knaben. Und zu uns sagte er: »Ein Schatten ist auf unsere Tafel gefallen. Mit Ihrer Erlaubnis ließ ich einen Siang-kon rufen.«

Kung Ta Hen sah mich lachend an: »Halten Sie sich brav!« sagte er zu mir. »Trinken Sie noch eine Tasse Schlangenwein. Sie werden wieder Neugier in sich erwachen fühlen.«

Mein Nachbar, der Dichter, beugte sich zu mir und sagte leise: »Siang-kon bedeutet ›kleiner Meister‹. Das ist eine süßsaure Frucht, die man auch bei euch im Altertum gern kostete ... Die Frauen, sehen Sie, hinterlassen uns einen bitteren, etwas üblen Nachgeschmack. Da kommen uns die Knaben zu Hilfe; sie sind zart und schweigsam und sehr geschickt; sie tanzen, singen, liebkosen und lassen uns die Bitterkeit vergessen ... Kung Ta Hen hat recht, trinken Sie noch eine Tasse Schlangenwein, lieber Gast.«

»Auf euren Tod!« murmelte ich im Herzensgrund und leerte meine Tasse.

Ein Klingeln von Armbändern wurde von der Terrassentreppe her vernehmbar. Ein Rauschen von Seide. Wir wandten den Kopf. Auf der obersten Stufe erschien ein Knabe von etwa zwölf Jahren; er steckte in langen Kleidern aus Seide und Gold. Einer schweren Bischofsdalmatika ...

Sein Gesicht war dick gepudert; sein Mund, seine Wangen, seine Nägel waren tief rot. Er wirkte schmächtig, traurig und

müde, aber seine breiten Lippen lächelten zweideutig und verdorben.
»Sei willkommen«, sagte ich schaudernd bei mir, »kleiner androgyner Buddha!«

28

Ich kehrte sehr spät nach Hause zurück. Siu-lan war, wie alle Nächte, noch auf. Sie schlief, versicherte sie mir, nur in der Morgendämmerung. Sie arbeitete, schrieb Briefe, ordnete Berichte, half ihrem Bruder. Ihre Augen waren übermüdet und hatten Ringe.

Sie brachte mir auch diesen Abend eine Tasse Tee. Sie verneigte sich schweigend und zog sich zurück. Ich verfolgte den spitzen Klang ihrer Schritte; für einen Moment bemerkte ich im Halbdunkel das zögernde Wiegen ihrer Hüften.

An diesem Abend fühlte ich zum ersten Mal den rätselhaften Reiz dieser barbarischen Entstellung der Füße. Dieser unsichere Gang, diese abgespreizten Arme, diese leichte Neigung des Körpers, der sich ein wenig dem Zufall überläßt, flößen hinterlistig den Gedanken an das Zögern, die Unruhe und die taumelnden Schritte der Liebe ein.

Ich kroch ins Bett und dachte an Siu-lan, wie man an ein fernes, von einem undurchdringlichen Schleier bedecktes Land denkt. In ihrem Blick, in ihren gedämpften Bewegungen, in dem süßen, ihrem Körper entströmenden Nelkenduft lebte das Geheimnis eines nach Moschus riechenden Tieres, das wie eine heilige Katze auf und ab geht und das Haus bewacht.

Zu leben mit einer solchen Frau, die ganz Schweigen und Blick ist, einer Frau mit so zarten und verheißungsvollen Händen, mit so demütigen und gleichzeitig so stolzen und sicheren Gebärden – welche Bereicherung des täglichen Lebens!

Eindringend in ihre Geheimnisse, wäre ich in das unvordenklich alte und unermeßliche China eingedrungen, mit seinen Gebirgen, seinen Wüsten, seinen Flüssen und seinen duftenden Wäldern. In der Tiefe des kleinen, so klug verborgenen Herzens dieses jungen Mädchens regte sich die ganze gefährliche und faszinierende Tierwelt der gelben Seele; dunkle Sagen, goldene Drachen, Vögel aus Jade; Frühlingstänze, nie gehörte Musikinstrumente, magische Beschwörungen:

An diesem Glückstag, in dieser glücklichen Stunde
Sehne ich mich ehrerbietig, mich mit deinem Leib zu vereinen.
Ich trage das lange Schwert mit einem Griff aus Jade.
Ich bin behangen mit Schmuck, er macht kling-klang.
Ich reiche einen Becher Wein, mit Pfeffer und Zimt gewürzt.
Hoch die Fahnen, schlagt die Trommeln!
Laßt die Glocken dröhnen, blast die Schalmeien!
Ich sehne mich voll Ehrerbietung, in deinen Leib einzutreten.

Die Nacht ging mit leeren Händen, spöttisch und zögernd kam der Tag zurück. Als die Liebe es berührte, hatte mein altes Herz seine lang verlorene Jungfräulichkeit wiedergefunden; dieser alte Wolf wurde wieder scheu, ängstlich und schamhaft. Es sehnte sich und mied das Ersehnte, es war geschwollen von inbrünstigen Rufen, und es ließ nur matte Worte nach draußen, es war wieder zum Spielball unverhoffter Jugend geworden.
An diesem Tag fühlte ich bei Tisch den langen Blick Siu-lans auf mir. Ich fühlte ihn wie eine Hand in mir wühlen. Ich konnte meine Verwirrung meistern und hob den Kopf; ich hatte eben noch Zeit, einen seltsamen Schmerz in ihren großen, mandelförmigen Augen wahrzunehmen.
»Siu-lan«, sagte ich, um meinen eindringlichen Blick zu recht-

fertigen, »Siu-lan, Sie sehen müde aus. Sie schlafen wohl nicht genug.«
Siu-lan senkte bestürzt die Augen. Li Teh kam ihr zu Hilfe: »Unsere Kinder und Enkel«, sagte er, »werden vielleicht Zeit zum Schlafen haben ... Sie wenigstens werden frei sein.«
»Frei von wem?«
Li Teh zögerte einen Moment.
»Von den Weißen ...« antwortete er schließlich. »Entschuldigen Sie, lieber Freund. Von den Weißen und von den ... anderen Gelben.«
»Und wenn sie es nicht sind? Dann ist diese ganze Schlaflosigkeit umsonst gewesen und die Partie verloren. Die Partie, das heißt das Leben, diese nur einmal sich bietende Chance!«
Ich wagte es nicht, Siu-lan anzusehen, an die diese Worte insgeheim gerichtet waren. Aber ich sah, wie Li Teh verärgert die Stirn runzelte.
»Für die Freiheit zu kämpfen«, antwortete er trocken, »das heißt schon frei sein. Wir, einige wenige in China, eine kleine Elite, wir sind frei. Und die Partie ist gewonnen.«
Der Ton, in dem er dies sagte, schien mir etwas aggressiv. Li Teh hatte instinktiv eine Bewegung gemacht, als ob er sich zwischen Siu-lan und mich stellen wollte.
Bereit zum Kampf hob ich den Kopf: »Ja, ich weiß«, sagte ich, »die Elite gewinnt immer die Partie. Auch wenn sie besiegt ist, ja gerade wenn sie besiegt ist; denn nur in diesem Fall bleibt ihre Tugend rein, ich will sagen: ohne Lohn. Für eine Sache zu kämpfen, die man verloren weiß, das allein ist der eines stolzen Menschen würdige Kampf.«
Li Teh ballte die Fäuste, seine Oberlippe zitterte und die weißen Zähne entblößten sich. Li Teh glich einem Hund, der beißen will.
»Wir kämpfen für keine verlorene Sache!« sagte er, und seine

Stimme klang dumpf. »Ihre reine Tugend ist eine alte Jungfer. Sie tut sich groß damit, jungfräulich und unbefleckten Schoßes geblieben zu sein. Wir hassen die alten Jungfern.«
»Ja, ich weiß«, entgegnete ich; »Sie sind ein Mann der Tat, Sie wollen den Lohn für ihre Mühe sehen, Sie wollen Ihre Tugend in Kleingeld wechseln.«
»Unser Kleingeld«, rief Li Teh mehr und mehr gereizt, »ist die Freiheit Chinas!«
»Tut nichts zur Sache! Es bleibt doch immer Lohn. Es ist ein Geschäft, vielleicht ein ehrenwertes; man legt dabei das kleine Kapital seiner Persönlichkeit gut an. Ob Held oder Märtyrer, mein lieber Li Teh, Sie werden Ihren Lohn bekommen: Ruhm, eine Statue, eine kleine Legende …«
»Was wollen Sie eigentlich? Sollen wir immer, koste es, was es wolle, für die verlorene Sache kämpfen?«
»Nein, aber daß man bescheidener auftritt, wenn man einer gewinnbringenden dient.«
(»Und Siu-lan?« rief ich in mir. »Auf Siu-lan verzichten? Kein Lohn? Und dieses ganze königliche Entfalten der inneren Flügel? Darf nicht einmal ein Schrei die stolze Freude auf den Verzicht verraten?«)
Siu-lan berührte flehend die verkrampfte Faust ihres Bruders. »Bruder«, sagte sie leise, »sehen Sie, wie bleich der Vater ist. Gewiß leidet er. Sagen Sie ihm ein Wort, ich bitte Sie.«
Der alte Mandarin saß in seinem mit Drachen geschmückten Ahnenstuhl und stocherte ohne Appetit mit seinen langen Elfenbein-Stäbchen in der großen Schüssel. Er hatte keinen Hunger, er seufzte leise und betrachtete mit einem zerstreuten, nachdenklichen Blick seinen Sohn zur Linken, seine Tochter zur Rechten und mich ihm gegenüber.
»Er begreift alles«, dachte ich, »dieser dicke, dösende Alte: den Kampf, der sich zwischen ihm und seinem Sohn entsponnen

hat, zwischen seinem Sohn und mir, zwischen ihm selbst und mir. Und Siu-lan steht unentschieden in der Mitte, zerrissen, flehend.«

In Augenblicken der Schwäche oder der Gutmütigkeit neigte ich dazu abzureisen, um diese drückende Atmosphäre ein wenig zu entlasten, unser Los etwas zu mildern. Aber die Lust am Kampf siegte. Bleiben, kämpfen, den beiden Männern diesen jungen Körper mit seinem berauschenden, feinen Geruch, diese schweigsame und stolze Seele entreißen.

Die Liebe zu einer Frau, die einer anderen Rasse entstammt, hat etwas Schmerzliches an sich; sie ist von tiefer Neugier geplagt, von unerklärbaren Gewissensqualen zerrissen, als handle es sich um Hochverrat. Je mehr man sich vom geraden Weg entfernt, um so süßer ist die Versuchung, um so größer die Verheißung. Die Gefahr, uns zu verlieren, wächst, aber es erweitert sich der Kreis unserer Erfahrung, und die Hoffnung, über uns hinauszuwachsen, nimmt zu. Und ist es nicht gerade das, was das Leben ersehnt, diese Abenteurerin der großen Straßen?

Gehen wir also offenen Auges in die Fallen dieses Weibes! Versuchen wir, vom Köder zu kosten, ohne daß die Falltür hinter uns zuschlägt! Bereichern wir unsere Seele, indem wir Materie umarmen und streicheln. Man zeugt nie Geist zusammen mit Geist, man zeugt ihn immer mit dem Fleisch!

Siu-lan ist ein Körper, der meinen Sehnsüchten wunderbar entspricht …

Nur Siu-lan kann den uralten Durst meines Fleisches stillen … Ihr bebendes Schweigen, ihre anmutigen und gefaßten Gesten, ihre leidenschaftlichen und klugen Worte, Siu-lan, die Blume dieser großen gelben Erde – sie ist die Rettung!

Sich endlich freimachen von den weißen Frauen, die so anspruchsvoll und schamlos sind und die Luft mit ihrem belang-

losen oder herausfordernden Lärm erfüllen; zurückfinden zu den schweigenden Wurzeln des Seins!
Das Christentum hat aus der Liebe eine komplizierte Krankheit gemacht. Es bedeckte sie mit Schande und zwang uns, diese so einfachen und heiligen Gesten zu unterdrücken und zu entstellen. Sich befreien von dieser jüdischen Last, zurückkehren in Einfalt und Dankbarkeit zu den beiden sündelosen Säulen, die das Leben tragen – zum Mann und zur Frau!
Li Teh betrachtete seinen alten Vater; es gelang ihm, seiner Erregung Herr zu werden. In sanftem Ton richtete er ein paar Worte an den Alten.
Der alte Mandarin schüttelte den Kopf, und seine Stimme klang ernst und müde, als er sagte: »China ist krank, und ich bin es auch. O weißer Herr, wollen Sie mich entschuldigen.«
Li Teh übersetzte mir diese Worte und fügte hinzu: »Ja, haben Sie Nachsicht! Mein Vater stirbt an seiner tiefen Wunde. Wir leiden alle, aber er ist zu alt, um durch die Tat Widerstand zu leisten. Er kreuzt die Hände; er flüchtet zu den Vier Büchern der Weisheit und raucht abends seine lange Pfeife, um einzuschlafen …«
Einen Augenblick später fügte er leise hinzu: »Das ist das alte China; es geht dahin …«
Drückendes Schweigen legte sich über die Tafel.
Li Teh und ich bereuten die heftigen Worte, die wir eben gewechselt hatten; insgeheim bemühten wir uns beide, einen Weg zu finden, um uns wieder etwas näher zu kommen. Er mochte mich nicht mehr, das fühlte ich deutlich; aber er war sehr höflich.
»Siu-lan«, sagte ich, um dieses drückende Schweigen zu bannen, »Siu-lan, Ihr Bruder hat mir freundlicherweise versprochen, mit mir durch die Verbotene Stadt zu schlendern. Würden Sie mit uns kommen?«

Eine plötzliche Röte färbte Siu-lans Wangen. »Mein Vater wird es nicht erlauben«, sagte sie leise.
»Machen wir uns frei vom Vater, Siu-lan«, sagte der Bruder in zärtlichem und bestimmtem Ton. »Gehen wir unseren eigenen Weg, meine Schwester. Kommen Sie mit!«
In diesem Augenblick erhob sich der alte Mandarin, legte die Hände zusammen, grüßte und zog sich zurück. Siu-lan schloß sich ihm eilends an in ihrem tänzelnden Schritt; wie alle Tage ging sie, ihm die lange Pfeife anzuzünden und ihm Tee zu servieren. Sie nahm ihn sanft beim Arm, und langsam verschwanden sie hinter der Tür mit den alten, zackenförmig ziselierten Mustern.
»Siu-lan begreift alles«, sagte Li Teh leise, »aber sie ist eine Frau, man muß nachsichtig sein mit ihr.«
Und nach kurzem Nachdenken: »Nachsichtig sein und sie, mit ihrem Willen und gegen ihn, aber sanft, auf den rechten Weg drängen. Die Entwicklung der Frau ist langsam; man muß sie beschleunigen.«
In diesem Moment erschien Siu-lan wieder; sie brachte uns Tee.
»Siu-lan«, begann Li Teh wieder, »Sie werden mit uns kommen, nicht wahr?«
Siu-lan antwortete nicht. Sie schenkte uns Tee ein, sie betrachtete durch das Fenster die wimmelnde Straße; Rikschas, Kulis, fliegende Händler, Bettler; Fahnen mit goldenen Zeichen; eine stämmige junge Frau, die an der Ecke tanzte, und ihre alte Mutter, die, am Boden hockend, das Tamburin schlug.
Ein dumpfes Stimmengewirr stieg bis zu uns und drang respektlos in diesen ehrwürdigen Speisesaal mit den alten, leeren Ahnenstühlen.
»Siu-lan ...«, drängte der Bruder.
»Ja ...«, antwortete Siu-lan und senkte den Kopf; ihre Stimme

bebte ein wenig; eine große Träne war plötzlich ihren düster gewordenen Augen entquollen.
Ich hatte Mitleid mit ihrem Schmerz. Ich verstand gut den Kampf, der sich in ihrem Inneren abspielte. Ihr Verstand stimmte mit ihrem Bruder überein: sich befreien von den alten Traditionen, die Toten endlich in ihren Gräbern verfaulen lassen, den Lebenden das Recht und die Pflicht zum Leben zuerkennen ...
Ja, ja, Siu-lan begriff alles; ihr Verstand war schon frei dank ihrem gegen sie unerbittlichen und sanften Bruder. Aber ihr Herz, ihr armes, liebendes Herz war noch Sklave, es verharrte beim alten Vater.
Li Teh entdeckte die große, verstohlene Träne und runzelte die Stirn. Er war eifersüchtig auf die Herrschaft, die sein Vater immer noch über das Herz Siu-lans ausübte. Li Teh hegte gegen ihn einen dumpfen Groll, einen unbewußten Haß. Er betrachtete oft die schwere Masse dieses alten, arthritischen Buddhas, und der Zorn stieg ihm in die Augen; der Zorn, die Trauer und die Angst. Als ob er in seinem Vater ganz China sähe, geschrumpft und schlaff. Wie diese kraftlose und sich schleppende Masse in eine Stahlspitze umformen? Der Anblick seines Vaters jagte ihm manchmal Schauder ein. Würde man je zum Sieg gelangen? War der Versuch, diese gewaltige, träge Masse zu befreien, nicht zum Scheitern verurteilt und verrückt?
Gelang es ihm doch nicht einmal, im eigenen Haus seine eigene Schwester wirklich zu befreien. Der Alte machte sie ihm bei jedem Schritt streitig.
»Siu-lan«, sagte ich, indem ich versuchte, die Zärtlichkeit, die mich auf einmal überkommen hatte, zu zügeln, »Siu-lan, wenn es schmerzlich für Sie ist, will ich nicht weiter darauf bestehen!«
»Nein, nein, Siu-lan wird mitkommen!« mischte sich ihr Bruder in etwas schroffem Ton wieder ein. »Siu-lan kämpft, jeder

Schritt nach vorne kostet sie Mühe, aber sie tut ihn. Siu-lan ist unser neues China. Wenn sie unterliegt, sind wir verloren!«
Siu-lan schlug die Augen auf. Diese Rolle, die ihr Bruder ihr zudachte, lud ihr Verantwortung auf und machte sie stolz. Siu-lan verkörperte das neue China, wie konnte sie da ihre Rasse blamieren? Leiden und siegen ... Grausam leiden und siegen ... Das war ihre Bestimmung.
»Ja«, sagte sie mit gefestigter Stimme, und ein kleiner Tropfen blinkte an den Spitzen ihrer langen Wimpern; »ja, mein Bruder, ich werde kommen.«

29

»Die Verbotene Stadt!« brummte Li Teh, indem er auf die Bögen und die mächtigen Dächer mit den vergoldeten Hörnern und grünen Ziegeln zeigte. »Hier ruht das exotische China, das gut war zu den Touristen.«

Dieser spöttische Ton mißfiel meinem Herzen sehr. Ich wandte mich zu Siu-lan, als ob ich sie um Hilfe bitten wollte; sie aber trat schon, ein wenig blaß, mit niedergeschlagenen Augen, über die heilige Schwelle.

»Sehen wir uns vor!« sagte ich bei mir selbst. »Behalten wir unseren Schrei für uns. Betrachten wir schweigend die Schönheit.«

Böse, verschwommene Vorgefühle bedrückten mich; die Schatten der Liebe und des Todes erhellten und verdüsterten abwechselnd meine Seele. Bis zum Morgengrauen hatte ich durch das offene Fenster zugesehen, wie die Nacht durchsichtig und blau vorüberging, und mit schmerzlich offenen Sinnen den Geruch frisch umgegrabener Erde eingesogen, der von den Gärten herkam.

Ich steige die prächtigen Marmortreppen hinauf, und ein unermeßliches Wunder erblüht unter der Flamme meines Blicks. Rote, grüne, blaue Paläste zerbröckeln langsam unter dem Wind; ich hebe Stücke von farbigem Mauerputz auf und zerreibe sie zwischen den Fingern; ich fühle, daß mich der Staub einstiger Üppigkeit wie mit Blütenstaub bedeckt.

Ich gehe langsam und schaue um mich her mit dem »Blick des Elephanten«, den Buddha seinen Schülern empfahl: »Sieh alle

Dinge, als ob es das erste Mal wäre; sieh alle Dinge, als ob es das letzte Mal wäre!«

Ich grüße alle Dinge, und ich nehme Abschied von ihnen. Ich streichle sie mit meiner linken Hand – die andere ist verkrampft vor Unwillen und Schmerz –: den Marmor, die Türen, die Holzschnitzereien, die wilden Pflanzen.

Das alte China geht dahin, die Schminke fällt von seinen welken Wangen, und seine hageren Finger sind von Lepra zerfressen; nur die Jade-Ringe überdauern noch.

Hinter mir schlägt Li Teh mit seinem kleinen Bambusstock auf die Steine; er sagt nichts, aber ich fühle seine fiebernde Nervosität.

Ich will ihn zwingen, den Mund aufzutun; ich kann dieses feindliche Schweigen nicht mehr ertragen.

»Der Überfluß sei gepriesen«, rief ich in herausforderndem Ton, »das, was wir überflüssige Vergeudung und Pfauenfeder nennen. Die Zivilisation besteht in nichts anderem als darin: den Überfluß für so notwendig zu halten wie das Brot, noch über Nahrung, Schlaf und Liebe hinaus etwas zu begehren. Das Leben ist eine Frau; sie gedeiht, indem sie liebt und verschwendet, ohne zu rechnen, indem sie den Überfluß in den Rang erhebt, der ihm zukommt, in den heiligen Rang der Notwendigkeit. Ein Werk der Schönheit wiegt mehr als ein Werk der Güte, der Wahrheit oder der Gerechtigkeit. Warum? Niemand weiß es. Euer Konfuzius, die höchste Ähre des Gemeinsinns, hat gesagt: ›Der König gleicht dem Wind; das Volk gleicht dem Gras. Wenn der Wind weht, muß das Gras sich beugen.‹ Was geschah? Der Wind verging, das Gras verging, aber der schöne Satz bleibt.«

»Ja ...« begann Siu-lan bewegt und stützte sich auf einen bronzenen Kranich. Doch sie verstummte gleich wieder; sie hatte die Hand ihres Bruders bemerkt, die sich nervös verkrampfte.

»Sie sind ein Dichter«, sagte Li Teh sarkastisch. »Ihr scheinbar so zartfühlendes Herz ist in Wirklichkeit dürr und grausam, wie das Herz aller Künstler. Sie denken nicht an das Leiden des Menschen, sondern an seinen Gesichtsausdruck und an die Klangfarbe seiner Schreie, wenn er leidet. Wir anderen, wir Menschen der Tat, die so hart erscheinen, wir leiden mit, wenn wir einen Menschen oder ein Volk leiden sehen. Noch mehr: Wir kämpfen, um ihren Leiden ein Ende zu setzen! Ich hasse die Schönheit, denn sie läßt die Herzen verdorren und spritzt uns ein unmenschliches Gift ein: das Vergessen.«
Ich hörte mit sorgfältig verhohlener Freude diesen Gefühlsausbruch Li Tehs. Er war heute offenbar zu nervös, um sich zu beherrschen. Ich hatte ihn in einem Augenblick der Schwäche überrascht und zog Nutzen daraus. Er ließ mich endlich ein wenig in seine Seele blicken.
Er wandte sich um, er sah mich gierig über seine Worte gebeugt und faßte sich sofort wieder.
»Entschuldigen Sie, lieber Freund«, brummte er, »ich habe mich hinreißen lassen. Aber China ist kein schöner, geschminkter Leichnam. Auch es lebt, es leidet … Verstehen Sie denn nicht?«
Ich antwortete nicht. Doch, ich verstand. Alle diese Gelbhäutigen schreien bei der geringsten Berührung vor Wut und Schmerz auf. Ein Minderwertigkeitskomplex erbittert sie. Ihre Nerven liegen bloß.
Schweigend gingen wir einige Schritte. Ich wollte mich in die Arme dieses verwundeten Bruders werfen, aber ich hielt mich zurück. Ich wußte, wie verdächtig ihm jede heftige Äußerung von Mitgefühl war; und jeder Gefühlserguß erschien uns erniedrigend, ihm gerade so wie mir.
Ich betrachtete meinen Freund aus den Augenwinkeln und bewunderte ihn im stillen. Ich mußte an die japanischen Samurai

denken, die in ihren schweren, stählernen Rüstungen in den Krieg zogen; aber auf der Haut trugen sie ein feines Seidenhemd. Und wenn sie auf dem Schlachtfeld fielen, fand man in ihrem Helm oder in den Falten ihres Gürtels einige unerklärbar zarte Verse:

O Pflaumenbaum vor meinem Haus,
Ich werde nicht mehr wiederkommen, aber du
Vergiß nicht, im Frühling wieder zu blühen!

Siu-lan ging weiter, indem sie wie eine Bachstelze von Stein zu Stein sprang. Rund um sie her zerfielen die Tempel zu Staub, und wuchernde Pflanzen bemächtigten sich der Götter ... Die Paläste kehrten, nachdem sie das kurze Fieber des Lebens durchlaufen hatten, langsam ins Nichts zurück.

Für einen Augenblick wandte sich Siu-lan um und lächelte mir zu; es schien mir, als wären die ganzen Ruinen von wilden Veilchen bedeckt.

Eine fensterlose, blutrote Mauer erhob sich vor uns. Ganz oben entsandten die Reliefs großer weißer Ideogramme einen phosphoreszierenden Schimmer; sie verschlangen sich, entwirrten sich und bleichten an der Sonne wie kleine Frauenskelette, wie Schädel, Wirbelknochen und Schienbeine von Menschen.

»Das kaiserliche Frauengemach«, sagte Siu-lan leise.

Die Sonne hatte sich verfinstert; ein paar Regentropfen fielen auf unsere Wangen, groß und warm wie Tränen. Eine seltsame Stille. Eine sehr bittere, sehr süße Empfindung, ein berauschender Erdgeruch, ferne, stumme, blaßblaue Blitze leuchteten auf und erloschen wieder, weich über die Gipfel der Bäume lekkend.

Ich senkte für einen Moment meine Lider, und ich fühlte die Gnade Buddhas auf mich herabsteigen und über meine Lider und meine Schläfen wie eine Zunge lecken.

Ich öffnete die Augen und sah Siu-lan, über einen Wassertümpel gebeugt, ihr Gesicht betrachten. Früher war das ein Bach, der fröhlich unter der weißen Marmorbrücke hinrauschte; heute ist es ein schwarzes, stehendes Wasser.
Ich beugte mich vor, und ich sah mein grobes Gesicht neben dem schönen, sehr feinen Gesicht. Beide spiegelten sich hier zitternd ... Ich schauderte; dieser Tümpel erschien mir plötzlich wie das schwarze, sanfte und mitleidlose Auge Buddhas. Die beiden armen Gesichter wie vereint im Tod, in die Tiefe einer schwarzen Pupille versenkt ...
Ich hatte die blitzartige Empfindung, daß das Leben kurz war und daß wir nicht die Zeit hatten, furchtsam und moralisch zu sein ...
Siu-lan richtete sich auf; ihr Gesicht verschwand auf dem Wasserspiegel, und ich war allein.
»Das kaiserliche Frauengemach ...« wiederholte sie.
Ich richtete mich auf, und Siu-lan deutete mit den Fingern auf die rote Mauer mit den makabren Schriftzeichen.
»Siu-lan«, sagte ich, als ich die Blässe ihres Gesichts sah, »Sie sind müde ...«
»Nein«, antwortete sie; »steigen wir hinauf!«
Li Teh hatte eine kleine, elende Katze gefunden, irgendeinen Nachfahren der großen kaiserlichen Katzen, und streichelte sie, während er auf der Marmorbrücke saß.
Vormals war man in diesen dekadenten Palästen in Katzen vernarrt. Wenn die Lieblingskatze der Kaiserin Junge warf, schickten ihr die Höflinge Geschenke: Seidenbänder, silberne Glöckchen, kleine Mäuse in goldenen Schüsseln ...
»Steigen Sie hinauf«, sagte Li Teh achselzuckend. »Ich warte hier auf Sie. Entschuldigen Sie, aber ich verabscheue die tote Schönheit. Die Katze ist mir lieber.«

Seide, Elfenbein, Bernstein, Perlen üben auf die Seele und auf die Haut des Menschen einen geheimnisvollen Zauber aus. Deine ganze Haut fühlt sich wohl, von den Fersen bis zum Scheitel, wenn du diese kostbaren Materien betrachtest oder mit geschlossenen Augen an sie denkst. Aus diesem Grund haben die Seide, das Elfenbein, der Bernstein, die Perlen eine Hauptrolle in der Veredelung der menschlichen Sinne und in der Liebe gespielt – das heißt in der Zivilisation.
Ich sah diese Gegenstände des Überflusses und der Fleischeslust in den Vitrinen des Frauengemachs hingebreitet wie kleine nackte Leichname: Fächer, Ohrringe, Armbänder, Spiegel; kleine Öllampen, die in einer tragischen Nacht für immer erloschen; harte Kissen aus Porzellan, auf die Frauen gemalt sind, die unter Weiden weinen.
Alle diese intimen Gegenstände an der Seite Siu-lans zu sehen erfüllte mein Herz mit unaussprechlichem Schmerz und Verlangen. Ich spürte den moschusartigen Duft nach Pfeffer, nach Pfeffer und welken Rosen, den der jungfräuliche Körper dicht neben mir verströmte.
»Siu-lan …« sagte ich. Ich erstickte, und meine Lippen zitterten.
»Nein, nein!« sagte sie erschrocken, und sie klammerte sich an eine der Vitrinen mit den erloschenen Lampen. Ihr Blick war von Schrecken erfüllt. Aber ihre erblichenen Lippen lächelten.
»Sie haben Angst, Siu-lan?« sagte ich keuchend. »Sie haben Angst?«
»Ja …« flüsterte sie, und ihr großes schwarzes Auge blickte unruhig und bestürzt umher, wie eine in die Enge getriebene Gazelle.
Plötzlich hatte ich Mitleid mit ihr. Was ist denn dieses schamlose Geheimnis, das man Liebe nennt? Durch das Leere hindurch sehe ich nichts. Nichts als einen schwarzen Flügel, der vorüberstreicht und uns berührt.

»Siu-lan«, sagte ich, »ich werde nicht weitersprechen. Haben Sie keine Angst, ich bitte Sie.«

»Danke«, sagte sie leise, und das Lächeln verschwand von ihren Lippen.

30

Ich spaziere allein von Schlafgemach zu Schlafgemach, und ich streichle lange Reihen von Schatten. Gelbe Kaiser, gelbe Kaiserinnen, die auf Wasser geschriebenen Annalen von Menschen …

Nur ein glühendes Herz, das sich erinnert und liebt, kann diesen Schatten ihr Blut wiedergeben und sie ins Leben zurückrufen … Und abermals die Türen, die Fenster, die Treppen mit warmen Körpern beleben.

»Ich erkläre der Zeit den Krieg! Ich erkläre der Zeit den Krieg!« ruft das Herz und dreht das Rad der Zeit zurück und weckt die Toten.

Der Kaiser, eine große Puppe, schwer von Gold und Edelsteinen, steigt aus der Erde. Man bringt ihn von einem Pavillon zum anderen, je nach der Jahreszeit. Im Frühling ißt er, grün gekleidet, Getreide und Schaffleisch; im Sommer nährt er sich, rot gekleidet, von Bohnen und Hühnchen; im Herbst ißt er, in weiße Seide gekleidet, Hundefleisch; im Winter ißt er, schwarz gekleidet, Hirse und Schweinefleisch …

Und jeden Abend kommt er hierher in sein Frauengemach, um seine Frauen zu besuchen. Zehntausend Frauen, und sie lauern auf die Durchfahrt seines von Schafen gezogenen Wagens, und jede streckt schmeichelnd ein Stück Salz hin, um die Schafe nur zu sich zu locken …

Raffinesse, Barbarei, übermenschliche Anstrengung des Menschen, ein ewiges Werk zu vollbringen. Und sieh, auf einmal treibt aus dieser gelben Erde unter der Mitarbeit aller ein

großer, menschlicher Baum mit den Früchten der Olive hervor: Konfuzius.
Tätige Tugend, nützliche Moral, Ordnung, Gehorsam und Höflichkeit, der gesunde Menschenverstand als das Maß aller Dinge.
Aber siehe, über diesem erdverbundenen Genie schwingt sich der gewaltige Drache des mystischen Tao in die Lüfte, Lao-Tse. Konfuzius betrachtet ihn erstaunt: »Ich weiß, daß die Fische schwimmen; ich weiß, daß die Vögel fliegen; aber was dieser Drache kann, vermag ich nicht zu beurteilen.«
Lao-Tse ist das höhere Stockwerk von Konfuzius, das höhere Stockwerk der Tat und der Tugend. Er ist der göttliche Wahnsinn, das Aufgehen im Ganzen, die höchste Tugend – diejenige mit gekreuzten Armen.
Sancho und Don Quichotte, die beiden ewigen Pfeiler der Welt. Die enge Koexistenz so auseinanderstrebender Elemente erzeugt die so reiche Zivilisation Chinas. Ohne den Einspruch des gediegenen, praktischen Denkens bliebe die Verbindung mit dem Tao verworren und formlos. Ohne den mystischen Elan bliebe die Vernunft unfruchtbar, unfähig, Großes, die unmittelbare Notwendigkeit Übersteigendes zu ersehnen, und daher auch unfähig, es zu verwirklichen.
Hier haben die beiden großen Kommandeure, Don Quichotte und Don Sancho, noch zusammengearbeitet und die sichtbare und unsichtbare Welt geschaffen …

Ich hörte einen kleinen, hüpfenden Schritt; ich drehte mich um, Siu-lan kam, und ihre übergroßen Augen beherrschten das erschlaffte Gesicht.
»Siu-lan«, sagte ich, »betrachten Sie diese verfallenen Paläste und diese wuchernden Pflanzen; das Leben ist kurz, haben wir Mitleid mit ihm!«

Sie ließ ihre Augen über die zeltförmigen Dächer gleiten, über die grünen, gelben, blauen Dachziegel; hohes, dünnes Gras wiegte sich an den Gesimsen entlang und lockerte allmählich die Ziegel und die Balken. Und unten, auf den vom Gras zerfressenen kaiserlichen Steinplatten, spazierten plump Touristen und Raben.

Siu-lan seufzte. Sie öffnete halb ihre Lippen, die das Schweigen liebten; aber sie sagte nichts.

»Ja, Siu-lan«, fuhr ich sanft fort, um sie nicht scheu zu machen, »auf der ganzen Erde bin ich auf die Ruinen der großen Anstrengungen des Menschen getreten. Die verzweifelten Anläufe des vergänglichen Menschen, die Unsterblichkeit zu erringen, haben meine Seele immer mit Bewunderung und Mitleid erfüllt.

Sie kennen wahrscheinlich, Siu-lan, einen der größten Kommandeure der weißen Rasse nicht: Don Quichotte. Das ist ein fahrender Ritter, furchtlos und wunderlich, der sich in die tollsten Abenteuer stürzt, ohne Waffen, ohne Freunde und ohne Hoffnung. Geschlagen, beginnt er von neuem; verspottet, frohlockt er; getäuscht, streicht er seinen grauen Schnurrbart und geht triumphierend in die nächste Falle. In der Stunde seines Todeskampfes wirft er dem schlimmsten Feind den Handschuh hin und stirbt, indem er den Tod leugnet.

Unser Herr Don Quichotte, er ist einer der großen Kommandeure der weißen Rasse – und auch der gelben. Wir dienen beide, Siu-lan, in derselben Armee, und ich bin froh darüber. Und Sie, Siu-lan?«

Ich streckte meine Hand aus und berührte sie mit den Fingerspitzen an der linken Schulter. Um der Frau eine Idee zu vermitteln, treibt mich instinktiv eine unwiderstehliche Kraft dazu, ihren Körper leicht zu berühren. Als ob die Frau nie in der

Lage wäre, einen abstrakten Gedanken zu erfassen; wir müssen ihn ihr in warmes Fleisch gehüllt darreichen.
Ich merkte, daß Siu-lan bebte. Einen Augenblick flatterten ihre Lider wie verwundete Flügel.
Und plötzlich zog die lange Reihe von Malereien in Frühlingsfarben, die ich in diesen Palästen flüchtig gesehen hatte, an meinen von Verlangen überschwemmten Augen vorüber, die an Siu-lan hingen.
Bäche mit zartem Schilfrohr, mit roten Fischen; zerbrechliche Barken voll mit jungen Frauen; Bäume mit feurigen Blüten, die sanften, unbeweglichen Bränden glichen ... Ein junges Mädchen bringt dem im Rasen sitzenden Buddha einen Korb voll Glyzinien; sie sieht ihn mit flehenden Augen an, ohne die üppigen, sinnlichen Lippen zu öffnen. Wozu Worte? Er, der große Hirte der menschlichen Illusionen, er versteht schon den wortlosen Schrei aller jungen Mädchen.
Plötzlich verschwand alles, und auf der blauen Gaze der Luft flimmert ein letztes Bild in strahlenden Farben. Auf einem großen, wilden Felsen kauernd, lächelt ein alter Ahne. An seiner Seite schaut ein goldener Fasan wie ein König in die unermeßliche, von Schnee bedeckte Landschaft. Eine leichte Trunkenheit bemächtigt sich des Geistes; das geläuterte Herz schreit nicht mehr wie ein Bauernflegel; und der Asket sieht zu, wie sich in der Ferne durch einen leichten Nebel all die geliebten Formen des Landes andeuten, für einen Augenblick klar werden und sich wieder sacht im Nebel auflösen.
Ich zog meine Hand zurück; ich sah wieder die großen, verlassenen Höfe vor mir, die Löwen aus Granit, die geflügelten Drachen, die Terrassen aus Marmor. Und über den Freitreppen, über den Säulen, über den Türstürzen mit den zahllosen Skulpturen die beiden ewigen Symbole des menschlichen Strebens: die Wolke und die Flamme.

Eine große Flamme, eine ungezügelte Leidenschaft hat alle diese Wunder entstehen lassen – Paläste, Gemälde, rote Lippen, große Ideen, hochherzige Taten; sie ging in Rauch auf und wiegt sich für einen Augenblick über unseren Köpfen wie eine Wolke.

Warum? Ich betrachte diese üppigen und verlassenen Ruinen, ich betrachte dicht neben mir diesen jungen Frauenkörper mit den sinnlich schwellenden Brüsten, und nur mühsam unterdrücke ich einen wilden Schrei. Für die Dauer eines Lidschlags sah ich, wie die Schönheit – die einer ganzen Kultur oder einer zerbrechlichen Frau – aus der Erde aufstieg, sich in der leeren Luft entfaltete und wieder zur Erde zurücksank. Ich hörte die Nähte meines Schädels knacken. Doch es gelang mir, meine Hand zurückzuhalten, die leidenschaftlich von neuem das Beben der jungen Schulter spüren wollte.

»Gehen wir hinab ...« flüsterte Siu-lan in bittendem Ton. »Li Teh wartet.«

Siu-lan ging voran; ihre kleinen Füße, die glänzenden Ziegenhufen glichen, berührten nur leicht die für Frauen und Eunuchen gemachten Stufen ... Ich fühlte meine Arme und Knie schrecklich müde von der Anstrengung, die heftigen Regungen meines Verlangens zu unterdrücken. Und ich murmelte:

O großes Viereck ohne Winkel,
Niemals ausgetrunkenes Gefäß,
Du laute Stimme, die nie spricht,
Du große Gestalt ohne Form,
O Sehnsucht!

31

Li Teh sprach leise mit einem untersetzten Chinesen; sein Gesicht strahlte. Der Mann antwortete in unterwürfiger Haltung auf seine eindringlichen Fragen.

Als sie unsere Schritte hörten, verstummten beide sofort und drehten sich zu uns um. Ich stutzte; ich hatte diesen Mann augenblicklich wiedererkannt: der hinkende Chinese mit der Narbe auf der Stirn!

»Ich verlasse Sie«, sagte Li Teh in heiterem Ton. »Ich habe dringend zu tun. Gehen wir!« flüsterte er seinem Begleiter zu. »Wir haben keine Zeit zu verlieren!«

Siu-lan machte eine ängstliche Bewegung; sie deutete eine Geste an, als ob sie die Arme ausstrecken und ihren Bruder zurückhalten wollte; ihre Lippen bewegten sich, als ob sie schreien wollten: »Laß uns nicht allein!«

Aber Li Teh trat schon mit seinem elastischen Schritt über die Schwelle des großen Tores.

Der Mann folgte ihm behend. Er hinkte nicht mehr, sein Körper wirkte kräftig und geschmeidig.

»Joshiro!...« murmelte ich zitternd. Mein Herz zog sich zusammen. »Joshiro droht gewiß irgendeine Gefahr ... Ich habe Angst!«

Und in diesem Augenblick begriff ich, wie lieb mir diese häßliche und harte Frau war.

Auch sie kämpfte in der zusammengeschmolzenen, aber mutigen Armee eines Großen Kriegers. Auch sie folgte seiner Blutspur und unterdrückte ihren unstillbaren Schmerz ...

Sie gab diesem großen Krieger einen anderen Namen, sie verfolgte in diesem Kampf ein anderes Ziel. Aber allen scheinbaren Unterschieden zum Trotz kämpften wir beide, Joshiro und ich, Seite an Seite. Sie wußte das nicht, aber ich wußte es und liebte sie, wie der Soldat seinen Kameraden liebt.
»Joshiro ist in Gefahr ... Joshiro ist in Gefahr ...« murmelte ich.
Feiner Frühlingsregen begann wieder zu fallen; die stickige Luft war frisch geworden. Die Erde verströmte einen süßen Geruch, und die Paläste hüllten sich in einen sehr zarten Dunst.
Eine seltsame Ungeduld bemächtigte sich meines Körpers. Beeilen wir uns! Beeilen wir uns! Das Leben ist kurz, das Leben ist nur ein Augenblick; lassen wir den Augenblick nicht farblos und leer vergehen! Was ist unsere Pflicht? Den Augenblick in Ewigkeit zu verwandeln.
Die Ruinen der Paläste, die Friedhöfe, der Frühlingsregen, der Geruch umgegrabener Erde geben uns den großen Rat: »Ihr vergänglichen Schatten, beeilt euch!«
Und die Erinnerung an Joshiro peitschte mein Herz.
»Siu-lan«, sagte ich, »wir sind nun allein! Was lieben Sie in Peking am meisten? Lassen Sie uns dorthin gehen!«
Ein plötzlicher Schrecken verbreitete sich auf ihrem elfenbeinweißen Gesicht; aber sie meisterte die Gefahr.
»Gehen wir!« sagte sie mit fester Stimme. Sie sagte das, als ob sie mit dieser unbedeutenden Entscheidung ihr Leben aufs Spiel setzte.
Sie rief die Kulis, wir stiegen in unsere Rikschas. Die Fußsohlen der Kulis klopften weich auf die nasse Erde. Blühende Akazien, Glyzinien, Päonien ... Wir fahren durch einen großen Garten; sein süßer Duft verhüllt den ganzen Gestank Chinas.
Alte Zwergbäume; ein Kirschbaum in einem kleinen Topf ist mit Blüten bedeckt; ich fühle eine unerwartete Verstimmung,

so als ob ich ein junges Mädchen schwanger sähe ... Im blaßgrünen Teich des Gartens spielen rote und blaue Fische.
Eine lange Reihe von Kamelen mit samtenen Augen; sie durchziehen Peking wie eine Wüste.
Knapp vor uns duckt sich Siu-lan in ihre Rikscha, und von einem wilden Glück plötzlich fortgerissen verfolge ich sie von einer Straße zur anderen mitten durch die auseinanderweichende Menge.
Wir durchfahren die engen Gassen, die Fächer-, die Laternen- oder die Jadegasse; wir kommen an den geheimnisvollen Läden vorüber, wo man die Liebestränke verkauft. Auf und ab wogt der Ameisenhaufen aus Menschen, der in feuchtes, sanftes Licht getaucht ist.
»Augen und Ohren zu haben«, sagte ich bei mir, »welch ein Glück! Dieses wundervolle Märchenspiel, die Welt, zu sehen, zu hören! Von der Wiege zum Grab zu eilen mit raffgierigen Blicken nach rechts und links!«
Siu-lan wendet sich um; sie lächelt, ist sehr blaß. Regentropfen benetzen ihr Gesicht wie Tränen.
»Hier ist es«, rief sie, auf eine große Steintreppe zeigend.
Siu-lan sah müde aus; wir stiegen langsam hoch. Leicht über Siu-lan gebeugt, sog ich gierig, unauffällig den Duft ihres Körpers ein.
Als ich das erste Mal mit dieser gelben Rasse in Berührung gekommen war, hatte ich eine unüberwindliche körperliche Abneigung gespürt. Und jetzt genügte schon ein Seufzer dieses jungen, duftenden Körpers, und alle Schranken zerbrachen. Ist es die Liebe, die Sehnsucht oder bloß dieser laue Duft der Frau, was mir den Weg weist und mir begreifen hilft?
In einer der Nächte, die ich im Haus ihres Vaters schlief, hatte ich einen Traum; wäre nicht ihr Atem und ihr Duft in der Luft, die ich atmete, gewesen, gewiß hätte ich ihn niemals

gehabt, diesen Traum, der mein Herz erleuchtete und weit machte:
Die Erde war zugedeckt mit Maulbeerbaumblättern; über diese Blätter krochen ungeheure Mengen von Seidenraupen und knabberten langsam, gefräßig ... Ein riesiger Mann stand inmitten dieses Ungeziefers und warf mit vollen Händen große Packen von Maulbeerbaumblättern auf diese Raupen ...
»Freßt das alles ...« murmelte er, »freßt das alles ... freßt das alles ...«
Man fühlte, daß dieser Riese es eilig hatte, diese Raupen so schnell wie möglich den ganzen Kreis ihrer Entwicklung durchlaufen zu lassen ... sie auf die höchste Stufe der Seidenraupe zu drängen: zum weißen Schmetterling.
Für einen Augenblick drehte sich der Riese um und lächelte mir zu; ich neigte langsam den Kopf, ich hatte ihn erkannt: Es war Buddha.
Ach! die lange Pilgerreise durch diese Seidenraupen, die ganze Nacht hindurch! Dieses zähe Geraschel fressender Mäuler, sich ineinanderschlingender Körper, die sich in ihren Kothaufen wälzen ... Und auf einmal die Seide, die sich ablöst, und der Geist mit den großen Flügeln, der auffliegt.
Seit jener Nacht hatte ich begonnen, den ganzen Kreislauf zu sehen – Maulbeerbaumblatt, Unrat, Seide. Ich begann, China zu begreifen.
»Siu-lan«, sagte ich, die Hand meiner Führerin leicht berührend, »Siu-lan, ich danke Ihnen ...«
Wir waren schon in einem kleinen Garten über der Treppe.
Siu-lan drehte sich überrascht um: »Wofür?« fragte sie.
Und ohne die Antwort abzuwarten, schlüpfte sie in den kleinen Tempel, der vor uns zwischen den Bäumen erschienen war.
Süße, duftende Dunkelheit; tastend ging ich hinter Siu-lan her.

»Was ist hier?« sagte ich leise, »ich sehe nichts.«
»Sprechen Sie nicht!« bat sie.
In diesem Augenblick richtete sich ein in den Schatten geduckter Körper auf. Ich erkannte einen alten Bonzen in orangefarbener Robe. Er streckte die Hand aus, das Licht ging an. Mit Mühe unterdrückte ich einen Schrei: Vor uns, in einer Nische, eine betörende Erscheinung – Buddha!
In der Blüte seiner Jahre, zart, mit langgeschlitzten, beunruhigenden Augen. Und das Lächeln rieselte über seinen ganzen Körper aus kostbarem Stein.
Vor keiner Statue war mir je eine so innige Freude zuteil geworden. Nein, es war nicht Freude, es war die Befreiung, die Freiheit, die stolze Empfindung, mich endlich meines hassenswerten Ichs entledigt, die Schranken zwischen Leib, Seele und Denken zerbrochen und mich in die durchsichtige Unermeßlichkeit des Nichts gestürzt zu haben, um mich endlich selbst zu verlieren – oder mich zu finden.
Was allein der Tanz, die Musik und die bestirnte Nacht schenken können, das schenkte mir diese stoffliche Hülle des Gottes, diese Statue Buddhas.
Deine erste Empfindung beim Anschauen dieses Buddha ist die Freude des Tauchers, wenn er die ausgestreckten Hände zusammenlegt, die Kniekehlen streckt, eine Sekunde auf seinen Zehenspitzen regungslos verharrt und sich ins Meer stürzt.
Es war mir, als würde ich lautlos, langsam, wie im Traum in grünen und durchsichtigen Wassern schwimmen bei Mondschein. Zum ersten Mal hatte ich die Lehre Buddhas verstanden. Was ist das Nirwana? Die absolute Vernichtung? Oder die ewige Vereinigung mit dem Universum? Jahrhundertelang erörtern Theologen und Gelehrte dieses unlösbare Problem. Du siehst diesen Buddha aus Jade, und dein Geist füllt sich

mit Gewißheit. Du siehst das Nirwana. Weder Vernichtung noch Unsterblichkeit! Zeit und Raum verschwinden; das Problem ändert seine Form, es erlangt seinen höchsten Ausdruck, der das menschliche Wort übersteigt. Du kannst es nur leben; du löst es ganz einfach, indem du es lebst.
Du siehst diesen jungen Buddha, und dein Körper wird frisch, dein Geist verharrt unbeweglich für einen Augenblick ruhig über dem Abgrund. Eben noch war dieser Geist eine unstete Flamme, ein Spiel der Winde; Leidenschaften, Interessen, Ruhm, liebe Gesichter, Vaterland, Ideen ... Du siehst den Buddha, und nach und nach erlischt die Flamme. Sie erlischt nicht: Sie wird Buddha.
Lange blieb ich so, in das geheimnisvolle Zentrum der Welt versunken. Ich fühlte, daß in diesen schimmernden Leib alle Radien der Erde mündeten.

Ein Knirschen von Seide; ich wandte mich um: Siu-lan verneigte sich tief vor ihrem Gott. Sie legte ihre Stirn auf die kühlen Platten; sie erhob sich; dreimal klatschte sie in die Hände, als ob sie Buddha riefe. Oft hatte ich gehört, wie die Bettler, an der Schwelle stehend, in ihre Hände klatschten und um Almosen baten. Siu-lan bewegte leise die Lippen. Ohne Zweifel bat sie ihren Gott um ein Almosen. Dann schwieg sie, während sie Buddha betrachtete.
»Siu-lan«, sagte ich leise, indem ich ihre Hand nahm.
Sie wandte sich ruhig um; es war, als hätte sie meine Geste und meine Worte erwartet.
»Siu-lan, wollen Sie, daß wir den Weg zu diesem Nichts aus Jade zusammen gehen?«
Ich fühlte, wie ihre Hand in der Höhlung der meinen wie ein gefangener Vogel zitterte.
»Siu-lan ...«

Sie aber blieb in Buddha versunken; ich fühlte, wie glücklich sie war, hüpfend, tanzend in den tiefen Wassern Buddhas, wie eine Alge.
Sie hatte meine Worte gehört, aber sie beeilte sich nicht mit der Antwort. Die Zeit war aufgehoben in ihrem Herzen, sie hatte sich in eine stumme Musik verwandelt.
»Siu-lan ...«
Sie wandte sich um; ihr Gesicht glänzte wie ein Kieselstein, der aus den Wellen rollt.
»Ja ...« flüsterte sie, und sie senkte die Augen.
Als wir den Tempel verließen, ging die Sonne schon unter; die Luft hatte sich grüngolden gefärbt. Der Regen hatte aufgehört, und am westlichen Himmel zogen blutbespritzte Wolken. Im Osten ging ungeheuer, ganz rot, schweigend und traurig der volle Mond auf.
Ich lehnte mich an einen Baumstamm, um meinem Herzen Zeit zu lassen, sich etwas zu beruhigen.
Siu-lan sammelte schweigend kleine gelbe Blumen.
Da sah ich auf einmal mitten im Garten einen großen Sockel aus buntem Marmor, grün, blaßviolett, weiß und rosa. Ich trat näher. Eine wilde Jagd war in diesen Marmor gehauen – Wildschweine, Hunde, Pferde ... Ein entfesseltes Drama.
Das war früher der Sockel des Buddha aus Jade. Aber der Tempel war zu eng, man hatte sie getrennt.
Jetzt steht dieser Sockel mitten im Garten und hat nichts über sich als die formlose, leere, bläuliche Luft – die letzte, endgültige Statue Buddhas, gehauen in das unverwesliche Nichts.

32

Dieser östliche Gott ohne Körper und ohne Seele, dieses spöttische Lächeln, das sich in der Luft ausbreitete und die Leere mit dem Rauschen von Flügelschlägen erfüllte, kämpfte die ganze Nacht gegen meinen eigenen Gott, der mit Seele und Leib behaftet war, von Schmutz bespritzt, von Wunden bedeckt.

Buddhas ganzes Fleisch hat sein höchstes Streben verwirklicht: Es ist Geist geworden, es ist zum Nichts verdunstet. Buddha hält in seiner geöffneten Hand die blaue, vollkommen runde Luft. Das Nichts; das Universum.

Buddha, diese mächtige Seidenraupe, hat den Maulbeerbaum der Erde ganz abgeknabbert, er hat alles gefressen, alles getrunken, alles umarmt, er will nicht mehr fressen, trinken, umarmen. Er hat den wunderbaren Kreislauf vollbracht – und geht fort.

Aber mein eigener Gott hat noch Hunger, hat noch Durst, er sieht das Brot, den Wein, die Frau und schreit. Schwitzend arbeitet er sich ab, ein wenig Fleisch in Geist zu verwandeln. Ich fühle, wie er mein Innerstes durchfährt und in mir, von den Lenden bis zum Herzen, vom Herzen bis zum Kopf eine rote Furche hinterläßt.

Er spielt nicht, er kann nicht lächeln, er leidet. Er glaubt an die Materie und an die Tränen; er berührt und atmet den Körper Siu-lans und findet ihn süß, lau, duftend. Er weiß, daß es das Leben gibt, und er liebt es; er weiß, daß es den Tod gibt, und erbittert kämpft er gegen ihn, nicht ohne zu zittern.

Er haßt das Spiel des Ästheten, das ironische Schweigen, die skeptische Unbefangenheit und Toleranz. Er haßt die kleinen Tugenden: die Klugheit, die Höflichkeit, das Mitleid, die Gerechtigkeit. Er haßt das erhabene Lächeln – Buddha. Er ist der Anti-Buddha.

Die ganze Nacht versuchte ich offenen Auges sein Antlitz zu entdecken. Gegen Morgen hatte ich wie in einem Blitz die überwältigende Vision des Unbekannten. Aber schnell wie ein Blitz verschwand die Vision, und ich fiel in die Finsternis zurück.

Hilfe suchend wende ich mich an den großen Zauberer, das Wort. Ich werfe sein Netz hinab ins Unsichtbare und ziehe es hoch. Bleiche Algen, kleine Fische, ein paar glänzende Muscheln, die, sobald sie aus dem großen, geheimnisvollen Meer gezogen sind, ihre Farben verlieren und in meinen Händen zu nichts werden.

Das ist mein ganzer Fang. Mögen ihn meine Brüder in der Angst in ihre Seele zurückwerfen und ihm die Freiheit und den Glanz wiedergeben!

Die Vision

Du hast den Schrei gehört und dich in Marsch gesetzt. Von Kampf zu Kampf hast du deinen Kriegsdienst als einberufener Soldat geleistet.

Alle Rassen haben sich mit dir in Marsch gesetzt. Die heilige Armee des Menschen ist hinter dir aufgebrochen, die ganze Erde hallt wider wie ein Schlachtfeld.

Von diesem hohen Standpunkt aus hat sich der ganze Schlachtplan in den Windungen deines Gehirns entfaltet; alle Feldzüge der Freunde und Feinde haben sich im geheimen Lager deines Herzens vereinigt.

Die Tiere und die Pflanzen sind die Verpflegungstruppe für die menschlichen Armeen, die vorrücken.
Die ganze Erde hat sich jetzt an dich geklammert, sie ist dein eigener Körper geworden, sie schreit im Abgrund.
Ich fahre auf. Gott schreit und kämpft in allem Fleisch. Ich spüre den Unsichtbaren, der über alle sichtbaren Wesen hinwegschreitet und fortgeht.
Durch meinen Körper und mein Gehirn, durch meine Rasse und die Menschen, durch die Tiere und die Pflanzen hindurch ahne ich den Unsichtbaren, der alle sichtbaren Wesen unter seinen Fuß tritt und aufwärtssteigt.
Ich nehme wahr, wie alles Lebende von seiner schweren und blutbesudelten Ferse zerdrückt wird.
Sein Gesicht ist streng, düster, jenseits von Freude und Schmerz, jenseits der Hoffnung.
Ich schaudere. Bist du das, Herr?
Dein Körper ist voll von Erinnerungen. Wie ein Gefangener hast du auf deine Arme und auf deine Brust Bäume und Ungeheuer, gefährliche Abenteuer, Schreie und Jahreszahlen tätowiert.
O Herr, du brüllst wie ein Stier. Deine Füße und deine Hände sind voll Blut und Schmutz; deine Kiefer sind schwer wie Mühlsteine.
Du klammerst dich an die Bäume und an die Tiere, du stützt dich auf den Menschen, du rufst. Du kletterst die schwarze, endlose Schlucht des Todes empor, und du zitterst.
Wohin gehst du? Der Schmerz wächst, das Licht und die Finsternis wächst. Du weinst, du klammerst dich an mich, du nährst dich von meinem Blut, du schöpfst daraus Kraft und hüpfst in meinem Leib wie ein Kind.
Die Bäume schreien, die Tiere, die Sterne: »Wir gehen zugrunde!« Zwei Hände, die bis zum Himmel reichen, strecken sich aus allem, was lebt, und bitten um Hilfe.

Die Knie ans Kinn gezogen, die Hände zum Licht gestreckt, die Fersen an den Rücken gepreßt, gekrümmt und zitternd kauert Gott in jeder Fleischeszelle.
Wenn ich eine Frucht öffne, öffne ich Gott, und es zeigt sich mir ihr Kern. Wenn ich mit Menschen spreche, sehe ich Gott, der in ihrem armen und rohen Gehirn kämpft.
Aus jedem Ding stürmt Gott ans Licht. Zu welchem Licht? Zu dem außerhalb jeden Dinges!
Das Wesen meines Gottes ist nicht nur der Schmerz, nicht nur die Hoffnung im irdischen oder künftigen Leben, auch nicht die Freude und der Sieg. Jede Religion, die eine dieser Masken Gottes allein erhöht und verehrt, engt unser Herz und unser Gehirn ein.
Das Wesen meines Gottes ist der Kampf.
In diesem Kampf erscheinen und entfalten sich Schmerz, Freude, Hoffnung.
Der Drang nach oben, der Kampf gegen die Materie erzeugt den Schmerz.
Aber der Schmerz ist nicht der absolute Herrscher. Jeder Sieg, jedes vorläufige Gleichgewicht bei jedem Streben erfüllt jedes Wesen, das atmet, mit Freude.
Aber aus der Tiefe der Freude und des Schmerzes entspringt ewig die Hoffnung, dem Schmerz zu entfliehen und der Freude Dauer zu verleihen. Und aufs neue beginnt der ewige Kreislauf – der Schmerz, die Freude, die Hoffnung. Aber es gibt keinen Kreis, es gibt nur einen spiralförmigen Wirbel, der aufwärtsstrebt und ewig den dreifachen Kampf entrollt und wieder einrollt.
Was ist das Ziel dieses Kampfes? fragt der Mensch und vergißt dabei, daß der Große Atem nicht innerhalb der Zeit, des Raumes und der Kausalität des Menschen wirkt.
Der Große Atem ist höheren Ranges als diese allzu mensch-

lichen Fragen. Er verzweigt sich, verteilt sich und kämpft. Er ist Besiegter, er ist Sieger, er übt sich.
Der Große Atem ist die Windrose.
Auch wir segeln und nehmen teil an der göttlichen Kreuzfahrt. Auch unsere Reise hat ewige Elemente in sich ohne Anfang und ohne Ende, sie hilft Gott und wagt mit ihm.
Gott lacht, weint, schweigt; er steckt uns in Brand und läßt uns unterwegs als rauchende Asche zurück.
Ich freue mich, weil ich zwischen meinen beiden Schläfen, während eines Lidschlags, Anfang und Ende der Welt zu denken vermag. In einen kurzen Blitz verdichte ich die Aussaat, das Sprießen, die Blüte, die Bildung der Frucht und das Verschwinden jeden Baumes, Tieres, Menschen, Sterns und Gottes.
Die ganze Erde ist eine Saat, die in die Furchen meines Gehirns geworfen wurde. Alles, was in zahllosen Jahrhunderten im dunklen Schoß der Materie sich entwickeln und reifen will, entfaltet sich in meinem Schädel in einem kurzen und stummen Aufleuchten.
Ach! könnten wir diesen Blitz im Herzen leibhaft vor uns sehen, ihn für einen Moment gerinnen lassen, ihn in ein menschliches Wort einschließen; könnten wir diese Augenblicksewigkeit, die alles umfaßt, Vergangenheit und Zukunft, festhalten, ohne daß sich die ganze wirbelnde, erotische Bewegung in der Starre des Worts verliert!
Was du in der Ekstase fühlst, kannst du niemals ins Wort sperren.
Versuche dennoch, mit Geschichten und Versen, Vergleichen, Allegorien, seltenen oder vulgären Wörtern, mit Schreien, Gelächter und Tränen der Ekstase einen Körper zu verleihen.
Nichts anderes tut Gott, der große Ekstatiker. Er spricht, er ringt darum zu sprechen. Wenn er Farben erschafft, Hörner

und Klauen, wenn er Blätter erschafft, Blumen und Früchte, wenn er das Universum erschafft, ringt er darum, seiner Ekstase feste Form zu geben.
Auch ich kreise, wie jedes lebendige Wesen, in der Mitte des Universums. Ich bin der Trichter gewaltiger Ströme, und alles tanzt um mich, und der Kreis wird enger, immer mächtiger, und Erde und Himmel ergießen sich in die rote Grube meines Herzens, das geschrien hat.

33

Ai-Ha, geliebte Freundin meiner Seele!
Erinnerst Du Dich der Verse unseres alten Dichters Wang Ai Hi, die wir so oft im Mondschein gesungen haben?

> Mitternacht. Alles schläft im Haus,
> Und die Wasseruhr steht still.
> Ich aber kann nicht schlafen,
> Denn die Frühlingsblumen, die sanft sich wiegen
> Und deren Schatten der Mond an die Wand wirft,
> Sind so schön, daß der Mensch sie nicht ertragen kann.

Ja, Ai-Ha, liebe Kusine, in diesem Jahr fühle auch ich den Ausruf des Dichters. Dieser Frühling ist so süß, daß ich nicht schlafen kann; ich kann meine Tränen nicht zurückhalten, Ai-Ha. Wenn ich an diesem Abend im weißen Kleid in den Hof ginge und beim Mondschein tanzte, würde ich vielleicht ein wenig Linderung finden. Aber ich schäme mich. Wenn mich mein Vater von seinem Fenster aus sähe? Wenn ein Dichter mich überraschte?
Schreien wäre besser. Ganz leise unsere alte, knarrende Treppe hinabsteigen, heimlich die Türe öffnen, hinausgehen auf die Straße und dicht an den Mauern entlang bis zum Tempel laufen, den wir so sehr geliebt haben, Ai-Ha, als wir klein und frei waren – zum Tempel des Himmels!
O wie schön muß er heute abend im Mondlicht sein! Ich steige die breiten Marmortreppen hinauf, überquere die erste Terrasse, dann die zweite, dann die dritte, deren große Tore weit offen stehen im Mondlicht … Und dann, beim Altar der ober-

sten Terrasse, ganz nah dem Himmel, dort, wo unsere Kaiser ihre Frühlingsopfer darbrachten, stoße ich aufrecht, allein, die Hände zum Himmel erhoben, einen Schrei aus!
Dieser Schrei wird vielleicht mein Herz erleichtern. Denn, Ai-Ha, dieser Frühling ist zu schwer, er erdrückt mich.
Ach, in der guten alten Zeit, wie haben da die Mädchen unseres Alters noch den rechten Weg gefunden – den Sonnenweg des Trostes!
Du weißt, daß ich mich freiwillig einer harten und strengen Arbeit geweiht habe, die vielleicht meine Kräfte übersteigt; die vielleicht uns armen Wesen, uns Frauen, nicht angemessen ist. Aber ich schweige. Ich wache, arbeite, helfe meinem Bruder. Ich habe bemerkt, daß im Herbst oder Winter diese Arbeit nicht gar so hart ist; aber im Frühling, Ai-Ha, wenn die Blumen sich öffnen und die Erde so gut riecht, ersticke ich! Ich diskutiere mit meinem Bruder über Berichte, die zu schreiben sind, über politische oder kulturelle Fragen; aber meine armen Frauenlippen flüstern leise und bebend die alten Frühlingslieder. Erinnerst Du Dich an sie, Ai-Ha?

> Die jungen Burschen und Mädchen kommen, orchideengeschmückt.
> Die Mädchen laden sie ein: »Gehen wir dort hinab?«
> Und die Burschen antworten: »Von da kommen wir gerade!«
> »Und wenn schon! Gehen wir noch einmal hin?
> Wir überqueren den Fluß und legen uns dann in den Rasen!«
> Da spielen die Burschen und Mädchen miteinander,
> Und diese bekommen als Pfand eine Blume.

Lebten doch auch wir, liebe Kusine, in jener guten, fernen Zeit! Wie einfach, natürlich und schön war noch alles! An den Frühlingsfesten hätten wir den Fluß überquert, nur in Orchideenblüten gekleidet, und hätten geschaudert bei der Berührung mit dem lebendigen Wasser und gefühlt, wie die Seelen der Ahnen in den Wellen unseren Schoß durchdringen. Und froh und still wie junge Vermählte wären wir ans andere Ufer gestiegen …

Ich sehe, liebe Kusine, wie Du besorgt Deine schönen Brauen zusammenziehst. Du nimmst meine Hand, wie Du es immer tatest, und legst sie sanft auf Dein Herz. Diese Geste von Dir hat mich immer bewegt; niemals konnte ich da widerstehen; ich gestand Dir sogleich meine kleinen Geheimnisse.

Nein, sei unbesorgt, liebe Freundin meiner Seele! Nein, ich bin nicht traurig, ich bin sehr glücklich, aber, siehst Du, ich kann mich nicht mehr ausdrücken. Durch das viele Schweigen habe ich das Sprechen verlernt. Und wenn ich mich endlich entschließe, das Herz zu öffnen, so sind meine Worte nur närrische Vagabunden, die anstatt zu gehen, wie es ihrer Natur entspräche, hüpfen und tanzen. Und darüber schäme ich mich. Das Wort muß, wie unser Weiser sagt, genau und richtig sein wie das Gewicht, auf das das königliche Siegel gedrückt ist. Ja, liebe Seele, ich lege meine Hand auf Dein Herz und sage Dir: Sei unbesorgt, ich leide nicht, der Frühling ist schön, ich bin glücklich. Ja, ich schlafe wenig, aber dieser Schlaf ist eine kostbare, feste Substanz und süß wie Honig. Und meine Träume sind so schön, daß ich jede Nacht, wenn ich gegen Morgen in mein Bett schlüpfe, vor Ungeduld zittere; ich warte auf die Träume, wie man von der Braut sagt, daß sie mit dem Ohr an der Erde auf die fröhlichen Glöckchen vom Wagen ihres Geliebten wartet.

In einer Nacht habe ich von einer langen, langen, langen Reise geträumt: Ein ganz weißes Boot, das blaue Meer, ein sanfter Wind wehte, und neue Sterne stiegen am Horizont auf. Ich lag vorn am Bug, und ein Mann saß mir zur Seite, der mir von

fernen Ländern erzählte; von blonden Männern mit blauen Augen und jungen Mädchen, die mit ihren Freunden lachend über den Schnee laufen, frei, glücklich und stark.
Ein großer Storch schwebte über uns, er trug in seinem Schnabel trockene Gräser. War er dabei, sein Nest zu bauen?
Plötzlich verschwand alles, und es war mir, als steckte ich im Sand, meine Lippen waren bemalt, der Hals nackt wie bei einer Gallionsfigur am Bug eines gestrandeten Schiffes. Der Meerwind wühlte in meinen Haaren, der Storch hatte sein Nest in meine Arme gebaut, und ich fühlte mich trunken vor Glück.
Gestern, es war eine Vollmond-Nacht, hatte ich einen anderen seltsamen Traum: Es schien mir, ich wäre am Grund eines von Mondlicht erfüllten Brunnens. Ich war glücklich, glücklich wie eine Biene im Kelch einer weißen Lilie. Auf meinen Knien hielt ich ein offenes Buch; es war nicht Konfuzius, nicht Lao-Tse und keiner unserer alten Dichter.
Ich konnte nicht lesen im Mondschein; aber die Buchstaben waren erhaben, so wie man die Bücher für Blinde druckt. Ich führte meine Fingerspitzen darüber hin und buchstabierte langsam, durch unablässiges Streicheln, einen seltsamen Satz und zitterte vor Glück: »Siu-lan, Siu-lan, wollen Sie, daß wir den Weg zu diesem Nichts aus Jade zusammen gehen?«
Ich hob den Kopf nach oben zum Mond und sah, wie die Buchstaben dieses Satzes tanzend zu mir herabschwebten, einer hinter dem anderen, wie eine Schar von Schwalben, die im Frühling zurückkehren, um ihre Nester zu suchen.
Du weißt die Träume zu deuten, Deine Großmutter führte Dich in diese geheime Kunst ein. Könntest Du mir, liebe Seele, den Schlüssel zu diesen Träumen geben? Könntest Du mir erklären, warum ich vor Glück zitterte?
Gestern habe ich die Paläste der Verbotenen Stadt besucht. Ein milder Regen floß über mein Gesicht. Ich war froh darüber; so

konnte niemand bemerken, daß die Tropfen, die über meine Wangen liefen, nicht nur vom Regen stammten. Es war das erste Mal, daß ich geweint habe, während ich auf diese Trümmer der Größe und der Lust trat.

Ich weinte nicht über die toten Kaiser und die geschminkten großen Damen, die in dieser gewaltigen Kemenate starben, wo jetzt ihre Geister umgehen; auch nicht über die vom Efeu erwürgten Götter ohne Hände und ohne Füße, mit ihrer zerfressenen Haut, so daß sie leprösen Bettlern gleichen.

Nein, nein, liebe Kusine, ich weinte über etwas Tieferes, über etwas Demütiges, Warmes und Zitterndes, das dem Herzen eines jungen Mädchens gleicht ...

Und am Abend, als ich zurückkehrte, habe ich mich in mein großes, einsames Zimmer eingesperrt und – lache nicht, Ai-Ha – ein kleines Gedicht zu schreiben begonnen.

Ich habe es in roter Tinte auf meine elfenbeinernen Täfelchen geschrieben. Ich erinnere mich nicht mehr an die Verse – ein Mädchenherz kam darin vor und der Regen und der schwache Schrei eines verwundeten Tieres ...

Ich habe diese Täfelchen draußen an mein Fenster gehängt; ein Frühlingsregen fiel in der Nacht, und am Morgen fand ich meine Täfelchen leer. Nur die weiße Wand war rot gesprenkelt, wie von Blut.

Du siehst, liebe Kusine, ich bin glücklich; ich spiele, schreibe Verse und biete sie dem Regen an. Wem sonst könnte ich sie schenken? Ich schenke sie dem Regen und denke an Dich, ich lege meine Hand auf Dein Herz und enthülle Dir mein Geheimnis.

Möge der Frühling, liebe Seele, gut enden! Mögen alle seine Blütenträume reifen! Möge er Mitleid haben mit mir und Dir und mit allen jungen Mädchen auf der Erde!

Siu-lan

34

Ich erhalte heute den ersten Brief von meinem Freund Kughe. Bei dem ohnmächtigen Zustand, in dem mein Herz sich befindet, stärkt mich dieser von Glauben und Jugend überschäumende Brief. Ich schämte mich meines kleinen, unbedeutenden Abenteuers und meiner untätigen, von der Kontemplation gelähmten Arme.

Diese Spiele des Wortes und diese Krümmungen des Gedankens faszinierten mich und ließen mich unsere dringlichste Pflicht auf der Erde vergessen – die Tat.

Wirken, gestalten, ergreifen. Die Materie umarmen, wie man eine Frau umarmt. Ereignisse in die Welt setzen, wie man Kinder in die Welt setzt ...

Sich von dem, was alle angeht, in die Pflicht nehmen lassen und mitkämpfen ...

Ich lese und lese noch einmal den Brief Kughes, und etwas wird reifer in mir und macht einen Schritt nach vorn:

Tokio, den 5. Mai

O weißer Dämon vom Ozean!

Wir anderen, wir »kleinen Japaner«, feiern heute das Fest der Kinder. Riesige Karpfen aus rotem Stoff mit schwarzen Schuppen schaukeln im Wind, denn, Sie wissen es, der Karpfen ist bei uns das Symbol der Kindheit. Der Karpfen schwimmt flußaufwärts, wenn die anderen Fische der Strömung nicht mehr standhalten, nachgeben und abwärtstreiben.

Das schönste Zimmer im Haus ist heute dem jungen Sohn vorbehalten. Auf einem improvisierten Altar steht ein kleiner Samurai aus Bronze oder Holz, angetan mit seiner großen Rüstung; der Knabe verneigt sich ehrfürchtig vor diesem alten Krieger und schwört bei sich, ihm eines Tage ähnlich zu sein. Ein »Samurai« zu werden in seinem Inneren, ein Ritter ohne Furcht, immer bereit zu sterben – das ist der größte Ehrgeiz jedes japanischen Jungen.

An diesem Festtag erhält der Knabe schöne Bücher über die Heldentaten der Vorfahren oder über die erhabene Sendung Japans. Wenn ihr anderen, ihr weißen Herren, eines dieser Bücher aufschlagen würdet, würdet ihr die Miene verziehen und es sofort wieder schließen: Ihr würdet nur willkürliche Behauptungen und bornierte Anweisungen darin finden.

Auf den ersten Seiten liest man oft folgenden stolzen Dialog zwischen dem Offizier und dem jungen Rekruten:

»Wer ist dein Kommandeur?«

»Der Kaiser.«

»Was ist deine Pflicht?«

»Gehorchen und mich opfern.«

»Was ist die Große Tapferkeit?«

»Niemals auf die Zahl der Feinde zu achten, sondern anzugreifen.«

»Was ist die Kleine Tapferkeit?«

»Leicht in Zorn zu geraten und Gewalt anzuwenden.«

»Was bleibt dem Menschen nach dem Tod?«

»Der Ruhm.«

Gott, Vaterland, Kaiser, das ist unsere Dreieinigkeit, und sie ist wirklicher, tiefer als die euere. Heute findet man nur in Deutschland, im sowjetischen Rußland und in Italien diese heroische Disziplin, diese frohgemute Unterwerfung des Individuums unter ein höheres und gefährliches Ziel. Die anderen Völker waten noch in der Heuchelei, dem Pazifismus, dem Parlamentarismus und in der alten Gefühlsduselei. Sie haben nicht verstanden, daß wir in ein neues, eisernes Zeitalter getreten sind.

Um so besser. Beeilen wir uns, bevor sie es begreifen. Vervollkommnen wir die Tugenden, die diesem eisernen Zeitalter angemessen sind: die Selbstaufopferung, den Gehorsam, die Nüchternheit, die Härte, die freudige Bejahung des Todes. Nach dem Sieg, in ein paar Jahrhunderten, mögen die anderen Tugenden blühen, die weiblichen: die Güte, die Sanftmut, die Sensibilität, der Zartsinn, die geistige Großzügigkeit. Jetzt haben wir nicht die Zeit dafür!

Jetzt singen wir die Verse, die Take-Hirose, der Held von Port Arthur, mitten in der Schlacht dichtete:

Unendlich wie der Himmelsdom über uns
Ist unsere Schuld gegenüber dem Kaiser.
Unermeßlich wie das tiefe Meer unter uns
Ist unsere Schuld gegenüber dem Vaterland.
Jetzt ist die Zeit gekommen, unsere Schuld zu begleichen!

Eben komme ich mit meinen Schülern von einer Wanderung zum Haus des Generals Noghi zurück. Er ist eines unserer großen Vorbilder im Leben und Sterben; es war meine Pflicht, ihn heute den Kindern vorzustellen.

Wir betrachteten das kleine, kahle Zimmer, in dem unser Held im Jahr 1921 schweigend das Harakiri vollzog, zur selben Stunde, als unser großer Kaiser Meiji bestattet wurde. Er tötete sich auf dieser Matte zusammen mit seiner Frau. Neben ihnen fand man diese heroischen und zarten Verse von Noghi:

Jetzt geht, sich zu vereinen mit den Göttern droben,
Mein großer Herr.
Und ich folge ihm hüpfenden Herzens in den Himmel.

Ich war sehr bewegt; ich sammelte meine Schüler um mich

und begann, voller Leidenschaft zu sprechen: »Treibt Sport, übt euren Körper, atmet tief, lauft, schwimmt, kämpft, habt keine Angst! Die Weißen sollen nicht mehr spotten über uns und uns nicht mehr Zwerge nennen! Schärft euren Verstand, haltet die Augen offen! Schaut euch die Maschinen an, die Flugzeuge, die Kriegsschiffe, die Kanonen, die Fabriken! Vergeßt niemals die einfache Tatsache und grabt sie in euer Gedächtnis: Wenn wir den Weißen nicht überlegen werden, sind wir verloren! Hoch die Herzen, denkt an die Ahnen! Wie folgt man ihrer größten Sehnsucht am getreuesten? Indem man sie übertrifft. Nur der folgt wirklich der Tradition der großen Ahnen, der über sie hinausgeht. Verschwiegenheit, Disziplin, Hartnäckigkeit! Asien ernährt 1200 Millionen Seelen; Europa nur 400 Millionen. Wir sind die Intelligenz Asiens, wir haben eine große Verantwortung. Arbeitet still und unermüdlich. Meine Kinder, unsere Stunde ist gekommen! Wer von euch kennt die Verse des großen Samurai Katsu-Kaissou auswendig?«
Alle Schüler hoben die Hand und riefen: »Ich! Ich! Ich!«
»Gut, singt alle zusammen!«
Und vor der Tür des Generals Noghi begannen wir zu singen:

Vor den anderen bewahre dein Lächeln,
Vor dir selbst bewahre die Strenge.
Bleib furchtlos im Unglück,
Im Alltag fröhlich.
Wenn man dir zuklatscht, bleib kühl,
Wenn man dich auspfeift, bleib fest.

Ich wurde von heiligem Enthusiasmus ergriffen. Ich rief meinen Schülern zu: »Schlagt eure Hefte auf, schreibt!«
Jedes Kind nahm sein kleines Heft aus der Tasche und ich begann, ihnen unsere Zehn Gebote zu diktieren:
1. Ehre und Pflicht über alles.
2. Gehorche blind dem Kaiser.

3. Verachte den Tod; sei in jedem Augenblick bereit zu sterben. Wenn du dein Haus verläßt, sei es so, als solltest du es nie mehr betreten.
4. Härte mitleidlos deinen Körper und deine Seele ab.
5. Sei höflich zu deinen Freunden.
6. Räche dich grausam an deinen Feinden.
7. Schrei nicht, weine nicht, sei standhaft! Schreibt alle in großen Buchstaben die Verse unseres großen Kaisers Meiji:

Yo no naka wa
Takaki iyshiki
Hodobodo ni
Mi wo tsukusu koso
Tsutome narikere!

(Ob du hochgestellt bist oder im Elend lebst, Dich ganz einzusetzen, das sei deine Pflicht!)
Bitte, weißer Mann, lachen oder lächeln Sie. Ich meinerseits fühlte in diesem Augenblick verdoppelte Kraft in mir. Ich war wirklich ernster, gescheiter als je, gerüsteter für Leben und Sterben. Ist dieser Aufschwung in uns nur eine Illusion? Gesegnet sei sie! Wenn wir gegen die Wirklichkeit mit unüberwindlicher Kraft ankämpfen, dann wird die Illusion zur Wirklichkeit.
In einer starken Rasse sind die großen Ahnen die wirklichen Väter. In einer starken Rasse gehen die Geister der Helden nachts in die Häuser und schlafen mit den Frauen. Die anderen Väter, die leiblichen, zeugen den Körper; die Ahnen pflanzen die Seele in diesem Körper.
Hartes und strenges Leben; schreckliche Anstrengung, damit sich ein neuer Typus des Japaners bildet: Fudoshin! Fudoshin! Die große japanische Tugend! Der feste Fels, unser Herz!
Lieber Freund, das Fest der Kinder ist zu Ende, und erregt, wie ich noch bin, kehre ich zu mir selbst zurück. Dieser tägliche

Umgang mit den Kindern verjüngt mich jeden Augenblick. Indem ich mich bemühe, aus diesen Kindern reife Menschen zu machen, werde ich in der Nähe ihrer jungen Körper und gierigen Augen selbst wieder ein Kind.
Ich bin jetzt allein in diesem kleinen, ärmlichen Haus, das Sie kennen. Ich nehme meinen Tee und denke an Sie; Ihre Abwesenheit ist mir unliebsamer als Ihre Anwesenheit. Lachen Sie nicht, das ist das größte Freundschaftsbekenntnis, das ich einem Weißen machen kann.
Ich denke an Sie und beneide Sie: Sie stehen auf dem heiligen Boden unserer Mutter China! Grüßen Sie sie dreimal ergebenst.
China ist die unerschütterliche Mitte der Erde. China allein kann Japan retten. Japan allein kann China retten. Beide zusammen können die verdorbene Welt retten.
Wenn Japan in dem großen (dem wirklich großen) Krieg, der kommt, besiegt wird, wird es im ganzen Osten dunkel werden. Warum? Weil keine Nation des Westens mehr weiß, was das ist: die große Gerechtigkeit und die Liebe. Aber wenn Japan siegt, wird China frei sein, Indien wird wiedererstehen, und die ganze Welt wird sich vom westlichen Materialismus befreien. An dem Tag, an dem sich China und Japan die Hand reichen, wird eine neue Ära für die Welt beginnen; eine menschlichere Kultur.
Es wird bald soweit sein, daß ihr Weißen von euren Maschinen zermalmt werdet und ohne Hoffnung im Sumpf eueres Materialismus verfault. Ihr habt verloren, was das Wesen des Menschen ausmacht: das Streben nach dem, was über den Menschen hinausgeht.
Es ist daher gerecht und nützlich, daß ihr verschwindet! Denn was ist der Mensch, wenn ihn das Übermenschliche nicht mehr quält? Eine Maschine für Exkremente!

Dem Osten fällt wieder das Los zu, die Welt zu erneuern. »Jedesmal, wenn die Tugend abnimmt und das Laster die Oberhand gewinnt, steige ich herab, um der Menschheit zu helfen«, sagt Buddha. Die Tugend ist bei euch verschwunden, das Böse herrscht – Lüge, Begierde, Heuchelei, billige Liebe.
Schon steigt der neue Krischna auf die Erde herab; seien Sie nicht böse, lieber weißer Freund, er wird dieses Mal eine gelbe Haut haben.

Kughe Nakaoka

Ich zeigte diesen enthusiastischen Brief Li Teh.
»Sehen Sie, wie man da unten China liebt!« sagte ich.
Li Teh las den Brief flüchtig mit aufeinandergepreßten Lippen. Hin und wieder stieß er einen dumpfen Laut aus und schloß nervös seine Fäuste.
Er gab mir den Brief zurück: »Ja, ja ...« brummte er. »Man liebt China da unten. Wie eine Torte!«
Er lachte höhnisch: »Aber sie werden sich nicht an sie machen mit ihren schmutzigen Zähnen!«
Und dumpf setzte er hinzu: »Lächerliche alte Don Quichottes!«
»Der alte Don Quichotte mag etwas lächerlich gewesen sein«, antwortete ich. »Er hatte ein tragisches Ideal, das er mit komisch wirkenden Mitteln erreichen wollte. Die Japaner haben donquichotteske Ziele, aber die Mittel, die sie zu ihrer Verwirklichung anwenden, sind perfekt und absolut modern. Sie gehen mit Ausdauer, Schweigsamkeit und Zielsicherheit ans Werk.«
Li Teh knirschte mit den Zähnen. Ich fühlte, welche Anstrengung es ihn kostete, seine Wut zu bändigen. Seine Kehle quoll über von Schreien und Schimpfworten. Aber er ließ sie nicht über die Schranke seiner zusammengebissenen Zähne. End-

lich öffnete er den Mund; er war sehr bleich geworden: »Kommen Sie heute abend in mein Zimmer!« sagte er. »Ich habe Ihnen etwas mitzuteilen.«

35

Wieder allein, beugte ich mich über mich selbst und lauschte. Einfache und entschiedene Worte formten sich in mir, klare Befehle. Das Gesicht des Unbekannten wurde mehr und mehr menschlich, bleich, eigensinnig. Ein Samurai erhob sich aus meinem Inneren, unnachgiebig und ohne Hoffnung, in eiserner Rüstung ...

Der Schrei in mir gliederte sich nach und nach in menschliche Worte.

Tat: Erhebe dich. Schämst du dich nicht? Erhebe dich!

Die letzte, die heiligste Form der Theorie ist die Tat!

Es genügt nicht zu sehen, wie der Funke von Generation zu Generation springt; du mußt springen und dich mit ihm in Brand stecken.

Die Tat ist die einzige Rettung. Sie allein kann auf die Fragen des Herzens antworten. In den komplizierten Windungen des Gehirns findet die Tat den kürzesten Weg. Sie findet ihn nicht, sie schafft ihn, indem sie rechts und links den Widerstand der Logik und der Materie bricht.

Warum hast du dich bei der Verfolgung des Unsichtbaren hinter die Erscheinungen gestürzt? Warum dieser ganze Marsch voll Liebe und Krieg durch dein Fleisch hindurch, durch deine Rasse, durch den Menschen, die Tiere und die Pflanzen?

Warum noch, jenseits all dieser Leistungen, die mystische Hochzeit, die vollkommene Berührung, das bebende bacchische Schweigen in Feuer und Licht?

Um mit neuen Augen, neuen Ohren, einem erneuerten Herzen

oder Gehirn eben da anzukommen, wovon du ausgingst, bei der kurzen und geheimnisvollen Schwingung deiner Existenz. Schau; jetzt kannst du sehen: Menschen, Pflanzen, Tiere, Götter und Dämonen stürmen vorwärts wie eine von einem unsichtbaren Wind dahingetragene Armee.

Wir werden mitgerissen von der obersten Windung wirbelnder Kräfte. Diesem Wirbel haben wir den Namen Gott gegeben. Wir könnten ihm auch irgendeinen anderen Namen geben: Abgrund, Geheimnis, Kraft, absolutes Dunkel, absolutes Licht, Materie, Geist, Schweigen.

Aber wir haben ihn Gott genannt, weil allein dieser Name unser Innerstes tief aufwühlt, indem er uralte Ängste und Sehnsüchte weckt. Diese Beunruhigung ist unerläßlich, um unmittelbar, jenseits des Denkens, mit dem Schrecklichen, dem Wesen in Berührung zu kommen.

Auf dem gewaltigen und flammenden Kreis der göttlichen Tat müssen wir klar den kleinen, glühenden Bogen unserer Epoche erkennen und den kaum wahrnehmbaren Pfeil unserer Seele, der bebend dem Schwung des ganzen Kreises folgt.

Wenn so unsere vergängliche Tat dem allgemeinen Rhythmus folgt und ihn bewußt ausprägt, stirbt sie nicht mit uns; dann verliert sie sich nicht in der mystischen Ekstase des ganzen Kreises und verachtet nicht die bescheidene und heilige alltägliche Notwendigkeit; in ihrer engen und blutigen Furche, auf ihrem winzigen Bogen von Raum und Zeit triumphiert sie über Raum und Zeit.

Denn dieser Bogen folgt dem göttlichen Schwung des ganzen Kreises.

Es liegt mir wenig daran, welches Gesicht andere Epochen und andere Völker diesem gestaltlosen und unsterblichen Wesen gegeben haben.

Die Menschen haben es mit menschlichen Tugenden besudelt; sie haben ihren Hoffnungen und ihren Ängsten ein Gesicht gegeben, ihre Anarchie einer Ordnung unterworfen, eine höhere Entschuldigung für Leben und Arbeit gefunden; sie haben ihre Pflicht erfüllt.
Aber heute sind wir hinausgegangen über dieses Bedürfnis, wir haben diese Maske des Abgrunds zertrümmert, die alte Maske kann unseren Gott nicht mehr fassen.
Unser Herz ist von neuen Ängsten erfüllt, von neuen Verblendungen und neuem Schweigen. Das Geheimnis ist wilder geworden. Gott ist über die Ufer getreten. Die dunklen Mächte schwellen an, auch sie treten über die Ufer und die ganze kleine Insel des Menschen erzittert.
Beugen wir uns über unser Herz und sehen wir ohne Zagen dem Abgrund ins Auge. Formen wir das neue, zeitgemäße Antlitz unseres Gottes aus unserem Fleisch und Blut.
Denn unser Gott ist kein abstrakter Gedanke, keine logische Notwendigkeit, kein großes, harmonisches Gedankengebäude aus Vernunftschlüssen und Phantasien.
Er ist kein Rückstand unseres Kopfes, makellos, neutral, weder männlich noch weiblich, steril, ohne Geschmack und ohne Geruch.
Unser Gott ist Mann und Frau, sterblich und unsterblich, Mist und Geist. Er zeugt, er befruchtet und tötet, ein Gott der Liebe und zugleich des Todes zeugt er und tötet er unaufhörlich – und tanzt jenseits der Grenzen der Logik.
Unser Gott ist nicht allmächtig. Er kämpft; jeden Augenblick setzt er alles aufs Spiel, er zittert und taumelt in jedem Organismus, er schreit. Unaufhörlich wird er besiegt, und unaufhörlich erhebt er sich wieder, von Blut und Staub bedeckt, und beginnt den Kampf von vorn.
Er ist von Wunden bedeckt, seine Augen sind voll Angst und

Widersetzlichkeit, seine Kiefer und seine Schläfen sind zerschmettert, aber unbeugsam kämpft er weiter.
Mit unerhörter Anstrengung beginnt er, sich am äußersten Ende seines schweren und umnachteten Kopfes Augen zum Sehen und Ohren zum Hören zu schaffen.
Er klammert sich an die warmen Körper; er schreit um Hilfe; er verkündet die Mobilmachung im ganzen Universum.
Wenn wir diesen Schrei hören, müssen wir unter seine Fahnen eilen und mit ihm zusammen kämpfen; uns retten oder mit ihm verderben.
Gott ist in Gefahr. Er ist nicht allmächtig, wir können nicht die Arme verschränken und auf seinen sicheren Sieg warten.
Er ist nicht der Allerbarmer, auf dessen Mitleid mit uns wir vertrauensvoll warten können.
In der Festung unseres Fleisches setzt Gott sich ganz aufs Spiel.
Wir sind eins. Vom blinden Wurm in der Tiefe des Ozeans bis zur unermeßlichen Arena der Milchstraße kämpft und riskiert ein einziger alles – wir selbst. In unserer kleinen irdenen Brust kämpft und riskiert ein einziges alles – das Universum.
Im so kurzen Blitz unseres Lebens fühlen wir, daß Gottes Fuß an uns seinen ganzen Halt sucht, und wir ahnen plötzlich: Wenn wir alle es innig wünschen, wenn wir alle sichtbaren und unsichtbaren Kräfte der Erde in Bewegung setzen und sie nach oben treiben, wenn wir alle zusammen, immer wachsam, Seite an Seite kämpfen, dann kann das Universum gerettet werden.
Aber alle diese Kämpfe können auch vergeblich sein. Wenn wir müde werden, wenn wir den Mut verlieren, wenn uns Panik ergreift, ist das ganze Universum in Gefahr.
Das Leben ist ein Kriegsdienst in den Armeen Gottes. Wie die Kreuzfahrer sind wir ausgezogen, – nicht mehr um das Heilige Grab zu befreien, sondern Gott selbst, der in der ganzen Materie und in unserer Seele begraben ist.

Jedes Ding, jede Seele ist ein Heiliges Grab. Heiliges Grab ist das Getreidekorn, befreien wir es! Heiliges Grab ist das Gehirn; in ihm bäumt Gott sich auf und kämpft gegen den Tod. Eilen wir ihm zu Hilfe!

Unser Gebet ist weder die Klage eines Bettlers noch ein Liebesgeständnis. Unser Gebet ist die Meldung, die der Soldat seinem General erstattet: Sieh, das habe ich heute getan. Sieh, das will ich morgen tun. Gib Befehl!

Wir reiten unter der brennenden Sonne oder in feinem Regen – mein Gott und ich – und bereden uns miteinander, blaß, hungrig, hartnäckig.

»Mein General!« Er dreht sein Gesicht zu mir, und ich schaudere, weil ich seine Angst bemerke.

Roh ist unsere Liebe. Wir sitzen am selben Tisch, wir trinken denselben Wein in dieser billigen Taverne, der Erde.

Wir stoßen mit den Gläsern an, Säbel rasseln, Haß und Liebe lärmt, wir betrinken uns, Visionen von Massakern steigen in unseren Augen auf, Städte stürzen in unserem Gehirn zusammen; und wir sind beide verwundet, und heulend vor Schmerz plündern wir einen großen Palast.

36

Der Mond geht auf, riesig, fahl, mit geschlitzten Augen.
Ich beuge mich über den Kuli, der mich in seiner Rikscha gezogen hat. Er hat vor einem Portal haltgemacht, das eine Girlande roter Laternen schmückt. Er ist in Schweiß gebadet. Seine Wangen sind hohl, seine Augen erloschen; das Opium hat ihm Fleisch und Knochen zerfressen. Der Rest von Seele, den es ihm gelassen hat, schlottert in seinem Körper wie eine alte Äffin.
»Warum rauchst du?«
Er schaut mich mit seinem trüben, wimperlosen, rot umränderten Auge an: »Herr, das Leben ist hart ...« miaute er.
Ja, das Leben ist hart, man muß rauchen. Das Opium – Religion, Kunst, Liebe, Ruhm, Ideen – ist das einzige Tor zur Rettung.
Dieser schmutzige Kuli vergißt sein Ungeziefer und seinen Hunger, wenn er die wunderbare Droge raucht. Andere rauchen Gott, eine Idee oder eine Frau. In Seide gekleidet, geht der Kuli langsam ins Paradies ein, dahingetragen vom süßen, bläulichen Rauch. Wenn er diese unwirkliche Rikscha bestiegen hat, reitet er auf der Wirklichkeit wie jene Götter auf schönen chinesischen Drucken, die mit gekreuzten Beinen auf weißen Wolkenflocken dahinsegeln.
Eine herzlose Macht, ein Drachen mit stählernen Schuppen hat diese drückende Kette der Wirklichkeit geschmiedet; sie ist schwer, ungerecht und voller Läuse. Aber der Mensch baut über dieser grausamen Welt ein zweites Stockwerk in Blau.

Der Opiumrauch erfüllt und vollendet das Werk Gottes. Das Leben, dieses zahme Huhn, verwandelt sich in einen Pfau und schlägt das Rad.
Der Wert der Seele bemißt sich nach der Qualität des Opiums, das sie einsaugt. Wehe der Seele, die nicht raucht.
Dieser Kuli ist mein Bruder im Opium. Ich lächle ihm zu. »Ja«, sagte ich zu ihm, indem ich ihm ohne Widerwillen auf die Schultern klopfte, »ja, das Leben ist hart; rauchen wir!«

Die Nacht kam über die Dächer wie ein schwarzer Panther. Einige große Sterne hängten sich als Kette um seinen Hals. Ich fühlte mich todtraurig. Die menschliche Seele ist ein Wunder, eine Quelle, die dem Schmutz des Fleisches entspringt, und sie weiß nicht, wohin sie geht, noch was sie will und warum sie diese unbegreifliche Sucht, nach oben zu streben, besitzt, nach oben und zum Leiden.
Siu-lan war diesen ganzen Tag über verschwunden. Für einen Augenblick sah ich sie sehr blaß, sehr traurig am Fenster lehnen. Das Herz der Frau ist eine Wunde, die sich nie schließt; berührt man es, und sei es mit einer Pfauenfeder, schreit es vor Schmerz.
Am Abend dieses Tages stieg ich in Li Tehs Zimmer hinauf: Ein kahles, asketisches, kaltes Zimmer. An den Wänden hing ein einziges, riesiges Bild: »Die chinesische Mauer«. Sie stieg auf und ab, ritt über die Berge, wild, unbezähmbar, wie ein Drachen gekrümmt.
»Der Arbeiter, der im Mauerwerk eine Spalte läßt, in die ein Nagel paßt, wird mit dem Tode bestraft.« Dieser Befehl des Gründungskaisers Tsche Huang Ti wurde in meinem Herzen laut. Die Reinheit ohne Makel, der Durst nach dem Absoluten, die uneinnehmbare Festung … So unser Leben bauen …
Aber die schrille Stimme Li Tehs unterbrach schroff meine

Grübelei: »Lieber Freund«, rief er in triumphierendem Ton, »ich habe eine erfreuliche Nachricht für Sie. Sind Sie bereit, sie zu hören?«
»Man ist immer bereit, gute Nachrichten zu hören«, antwortete ich, ohne indessen meiner Unruhe Herr werden zu können. Li Tehs Blick mit den gelben Lichtern schien mir grausam.
»Wir haben sie endlich!« sagte er mit dumpfer Stimme und trat näher zu mir, um meine Überraschung besser genießen zu können.
Ich spürte seinen keuchenden Atem. Und als ich ihn fragend ansah, fuhr er fort: »Viermal hat sie sich unserer Verfolgung entziehen können. Viermal in zehn Jahren. Aber jetzt ist es endlich soweit. Sie ist uns in die Falle gegangen.»
»Aber von wem sprechen Sie?« rief ich. »Ich verstehe nicht.«
»Sie brachte ihren Verbündeten Geld – den chinesischen Verrätern!« fuhr Li Teh fort, von wilder Freude fortgerissen. »Wir haben sie in flagranti erwischt. Diesmal wird sie uns nicht entkommen ... Mein Beileid, lieber Freund!«
Er streckte mir lachend die Hand hin.
»Aber um Gottes willen«, rief ich, »von wem sprechen Sie?«
»Von Ihrer Freundin ... Von Joshiro!«
(Ich stürze mich allein in jene schreckliche Nacht. Ich strecke tastend die Hände aus und spüre, daß wir zu dritt sind: die Nacht, Joshiro und ich.) Es wurde mir zu eng im Hause Li Tehs, ich erstickte hier.
»Li Teh«, rief ich, »haben Sie kein Mitleid mit ihr?«
»Mitleid?« schrie er. »Ich? Mit ihr?«
»Sie liebt Sie ...« sagte ich.
Er sah mir mit einem strengen Blick ins Gesicht; seine Stimme wurde tiefernst: »Schämen Sie sich nicht?« sagte er. »Warum vermengen Sie diese private Misere mit dem großen Kampf?«
Ich schwieg beschämt. Ich verließ das grausame Haus.

Nackte Frauen sehen, Alkohol trinken, Opium rauchen. Vergessen. Joshiro vergessen, den gefangenen Panther ... Siu-lan vergessen, mit ihrem allmächtigen und stummen Mund ... In andere Formen der Materie eintreten in dieser Nacht ... Die Kette zerreißen, die mich erwürgt ...

Der Himmel ist rein und still; auf der Erde ausgelassenes Geschrei, Gelächter und das Knirschen von Seidenkleidern. Die Cabarets öffnen. Ihre mit Drachen geschmückten Türen sind groß, breit, wie jene der Hölle. Die Stunde ist günstig: Die chinesischen Kokotten halten ihren großen Einzug.

Biegsam, schlank, ohne Brüste, ohne Hüften, gerade und scharf wie Schwerter. Eng anliegende Kleider aus blauer, schwarzer, scharlachroter Seide, mit Schlitzen an Beinen und Schenkeln. Sie gehen schnell. Bei jedem Schritt entblößt sich der nackte und lackartige Körper und glänzt wie eine stählerne Rüstung. Und über diesem gefährlichen Leib richtet sich die bestürzende Maske auf. Ein flaches Gesicht, wie das der erzürnten Kobra; die schrägen, reglosen und kalten Augen üben eine Anziehung aus, daß man, von Taumel ergriffen, sich in sie wirft.

Ein junger Chinese, mager, ärmlich gekleidet, mit einer Studentenmütze auf dem Kopf, stand an der Schwelle eines Cabarets und beobachtete. Man sah fast den Schauder auf seiner sich fältelnden Haut. Er betrachtete die Frauen, die hineingingen und eine Spur von Moschus in der lauen Nachtluft hinterließen; er betrachtete die blonden, sorgfältig gewaschenen und pomadisierten Männer, die glücklich waren, endlich all die schändlichen Begierden befriedigen zu können, die sie heimlich ausbrüteten. Hier befreit sich das Totem, es steigt an die Oberfläche.

Die Augen des armen Studenten starrten alles lange, gierig an. Ich hatte Mitleid mit diesem jungen Körper, der sich keuchend an der Schwelle des Glücks verzehrte.

»Guten Abend, junger Mann«, sagte ich, »wenn Sie wollen, gehen wir hinein; ich spendiere Ihnen ein Glas ... und eine Frau, wenn Ihnen danach ist.«
Er drehte sich um und musterte mich schweigend. Er öffnete die Lippen; er begann grauenhaft zu lachen, wie ein Totenschädel.
»Sie verstehen?« sagte ich zu ihm.
»Ja, ja, ich verstehe«, antwortete er schroff in einem lispelnden Englisch. »Likör ... Frauen ... Sie sind ein satter Bourgeois, nicht wahr?«
»Sie sind ein Kommunist, nicht wahr?«
»Ich bin ein Mann, der leidet, damit genug!« sagte er und schaute wieder in den hell erleuchteten Saal.
Auf dem glänzenden Parkett wurde getanzt. Alle Geschlechter: Frauen, Männer, weibische Jünglinge, junge androgyne Mädchen, Eunuchen ... brüllende Engländer und Amerikaner, blond, mit den viereckigen Schultern von Pseudo-Athleten. Die männlichen und weiblichen gelben Vampire sogen ihnen das Blut aus.
»Auch ich leide«, antwortete ich.
Der junge Mann drehte sich um; er betrachtete mich wieder; er schüttelte den Kopf.
»Woran?« fragte er.
Was antworten? Ich war sprachlos. Liebesleid erschien mir in diesem Augenblick so belanglos, als Luxus und Zeitvertreib eines satten Bourgeois. Ich schämte mich vor diesem heftigen und armen jungen Mann, der an einer unendlich edleren Wunde zu leiden schien.
»Sehen Sie!« höhnte er, »Sie wissen nicht, woran Sie leiden. Schlechte Verdauung?«
»Gehen wir hinein!« sagte ich. »Man unterhält sich drinnen besser.«

»Nein!« sagte der junge Mann abweisend.
»Aber warum sind Sie dann hierher gekommen?«
»Um zu sehen... Um meine Augen anzufüllen... Dann in mein Zimmer zurückzukehren und ...«
Er zögerte, er fand das Wort nicht.
»Und zu weinen?« sagte ich.
»Zu weinen!« rief er wütend aus.
»Ich verstehe«, sagte ich darauf und berührte seinen Arm; »werden Sie bitte nicht zornig. Ich verstehe jetzt, dieses ekelhafte Schauspiel peitscht Ihre Tugenden auf, es reizt Sie zum Kampf. Nicht wahr, Sie wollen Gerechtigkeit in die Welt bringen?«
»Welche Gerechtigkeit?« rief er. »Ho, ho, Sie müssen ein idealistischer und sentimentaler Bourgois sein. Die Gerechtigkeit, ho, ho!«
Wie gut ich diesen tragischen Spott, diese herzzerreißenden Hohnrufe verstand! Die Gerechtigkeit! Ja, dieser gelbe Student hatte recht. Welche Gerechtigkeit?
Ein verwundetes und stolzes Herz fragt nicht nach der Gerechtigkeit; sie genügt ihm nicht; es verachtet sie. Diese armselige Tugend taugt für die Herde, für die Herzen von Bettlern, die sich mit einem Stück Brot zufriedengeben und die fette Hand lecken, die es ihnen gespendet hat.
»Die Gerechtigkeit!« murrte der junge Student zwischen seinen faulen Zähnen. »Die Gerechtigkeit! Nein, sondern die Rache! Eine Rache, die größer ist als ihre Verbrechen, eine schreckliche, schöne, ungerechte Rache!«
Er wandte sich zu mir, vor Kälte zitternd: »Sie verstehen?«
Er musterte mich wieder, und wieder schüttelte er verächtlich den Kopf.
»Nein, nein!« sagte er, »Sie verstehen nichts! Gehen Sie hinein! Setzen Sie sich zu Ihren Brüdern. Amüsieren Sie sich gut und jetzt schnell!«

Er drängte mich in den Saal und schloß die Tür, wobei er sein schreckliches Totenschädel-Lachen ausstieß.
Ich ging in eine Ecke und setzte mich für mich allein.
Ja, ich verstand den jungen Chinesen mit dem revoltierenden Herzen; aber ich wollte dieses Schauspiel, das die stolzen Herzen aufreizt und sie zur Rache treibt, sehen, hören und langsam in mich saugen. Ich wollte teilnehmen an diesen Freuden, die nur für sentimentale und schwache Seelen gefährlich sind, und den Wert meiner Seele prüfen, indem ich sie in die Gefahr stieß ...
»Und Siu-lan?« sagte ich, »und Joshiro?«
Sie waren schon weit, weit weg, am anderen Ufer.

Einsam auf der Lauer in meiner Ecke, wie ein Rabe, der wartet, bis die Reihe an ihm ist, genoß ich dieses Schauspiel vor mir, das meine Rasse erniedrigte.
»Freßt, ihr Tiere, sauft, umarmt euch, macht schnell!« krächzte der Rabe tief drinnen in meinem Hals.
Je weiter die Nacht vorschritt, um so munterer wurden die Frauen, während die Männer mehr und mehr ihre Seele verloren. Bei Morgengrauen wird sich ohne Zweifel die ganze weiße Bande auf dem schmutzigen Parkett wälzen, und die gelben Frauen werden den Kopf heben und sich lange die Lippen lecken.
Eine schöne Chinesin, die neben mir auf dem samtenen Diwan saß, rauchte ihre kleine, duftende Zigarette und betrachtete mich, ohne zu lächeln.
Ich streckte die Hand aus, um mich zu vergewissern, daß es sie wirklich gab; daß ihr Fleisch der Berührung widerstand und daß ihre so glatten und so schwarzen Haare nicht bloß eine Verdichtung des Äthers waren. Und ich war zufrieden festzustellen, daß dieser Körper existierte.

Ich fühlte, wie meine Seele zögerte angesichts des ewigen Weges, der sich bei jedem Schritt gabelt. Sie ist voll unbefriedigter Neugierde, diese Seele, sie resigniert nicht und will auf keine irdische Versuchung verzichten; andererseits ist sie zu stolz, um sich verrohen zu lassen.

Ich appellierte in dieser Nacht an den wollüstigen und zugleich beherrschten Genius meiner Rasse, der in einer tragischen Vision Geistesklarheit und Trunkenheit harmonisch zu vereinigen wußte.

Ich verschlang diese Paarungen von Gelb und Weiß mit den Augen, und ohne Zorn und ohne Mitleid das innere Tier, mein Totem, ins Auge fassend, sagte ich mir: »Von den drei Wegen, o meine Seele, die du unter den Sirenen schweifst, von den drei Wegen, o meine Seele: entweder dich ganz und gar den Freuden der Erde hinzugeben und zu verfaulen, oder dich jeder Freude zu enthalten und im Geruch der Heiligkeit zu sterben, ist der dritte Weg, jener des unersättlichen und schlauen Odysseus, immer noch der beste!«

37

Kurz vor Morgengrauen kehrte ich nach Hause zurück. Ich öffnete leise die Tür und ging um Ing-Pei herum, den kleinen Wandschirm, der im Eingang jedes chinesischen Hauses steht und die bösen Geister daran hindert, in den Hof einzudringen. Denn die bösen Geister – die Blicke der Passanten – können nur geradeaus gehen.

Ich gelange, im Zickzack gehend, in den Hof, ich durchquere den kleinen, in Blüte stehenden Garten.

Ich bleibe einen Augenblick stehen, um den Duft des Frühlings zu atmen. Ja, das Leben ist sehr einfach, das Glück eine echte Frucht der Erde. Die im Boden verwurzelte Pflanze, sich von Wasser, Luft, Sonne nährend, immerwährendes Aufquellen des Saftes und frei geregelte Architektur – sie ist das höchste Vorbild, die dem großen Atem des Universums treueste Kreatur.

Warum haben wir den Weg der Pflanze verlassen?

Warum hat das Leben diese sichere Form verlassen, um statt dessen am abenteuerlichen, unsicheren, von Gefahren gespickten Los der Tiere teilzunehmen? Wer ist denn der große, leichtsinnige und stolze Spieler, der plötzlich um seinen ganzen Einsatz spielt?

Hier in China kann der weiße Mensch, das unruhige und räuberische Tier, endlich den großen und angemessenen Ton wiederfinden. Die Norm. Das Spiel des großen Unbekannten ist hier konservativer und klüger. Sich in Einklang bringen mit Erde, Himmel und Tod. Seine Grenzen anerkennen. Seinen Wirkungskreis mit den Tugenden des Alltags erfüllen. Keine Sprünge machen wollen, nicht tanzen wie ein Betrunkener. Ganz einfach gehen in festem, taktmäßigem Schritt. Zwar Würde zeigen, aber gepaart mit Anmut. Denn wie könnte man mit gerunzelter Stirn zur höchsten Weisheit gelangen?

Siu-lan wird meine große Lehrerin sein. Die geballte Kraft und die geschmeidige Anmut. Sie allein kann meine unersättlichen Lippen, die bis jetzt nur laut lachen oder sich ineinander verbeißen konnten, das Lächeln lehren ...

Jadefarben verblich der Mond am Horizont; wie ein großer Feuerfunke zuckte der Morgenstern im Osten.

»Ich werde nicht schlafen gehen«, sagte ich zu mir selbst; »die Stunde ist zu schön; selbst der schönste Traum käme ihr nicht gleich. Gehen wir auf die Straße! Überraschen wir die Stadt bei ihrem Erwachen.«

Aber in dem Augenblick, als ich mich umdrehte, zeigte sich plötzlich ein Schatten hinten in dem kleinen Garten, der schon ins Morgenlicht getaucht war.

Ich hörte ein Klirren von Armbändern und roch den süßen Duft von Gewürznelken.

»Siu-lan!«

Siu-lan kam langsam zwischen den Bäumen nach vorne; bald glänzten ihr Gesicht, ihr Hals, ihre Hände schwach auf im meergrünen Licht der Morgendämmerung, bald verschwand sie wieder im unruhigen Schatten des Laubwerks. Als ob Siu-lan in jedem Augenblick stürbe und wiederauferstände.

Ich war so glücklich, daß ich durch keine heftige Bewegung diese unaussprechliche Minute stören wollte.

Ach! wenn die Zeit unbeweglich in ihr verharren könnte! Mein ganzes Leben lang diesen ersehnten Leib sich nähern, sich nä-

hern und niemals ankommen zu sehen! Diesen von einer unbekannten Rasse gewürzten Duft zu spüren!
Aber Siu-lan stand schon lächelnd vor mir.
»Siu-lan«, sagte ich leise, »warum?«
»Ich konnte nicht schlafen«, antwortete sie; »verzeihen Sie ...«
Ich nahm sanft ihre Hand:
»Siu-lan, Sie zittern ...«
»Mir ist kalt.«
Sie verbarg ihre Hände tief in den weiten Ärmeln ihres Kleides.
Ein Hahn krähte im Hof; das süße Gezwitscher der kleinen Vögel begann in den Zweigen, scheu, fieberhaft, wie das Irrereden Verliebter. Ich fühlte mein Herz erfrischt von einer Erde voll jungen Laubes und Johanniswürmchen.
Siu-lan schlug die Augen auf; ihr Hals schimmerte im jungen Licht.
»Die Lerche«, sagte sie leise.
Bei diesem Wort ging mein Herz über.
»Siu-lan«, sagte ich, »Siu-lan ...«
Und gierig nahm ich ihr Gesicht zwischen meine Hände.
Aber als ich meine zitternden Lippen senkte, machte sich Siulan mit der Geschwindigkeit eines wilden Tieres los. Sie bückte sich bis zur Erde nieder, sie umfing demütig meine Knie.
»Was tun Sie, Siu-lan?«
Aber sie drückte schweigend meine Knie an ihre Brüste.
Ich fühlte, wie mein ganzes Sein vor Zärtlichkeit schmolz. Gänzliche, gehorsame, jubelnde Vereinigung, Glück des jungen Blattes, das, fest mit dem Zweig verbunden, tanzt!
Mit gerecktem Kopf sang tief in meinem Herzen die Lerche.
Ich fühlte die Verschwörung der Dinge, die sich heimlich um mich herum anbahnte, die Morgenstunde, den singenden Vogel, die halb aufgelösten Haare der Frau, die den uralten,

warmen und verwirrenden Duft ausatmeten, und in mir den geheimnisvollen Verräter, der sich anschickt, die Festung zu öffnen …

Einen Augenblick lang hielt ich dieses unaussprechliche Beben auf der Schwelle vor der Erfüllung der Sehnsucht fest. Ich weiß nicht, welches Glück das größere ist: an der Schwelle der Freude zu stehen und sich zu sagen: »Wenn ich will, trete ich ein; wenn ich nicht will, trete ich nicht ein, ich bin frei.«

Oder aber, ohne einen Augenblick zu verlieren, die Schwelle zu überschreiten und einzutreten … Ich glaube, daß jenes Beben an der Schwelle die höchste Freude ist.

Plötzlich fuhr Siu-lan auf. Sie erhob sich, lauschte ängstlich. Die innere Tür, die zum Garten führte, öffnete sich, und auf der Schwelle erschien gewaltig, in Weiß gekleidet, erschreckend blaß der alte Mandarin.

»Der Vater!« flüsterte Siu-lan regungslos.

Der Alte schaute uns mit fassungslosem Auge an; die schwere Masse seines Fleisches rührte sich nicht; er machte einen Schritt. Er sah sehr müde aus; er blieb stehen, er seufzte tief wie ein Stier, dem man die Kehle durchschneidet.

Er machte noch einen Schritt auf uns zu; wieder blieb er stehen, als ob er sich nicht mehr bewegen könnte. Als ob die Entfernung zwischen ihm und seiner Tochter unendlich wäre und er nicht wagte, sie zu durchmessen.

Siu-lan hatte sich aufgerichtet; regungslos sah sie starr auf den Alten, der im milden Licht wankte. Ich bemerkte, daß sie am ganzen Leib zitterte.

»Siu-lan«, sagte ich leise, indem ich ihre Hand nahm.

Ich wollte sie an mich ziehen; aber sie machte sich los, sie hatte Mitleid mit ihrem Vater und machte atemlos die wenigen Schritte, die sie von ihm trennten; sie legte die beiden Hände zusammen und grüßte.

Der alte Mandarin streckte den Arm über Siu-lan aus, als ob er sie beschützen wollte.
Das Mädchen schmiegte sich an seine Brust, und eng umschlungen verschwanden beide langsam im Haus.

38

Mit aufgewühltem Herzen ging ich in mein Zimmer. Die ersten Strahlen der Sonne waren schon hereingedrungen, und sie erleuchteten einen kleinen Strauß gelber Blumen auf einem schwarz lackierten Tisch. Ich erkannte sie zitternd. Hatte nicht Siu-lan sie gesammelt an einem glücklichen Abend im Garten des Buddha aus Jade?
»Siu-lan ...« murmelte ich, und der Kopf drehte sich mir. Siu-lan, ihre feste Brust, an meine Knie gepreßt, die vor Verlangen einknickten ... Mir auf die Lippen beißend, schiebe ich diese wilde Freude beiseite. Ich lasse meinen trüben Blick durch das Zimmer schweifen, das vom Morgenlicht zart erleuchtet wird. An den Wänden erwachen die Inschriften, schwarz auf Gelb, beunruhigend. Wieder der geheimnisvolle Dschungel der chinesischen Schrift, die einen so bewegt ...
Erschrocken betrachtete ich diese Inschriften auf den Seidenbändern, eine nach der anderen. Li Teh hatte sie mir mit seiner schneidenden Stimme übersetzt. Jene dort über der Tür: »Der Barbar hat eine aufrührerische Seele; er ist nicht Meister seiner selbst; er stört die Ordnung des Universums.« Jene über meinem Bett: »Der Mensch muß zur Vollendung gelangen, um sein eigenes Gesetz zu erfüllen.« Und die dritte, ein einziges Wort, über meinem Arbeitstisch: »Tao«.
Ich fühle Erbitterung in mir. Alle diese strengen Worte wollen meiner Natur, die sich nur in der Revolte aufschwingt, einen fremden Rhythmus aufzwingen. Was ist der Weg zur Erfüllung meines eigenen Gesetzes? Die Ordnung zu stören, die

Etikette zu zerbrechen, vom Weg der Vorfahren abzuweichen. Zu schweifen im Verbotenen, in den stolzen und gefährlichen Regionen des Ungesicherten. Ohne mit der Wimper zu zukken, den Fluch von Vater und Mutter zu empfangen, noch mehr: ihn wie einen Segen zu empfangen. Den Mut zu haben, allein zu sein.

Ach! könnte ich nur die Starre, die Siu-lans edle Seele lähmt, erschüttern!

Ich sah sie wieder, an die gewaltige Brust ihres Vaters geschmiegt, im Schatten verschwinden. Ich fühlte mich besiegt; sie hatte einen Augenblick lang gezögert, aber schnell hatte sie den Kopf gesenkt und sich dieser Fleischmasse ergeben.

Ich streckte mich auf dem Bett aus und schloß die Augen. Nach und nach beruhigte sich mein Herz.

Schrille Rufe ließen sich in mir vernehmen, Zischen, ein spöttisches Gelächter. Ich sprang vom Bett.

All mein Schmerz verschwand ... Er hatte einen Sinn angenommen, der mein elendes Sein unendlich überstieg.

In dem Augenblick, wo ich mich wollüstig – wie ein Schwein – in den Übelkeit erregenden Tümpel meines Ichs stürzte und diese tragikomische Nebensache (daß ein Mann und eine Frau sich lieben) mich glücklich zu machen drohte, schrie einer in mir, und ich spürte einen Peitschenhieb.

Ach! könnte ich nur in diesem rosafarbenen Tümpel versinken! Könnte ich umarmen, vergessen, schlafen! Die Seele sich im üppigen und stillen Fleisch entfalten lassen wie eine fettblättrige Pflanze, die sich im Morast nährt ...

Aber da erschallte das spöttische Lachen, und die Peitsche klatschte wieder.

Wenn ich mich wenigstens an der großen Vision freuen könnte! Gibt es doch keinen höheren und steileren Gipfel, keinen reineren Genuß! Was kann man mehr ersehnen?

»Ich verzichte auf die Freuden des Fleisches, des Vergessens und des Schlafens. Ich verlange nur nach dieser heroischen Vereinigung mit dem kraft des Verlangens sichtbar gemachten Unsichtbaren.«
O schrecklicher Mund, der du in mir: Hilfe! schreist. Sieh, ich lasse dich, Siu-lan; aber laß du mir die ungeteilte Freude der höchsten Kontemplation. Jenseits von ihr wagt nichts zu existieren!
Ein höhnisches Lächeln erklang in meinem Herzen; eine klare Stimme erhob sich in mir und schalt mich:
»Gott ist kein Schwein, kein Philosoph, kein Asket. Er ist ein Krieger auf dem Marsch. Marschiere mit ihm! Laß deine kleinen Freuden und deine lächerlichen Tugenden! Gut ist alles, was sich aufschwingt und Gott zu Hilfe eilt; schlecht alles, was nach unten sinkt und Gottes Marsch behindert. Sei gut – das heißt tapfer, unersättlich und erbarmungslos.«
Ich hörte die Stimme und wurde rot vor Scham …
Wir sind elend, wir Menschen, träge und armselig. Aber in unserem Inneren treibt uns ein Wesen, das höher ist als wir, unerbittlich voran, tötet uns, steigt über uns hinweg und verschwindet.
Aus diesem Menschenschlamm steigen göttliche Lieder auf, große Ideen, leidenschaftliche Liebe, ein unablässiges Anstürmen ohne Anfang und Ende, ohne Ziel, jenseits jeden Zieles.
Eine solche Masse aus Schlamm ist die Menschheit, ist jeder von uns. Was ist unsere Pflicht? Uns anzustrengen, bis dieser Mist aus Fleisch und Gehirn eine kleine Blume hervorbringt.
Trachte danach, aus allen Dingen Gott zu machen, aus deinem Fleisch, deinem Hunger und deiner Angst, deiner Tugend und Sünde.
Das Licht geht aus von einem Stern, und unsterblich fließt es

durch die schwarze Ewigkeit. Der Stern stirbt, das Licht nie: So verhält es sich auch mit dem Schrei der Freiheit.
Trachte danach, aus dieser vorläufigen Begegnung gegensätzlicher Kräfte, die deine Existenz bilden, das einzig Unsterbliche zu schaffen, das der Sterbliche auf dieser Erde schaffen kann – einen Schrei.
Ewig ertönt dieser Schrei, während er den Körper, der ihn erzeugte, auf Erden zurückläßt.
Diesem Rhythmus gab ich mich hin, ich legte meinen kleinen Liebesschmerz beiseite und ließ mich zur großen Liebe fortreißen.
Eine ungestüme Liebe durchdringt das Universum. Sie ist wie Äther: härter als Stahl, zarter als Luft.
Sie öffnet, sie durchdringt alle Dinge – und verschwindet.
Sie legt sich nicht zur Ruhe im geliebten Einzelnen. Sie sperrt sich in keinen lieben Körper ein. Sie ist die kämpferische Liebe. Hinter den Schultern des Geliebten sieht sie die Menschen wie Wellen schwanken und brüllen; sieht sie Tiere und Pflanzen sich paaren und sterben. Sie hält einen Augenblick inne, und schnell zerschmettert sie die Körper, um sich durch Blut und Tränen einen Weg zu bahnen!
Liebe! Welch anderen Namen könnte man der drängenden Kraft geben, die, von der Materie fasziniert, dieser ihr Gesicht aufprägen will?
Sie betrachtet den Körper und will ihn durchdringen und sich mit dem anderen Liebesschrei vereinigen, der in diesen Körper eingesenkt ist; sie will einswerden mit ihm, sich verlieren und will, daß sich alle beide im Sohn als Unsterbliche wiederfinden.
Sie nähert sich der Seele und will sich mit ihr vereinigen, damit das Ich und das Du verschwinden; sie weht über die Menschenmassen, und indem sie den Widerstand von Geist und

Körper bricht, will sie nur den Atem eines jeden mit dem des anderen vereinen, damit daraus ein gewaltiger Wind entsteht, der die Erde in die Höhe trägt!
Die Liebe ist der Hauch Gottes, sein Atem auf der Erde!
Er kommt über die Menschen, wie es ihm gefällt. Als Tanz oder Sehnsucht, Hungersnot, Religion oder Morden. Er fragt uns nicht.
Gott plagt sich ab, im Backtrog der Erde das Fleisch und die Gehirne zu kneten, in den unerbittlichen Wirbel seiner Rotation diesen ganzen Teig zu werfen und ihm sein eigenes Gesicht zu geben.
Die Materie ist die Frau meines Gottes. Die beiden kämpfen miteinander, lachen und weinen, schreien im Schlafgemach des Fleisches.
Zwei heftige, entgegengesetzte Winde sind sich begegnet, der eine männlich, der andere weiblich; an der Kreuzung des Nichts geraten sie aneinander. Für einen Augenblick halten sie sich das Gleichgewicht, verdichten sie sich, werden sie sichtbar.
Diese Kreuzung ist das Universum. Diese Kreuzung ist mein Herz.
Gott erstickt nicht vor Ekel. Er verzweifelt nicht in unseren verseuchten Eingeweiden. Er macht sich an die Arbeit, er schreitet voran, er zehrt das Fleisch auf, er klammert sich an den Leib, das Herz, das Geschlecht, das Gehirn des Menschen.
Er ist kein guter Familienvater. Er verteilt unter allen seinen Kindern das Brot und den Geist nicht zu gleichen Stücken. Die Ungerechtigkeit, die Härte, der Zorn und der Hunger sind die vier Pferde, die seinen Wagen über unsere steinige Erde ziehen.
Nie zeugt sich Gott zusammen mit dem Glück, der Behaglichkeit oder dem Ruhm, sondern mit der Schande, dem Hunger und den Tränen.
In jeder entscheidenden Epoche wagte sich eine Avantgarde

unter den Menschen nach vorne, als Trägerin Gottes, und kämpfte und nahm die ganze Verantwortung für den Kampf auf sich.
Früher waren das die Könige und die Priester, die Herren, die Bürger – sie schufen die Zivilisationen und befreiten die Gottheit.
Heute ist Gott ein von Überanstrengung, Zorn und Hunger erbitterter Arbeiter. Er riecht nach Tabak, Wein und Schweiß. Er flucht, er hat Hunger, er zeugt Kinder, er kann nicht mehr schlafen, er schreit in den Kellerwohnungen und in den Mansarden der Erde.
Die Luft ist eine andere geworden. Wir atmen einen erstickenden Frühling, der von Blütenstaub schwer ist. Stimmen erheben sich. Wer schreit? Wir Menschen sind es, die schreien – die Lebenden, die Toten und die Ungeborenen. Aber gleich erstickt uns die Angst.
Wir vergessen aus Faulheit, aus Gewöhnung, aus Feigheit. Aber da zerreißt abermals der Schrei wie ein Adler unsere Brust: »Verbrenne dein Haus, ich komme! Wer ein Haus hat, kann mich nicht empfangen!
Verbrenne deine Ideen, zerbrich deine vernünftelnde Vernunft! Wer die Lösung gefunden hat, kann mich nicht finden.
Ich liebe die Hungrigen, die Ruhelosen, die Vagabunden. Sie sind es, die ewig an den Hunger denken, an die Revolte, an den endlosen Weg – an Mich!
Ich komme! Verlaß deine Frau, deine Kinder, deine Ideen und folge mir. Ich bin der Große Vagabund.
Komm an meine Seite! Laß die Freude und den Schmerz, den Frieden, die Gerechtigkeit und die Tugend unter dir. Voran, pack diese kleinen Abgötter zusammen, zerschmeiße sie. Sie können mich nicht fassen. Zerschmettere auch dich selbst, damit ich hindurchgehe.«

Legen wir Feuer! Das ist unsere große Pflicht heute, in einer so verlotterten und hoffnungslosen Welt.

Krieg den Ungläubigen! Ungläubig sind die Zufriedenen, die Satten, die Unfruchtbaren. Unser Haß ist unerbittlich: Er weiß, daß er auf tiefere Weise der Liebe dient als die kleinen Zärtlichkeiten.

Wir hassen, wir finden uns nicht ab, wir sind ungerecht, hart, voller Unruhe und Glauben, wir streben nach dem Unmöglichen wie die Liebenden.

Legen wir Feuer, damit die Erde sich reinige. Damit sich der Abgrund zwischen dem Guten und dem Bösen noch tiefer öffne. Damit die Ungerechtigkeit zunehme und der Hunger komme und unser Inneres verzehre. Sonst ist keine Rettung!

Wir durchleben einen entscheidenden und stürmischen Augenblick; eine Welt bricht zusammen, die andere ist noch nicht geboren. Unsere Epoche ist kein Augenblick des Gleichgewichts, wo die Höflichkeit, der Friede und die Liebe fruchtbare Tugenden wären.

Wir leben den schrecklichen Sturmangriff, wir steigen über die Feinde, wir steigen über die zurückbleibenden Freunde, wir setzen unser Leben aufs Spiel in der Finsternis, wir ersticken, wir können in den alten Ideen, Tugenden und Taten nicht mehr atmen.

Der Wind der Vernichtung bläst. Dieser Wind ist heute der Atem unseres Gottes. Setzen wir unsere Segel!

Der Wind der Vernichtung ist der erste tanzende Schritt des schöpferischen Orkans. Er bläst über die Köpfe und Städte. Er reißt die Ideen und die Häuser nieder. Er durchfährt die Einöden, er schreit: »Seid bereit!«

Das ist unsere Epoche, die Luft, die wir atmen, der Dreck, der uns zuteil wurde, das Brot, das Feuer und der Geist.

Akzeptieren wir die Notwendigkeit mit heroischem Sinn. Der

Krieg fiel uns als Erbteil zu. Schnallen wir unseren Gürtel eng, rüsten wir unseren Körper, unser Herz und unser Gehirn. Beziehen wir unseren Posten in der Schlacht.

Der Kampf ist der Herr unserer Zeit. Heute ist nur der Kämpfende ein redlicher und tugendhafter Mensch. Denn er allein schafft, treu dem großen Atem unserer Epoche, vernichtend, hassend, sich sehnend, eine neue Ordnung.

Das Wesen unseres Gottes ist dunkel; er reift erst heran, der Sieg wird vielleicht durch jede unserer heroischen Taten gewisser; vielleicht auch ist diese unsere ganze Qual um Rettung und Sieg unerheblich, gemessen am Wesen der Gottheit.

Wie dem auch sei, wir kämpfen ohne Gewißheit, und darum, weil unsere Tugend ihres Lohnes nicht sicher ist, gewinnt sie höchsten Adel.

Wir lieben nicht mehr, wir hassen nicht mehr wie früher. Alle Dinge erlangen ihre Jungfräulichkeit wieder. Das Brot, das Wasser und die Frau bekommen einen neuen Geschmack.

Jeder hat seinen eigenen Weg, der ihn zum Heil führt – der hier die Tugend, jener dort die Sünde und das Laster.

Wenn der Weg, der dich zu deinem Heil führt, die Krankheit ist, die Lüge, die Ehrlosigkeit, mußt du dich in Krankheit, Lüge und Ehrlosigkeit stürzen, um über sie hinauszugehen. Anders kannst du nicht gerettet werden.

Wenn der Weg, der dich zu deinem Heil führt, die Tugend ist, die Freude, die Wahrheit, mußt du dich in die Tugend, die Freude und die Wahrheit stürzen, um über sie hinauszugehen. Anders kannst du nicht gerettet werden.

Wir bekämpfen unsere Leidenschaften nicht durch eine reine, blutleere, neutrale Tugend, die sich nicht die Hände beschmutzen will. Sondern durch andere, heftigere Leidenschaften.

Wir lassen unsere Türe offen für die Sünde. Wir verstopfen unsere Ohren nicht, aus Angst, die Sirenen zu hören. Wir bin-

den uns nicht, aus Schwäche oder List, an den Mast einer großen Idee; wir haben Vertrauen zu unserer freien Kraft.
Wir verlassen nicht mehr unser Schiff und richten uns nicht mehr zugrunde, wenn wir die Sirenen hören und sie umarmen.
Sondern wir packen die Sirenen bei den Haaren und werfen sie in unser Schiff und fahren mit ihnen davon.
Das, Kameraden, ist unsere neue Askese.
Gott schreit in unserem Herzen: »Rette mich!«
Gott schreit in den Menschen, den Tieren, den Pflanzen, in der Materie: »Rette mich! Höre dein Herz und folge mir, zerbrich deinen Körper, sieh um dich! Wir sind alle eins.
Liebe den Menschen, denn das bist du.
Liebe die Tiere und die Pflanzen, denn sie waren du und folgen dir jetzt als treue Mitarbeiter und Diener.
Liebe deinen Körper; durch ihn allein kannst du auf dieser Erde kämpfen und die Materie in Geist verwandeln.
Liebe die Materie; ich, Gott, klammere mich an sie und kämpfe. Kämpfe mit mir!
Stirb jeden Tag. Werde jeden Tag neu geboren. Verleugne jeden Tag alles, was du besitzt. Der größte Wert besteht nicht darin, frei zu sein, sondern für die Freiheit zu kämpfen!«

39

Als ich gegen Mittag mein Zimmer verließ, spürte ich in meinem Kopf eine dunkle Trunkenheit.
Das Wetter war sehr schön, lau, der von allen Seiten umschlossene Garten summte, süß und verhalten, wie eine lyrische Strophe.
Li Teh war noch nicht herabgekommen; er arbeitete fanatisch; ich hatte den ganzen Morgen seine Schritte über meinem Zimmer gehört; unruhig, nervös, fast hüpfend war er auf und ab gegangen.
Am anderen Ende des Gartens sah ich Siu-lan. Blaß, mit über der Brust gekreuzten Händen stand sie da; ihre Augen schienen größer geworden, mit regungslosem Blick.
Ich grüßte sie von fern, indem ich mich wortlos verneigte. Aber sie bemerkte es nicht. Sie hatte ihre Augen auf das Fenster ihres Bruders im ersten Stock gerichtet.
Vor der Tür rauchte der alte Mandarin, in seinem Lehnstuhl versunken. Er glich jenen gewaltigen Elefanten aus Granit, die, in der chinesischen Ebene hingelagert, eine ungeheure, stille Landschaft bewachen. Er wirkte sehr ruhig, hatte aber die grünliche Blässe eines Leichnams. Wenn sein Auge auf mir lastete, fühlte ich eine unerträgliche Beklemmung.
Ich machte ein paar Schritte auf Siu-lan zu; sie hatte sich noch nicht bewegt; deutlich erkannte ich jetzt ihre verstörten Gesichtszüge.
»Siu-lan …« sagte ich leise, um sie nicht zu erschrecken. »Siulan!«

Sie wandte sich um und sah mich überrascht an, als ob sie meine Anwesenheit hier im Hause nicht erwartet hätte. Aber schnell faßte sie sich, sie überwand sich, und ein trauriges Lächeln zitterte um ihre Lippen.

Ich machte eine Bewegung, um ihre Hand zu fassen, aber der alte Mandarin regte sich schwer in seinem Lehnstuhl, und ich hielt mich zurück.

Ich schaute Siu-lan mit dem Dünkel des Mannes an, der die von der Liebe zerrüttete Frau betrachtet.

»Siu-lan«, sagte ich lächelnd, »warum diese Traurigkeit?«

Sie warf mir einen empörten, strengen Blick zu, und eine düstere Flamme erhellte ihr ganzes Gesicht.

»Nein, es ist nicht die Liebe«, dachte ich erschrocken, »es ist nicht die Liebe.«

»Schlechte Nachrichten?« fragte ich leise.

»Ja …« antwortete sie mit erstickter Stimme.

Sie rang nach Atem; leidenschaftlich kamen die Worte aus ihrem Mund: »Verraten … Unsere Generäle bestochen … Die japanische Armee rückt vor.«

»Wann? Wie?« rief ich, »Siu-lan, sprechen Sie, ich flehe Sie an!«

Aber Siu-lan zuckte nur nervös die Achseln. Sie zitterte am ganzen Leib.

»Ihre Joshiro …« begann sie dumpf.

Das Wort blieb ihr im Hals stecken. Li Teh hatte sich mit seinem lautlosen Tigerschritt genähert und stellte sich zwischen Siu-lan und mich.

Er war sehr bleich; in wenigen Stunden war er schrecklich verfallen. Er beachtete mich überhaupt nicht; behutsam nahm er die kleine Hand Siu-lans in seine Hände: »Siu-lan«, sagte er leise, »verzeihen Sie, ich muß Sie um einen großen Gefallen bitten.«

Siu-lan verneigte sich, wobei sie etwas zitterte.

»Es handelt sich um einen Auftrag, der unseren Freunden überbracht werden muß. Wir können ihn niemandem anvertrauen... Nur zu Ihnen, Siu-lan, haben wir Vertrauen. Wollen Sie diese heikle Mission übernehmen?«
Siu-lan verneigte sich wieder; ich hörte ihren ruckartigen Atem. Der alte Vater hinten im Garten wurde unruhig und horchte auf. Die beiden Kanarienvögel im Käfig über der Tür begannen, mit göttlicher Unbekümmertheit zu singen.
»Wollen Sie?« fragte Li Teh wieder mit sanfter Stimme.
»Ja ...« hauchte Siu-lan.
»Es ist nicht ungefährlich ...« sagte Li Teh mit Nachdruck.
Da sah Siu-lan auf, und ein Lächeln wilder Trauer zitterte auf ihren Lippen: »Um so besser!« sagte sie mit plötzlich fester Stimme.
Ich fühlte, wie meine Knie weich wurden. Die Welt verblaßte... Ich sah meinen Traum dahinschwinden. Der Atem, der Duft, die Wärme Siu-lans würden mich also nicht begleiten in diesem kurzen, harten Leben! Diese so sehr erträumten Abende voll Ruhe und Glück; diese tiefe Lust, eine fremde Rasse kennenzulernen, indem ich diese Frau verstehen lernte, und die Kinder, die aus diesen beiden Körpern, dem gelben und dem weißen, hervorgehen würden – alles verloren!
Ich spürte, wie eine große Träne über meine Wange lief. Wütend zerdrückte ich sie mit meinen Fingern.
»Schämst du dich nicht? Schämst du dich nicht?« wiederholte ich in mir voll Abscheu. »Schämst du dich nicht?«
Li Teh wandte sich zu mir. Seine Zähne glitzerten bissig.
»Ihre Joshiro«, sagte er, als ob er den von Siu-lan begonnenen Satz zu Ende führen wollte, »Ihre Joshiro wird in wenigen Tagen den Hunden vorgeworfen werden! Siu-lan wird ihr den Tod bringen.«
Seine Stimme zitterte vor Wut.

»Haben Sie eine Botschaft für sie?« setzte er mit einem kurzen, scheußlichen Lachen hinzu.
Ich fuhr auf. Ich hatte diese junge Japanerin, die häßlich, zynisch und grausam war, nie geliebt; aber in diesem Augenblick fühlte ich mich für immer an ihrer Seite.
»Ja«, sagte ich, die Herausforderung annehmend. »Ich habe ihr etwas zu bestellen.«
»Vertrauen Sie es Siu-lan an, wenn Sie wollen«, sagte Li Teh hart. »Soll ich mich zurückziehen?«
»Nein«, antwortete ich, »Sie können es mitanhören, lieber Freund!«
Und mich an Siu-lan wendend, die blaß und regungslos zwischen uns beiden stand, sagte ich: »Siu-lan, sagen Sie bitte Joshiro von mir, daß ich dabei war, als Sie die Anweisung für ihre Hinrichtung erhielten. Und daß ich verstanden habe.«
»Ist das alles?« sagte Li Teh ironisch.
»Li Teh, Sie sind unmenschlich!« rief ich, meines Schmerzes nicht mehr mächtig. »Diese Frau haben Sie geliebt, sie hat Sie geliebt und liebt Sie noch immer!«
Li Teh runzelte die Stirn, er öffnete kurz den Mund, aber er schloß ihn gleich wieder, und seine Zähne knirschten. »Li Teh«, begann ich wieder, von einer vagen Hoffnung erfüllt. »Li Teh, ich warte auf Ihre Antwort.«
»Ich habe schon geantwortet«, stieß Li Teh zwischen seinen Zähnen hervor.
»Und was?«
»Tod!«
»Li Teh! ... Li Teh! ...«
»Tod!«
»Aber warum? Was hat sie verbrochen?«
»Sie hat unsere Generäle verführt ... Sie hat sich allen hingegeben ... Am Morgen verteilte sie Geld an sie. Wir haben sie zu

spät gefaßt ... Man hatte schon die Straßen freigegeben ... Und die ›Affen‹ rücken vor ... Begreifen Sie? Sagen Sie, begreifen Sie? Tod!«

Der Chinese mit der Narbe erschien.

Li Teh wandte sich an seine Schwester: »Siu-lan«, sagte er, »das ist Ihr Führer. Sie reisen morgen ab. Wang«, sagte er zu dem Chinesen, »kommen Sie!«

Li Teh sprang auf das Haus zu. Ich folgte ihm stolpernd. Tod! Ja, er hat recht ... Tod! Er ist ein Krieger; seine Pflicht ist zu töten. Auch Joshiro war ein Krieger; was war ihre Pflicht? Ihren mageren, kräftigen Körper den Generälen des Feindes hinzugeben, ihnen die Kraft auszusaugen. Die Straßen zu öffnen! Die japanische Armee ins Herz Chinas, nach Peking, zu treiben und das Herz Li Tehs unter ihre kleinen Füße zu treten.

Li Teh ging auf sein Zimmer, gefolgt von dem schweigsamen Chinesen.

Der alte Vater hatte im kleinen Salon Platz genommen, und gelassen folgten uns seine weit geöffneten Augen. Etwas seltsam Ruhiges und Fernes lag an diesem tragischen Tag in seinen Augen, etwas so Losgelöstes, daß sie mich an die unsterblichen und leeren Blicke von Statuen erinnerten.

Siu-lan trat in den Salon; sie kniete sich vor ihren Vater nieder, schenkte ihm Tee ein. Der Alte legte für einen Augenblick seine rundliche Hand auf den Kopf Siu-lans und streichelte verstohlen ihr schönes schwarzes Haar. Er schloß die Augen.

»Danke«, murmelte er.

Siu-lan verneigte sich vor mir und füllte meine kleine Tasse. Sie schlug die Augen auf, sie sah mich lange an. Es war kein Zorn mehr in ihrem Blick. Nur ein stiller, heroischer Schmerz.

»Siu-lan«, brachte ich mühsam hervor, »Siu-lan, Sie werden reisen?«

»Ja«, antwortete sie, »ich werde reisen.«

Mir schwindelte; zum ersten Mal bemerkte ich in Siu-lans Augen dieselbe Spitze, die ich vom ersten Tag an in den Augen ihres Bruders entdeckt hatte.
»Und ich«, sagte ich leise, klagend wie ein Kind, das man allein läßt. »Sie denken nicht an mich, Siu-lan?«
»Ich habe keine Zeit!« sagte Siu-lan fast schreiend.
»Sie haben keine Zeit?«
Sie preßte erregt die Lippen aufeinander. Sie antwortete nicht.
»Sie haben also unseren Jade-Buddha vergessen?«
»Ich habe keine Zeit! Ich habe keine Zeit!« wiederholte sie.
Sie steckte den Zipfel ihres Taschentuchs zwischen die Zähne und biß darauf. Der Alte regte sich in seinem Lehnstuhl. Seine Fleischmasse gab ein klatschendes Geräusch von sich. Aber Siu-lan drehte sich nicht um.
Ich ging ein paar Schritte im Zimmer. Ich fühlte die toten, verzaubernden Augen des Alten auf mir und wagte nicht, zu ihm hinzublicken. Ich fühlte geradezu körperlich, wie sein Haß die Luft, die ich atmete, vergiftete.
»Dann, Siu-lan, dann ... ist alles zu Ende?«
Einen Augenblick lang glaubte ich, nicht die Kraft zu besitzen, diese ewige und banale Formel zustandezubringen.
Die Tür öffnete sich, und Li Teh erschien auf der Schwelle.
»Lieber Freund«, verkündete er in trockenem Ton, »ich habe vergessen, Ihnen diese Einladung zu überreichen.«
Er streckte mir eine rote Karte mit großen chinesischen Schriftzeichen hin.
»Zerknittern Sie sie nicht!« sagte Li Teh streng. »Mein Vater lädt Sie heute abend zu einem feierlichen Bankett ein.«
»Ist das das Abschiedsbankett? Ich muß abreisen ...« sagte ich, plötzlich entschlossen, meiner Wege zu gehen.
Li Teh öffnete die Lippen, als ob er lächeln wollte.
»Ja«, sagte er mit rätselhafter Miene. »Ein Abschiedsbankett. Es

wird bei seinem alten Freund Liang Ki stattfinden ... Sie kennen ihn – Ihr Freund vom Schiff.«

Ich wandte mich zu dem Alten; seine Augen waren lebendig geworden, sie leuchteten im Schatten, gelb schimmernd wie Tigeraugen.

Ich verneigte mich dreimal tief vor ihm zum Zeichen meines Dankes. Er machte mit dem Kopf eine höfliche Geste und schloß die Augen. Li Teh war verschwunden. Siu-lan war verschwunden. Ich erschrak über meine Einsamkeit und schloß mich in mein Zimmer ein.

Eine heiße Träne quoll aus meinen Augen. »Allein! Allein!« wiederholte ich bei mir und hatte Mühe, ein Schluchzen zu unterdrücken.

»Wenn ich in Panik gerate«, dachte ich plötzlich, »bin ich verloren.«

Und ich erinnerte mich auf einmal an den Eskimo, der im vergangenen Jahr in einem nördlichen Land mein Führer war. Nebeneinander auf dem Schlitten sitzend, fuhren wir bei halbem Tageslicht einen einsamen Hügel hinauf. Das Land war von Schnee bedeckt; es war entsetzlich kalt, die Rentiere atmeten einen blauen Dampf aus ...

Als wir auf den Gipfel des Hügels gekommen waren, hielten wir kurz an. So weit das Auge reichte, dehnte sich vor uns die Tundra aus, ungastlich, entsetzlich tot. Mein Herz fror.

Ich wandte mich an meinen Führer: »Haben Sie keine Angst?« fragte ich ihn auf Russisch.

»Wenn ich Angst habe, bin ich verloren!« antwortete er ruhig. Wenn ich Angst habe, bin ich verloren! Wie viele Jahrhunderte brauchte es, bis diese Polarmenschen zu dieser so heroischen, so praktischen Methode fanden, die Angst zu überwinden! Keine Zuflucht bei den Göttern oder den Geistern der Ahnen! Die Phantasie zügeln, die Angst verdrängen, so tun, als ob

nichts wäre – das ist der sicherste Weg! Herr Odysseus verstand sich gut auf diese höhere List.
Ich versuchte, mein Herz, das erschrocken schlug, zu zügeln. Wieder und wieder sagte ich mir:
»Siu-lan geht fort ... Siu-lan geht fort ...«
Und sogleich breitet sich eine schreckliche Einsamkeit vor mir aus, und ich stoße mein sich aufbäumendes Herz in sie hinein.
Plötzlich hörte ich die Schritte Siu-lans, die sich meiner Tür näherten. Das Knirschen ihres Seidenkleides ... Das Klirren der Armbänder ... Zögernd verweilen die Schritte.
Ich hätte aufspringen können, die Tür öffnen, Siu-lan bei der Hand nehmen, das Schicksal zwingen können, seinen Lauf zu ändern. Aber ich rührte mich nicht, aus Stolz. Komme, was da mag! Ich bin bereit.
Sehr langsam entfernten sich die Schritte, über die Matten schleifend. Eine Tür wurde geschlossen, und alles kehrte ins Schweigen zurück.
»Ich bin bereit!« wiederholte ich, und mein ganzer Leib zitterte.

40

Ein Mann fuhr rudernd einen großen Fluß hinunter. Jahrelang ruderte er, Tag und Nacht, und beobachtete prüfend den Horizont. Plötzlich wurde die Strömung furchtbar, der Mann hob den Kopf und horchte: Der Fluß war ein Katarakt, es gab keine Rettung. Da legte der Mann die Ruder übereinander, verschränkte die Arme und begann zu singen.

Ich denke an diesen Gesang, und mein Herz klopft zum Zerspringen. Das ist die einzige Hymne der Freiheit.

Die Hoffnung besiegen; endlich begreifen, daß es keine Rettung gibt, aus dieser Einsicht eine unbezähmbare Freude schöpfen – das ist das Höchste, was ein Mensch erstreben kann.

Ich fühlte einen Tiger um mich herumschleichen und hatte keine Angst vor ihm. Der Schmerz hatte mein Herz versteinert, und jeder Gedanke, selbst der grausamste, kam mir nur wie eine Vogelscheuche für Spatzen vor.

Der Rikschamann zog mich in überstürztem Lauf zum Haus des alten Mandarin Liang Ki, in das ich zum Bankett geladen war.

»Alles ist verloren!« wiederholte ich mir mit grausamer Beharrlichkeit. »Alles ist verloren! Auf, mein Herz! Der schreckliche Augenblick ist da zu zeigen, ob du des Mannes würdig bist!«

Ein zarter Duft hatte die ungeheure Stadt eingehüllt. Ich sah die Menschen, die Häuser, die Bäume durch einen durchsichtigen Tränenschleier.

»Siu-lan ...« sagte ich bei mir, »Siu-lan ... Nie mehr!« Ich preßte die Lippen aufeinander und sagte zu mir selbst mit milder Strenge: »Versuche, deinen unbedeutenden Schmerz ins richtige Verhältnis zum unermeßlichen Schmerz der Welt zu setzen, laß nicht zu, daß dein persönliches Geschick sich lächerliche Wichtigkeit anmaßt! Sei ein Mann! Sei ein Mann! Stimme endlich die Hymne der Freiheit an!«

Joshiros Gesicht tauchte in der Abendluft auf.

»Wie glücklich muß sie sein!« dachte ich. »Glücklich und stolz und frei! Mit welch asketischem Eifer mag sie ihren Leib dieser Meute lüsterner Generäle vorgeworfen haben, für eine ganze Nacht! Eine Stadt für eine Zärtlichkeit, eine Provinz für einen Liebesschrei ... Eßt, trinkt meinen Leib ... Es lebe Japan!«

Der Körper im Dienst einer unerbittlichen Seele ... Joshiro, mit verdrehten Augen, zerrissen von den Hunden der Wollust – die große, triumphierende Märtyrerin!

Dieser junge, blutbesudelte Körper an der Schwelle einer schrecklichen Zukunft erfüllte mich mit Gewissensqualen.

(»Sterben Sie wohl!« hatte mir Joshiro zugerufen, als wir uns trennten. Ach, in welch niedrigen und kurzlebigen Freuden verderbe ich mein Leben! Ich schäme mich. Mein Leben muß sich ändern!)

Ich schloß die Augen, und vom Kuli durch die chinesischen Straßen gezogen, skizzierte ich fieberhaft in mir die wesentlichen Züge meiner Zeit. Ich versuchte, meinen Posten zu finden, um auf ihm zu kämpfen und zu sterben:

»1. Die wichtigste Aufgabe unserer Zeit ist die Organisation zweier entgegengesetzter Lager.

2. Lebendig ist heute der Mensch, der aktiv an dieser Organisation teilnimmt.

3. Auf der Rechten? Auf der Linken? Das hat nur untergeord-

nete Bedeutung, ist eine Frage des Temperaments; die Vernunft kommt wie immer hinterher und liefert die Argumente.

4. Die beiden Lager arbeiten zusammen, ob sie es wissen oder nicht. Sie sind die These und die Antithese, die im Widerstreit die Synthese von morgen hervorbringen.

5. Je heftiger der Schock, um so größer die Chancen für eine reiche Synthese. Aber um so vielfacher auch die Gefahren. Nichts ist sicher.

6. Diese tragische Unsicherheit zu durchleben; die Kräfte in sich wachsen zu fühlen angesichts dieser Unsicherheit – das ist die in unserer Zeit menschenwürdigste und fruchtbarste Haltung.

7. Für den Augenblick gilt: weitergehende Teilungen beseitigen. Unsere Kräfte auf einen einzigen Punkt konzentrieren. Sich begrenzen; gehorchen; handeln! Das Spiel kommt später!«

Das Spiel kommt später ... Das Spiel kommt später ... sagte ich bei mir und ließ jetzt meine Blicke über die Straßen Pekings schweifen. Diese ganze exotische Schönheit, die goldenen Drachen und die Farben und die Tempel erschienen mir wie eine Wollust, die meine Seele ins Verderben riß ...

Ja, der Genuß der Schönheit ist heute eine Todsünde. Die Güte, die Feinfühligkeit, die Geduld sind nicht die Tugenden unserer Zeit; sondern die Leidenschaftlichkeit, die Ungeduld, die heroische und strenge Lebensauffassung.

Ich liebe den Schlachtruf der schottischen Bergbewohner: »Kämpfe, kämpfe erbittert, akzeptiere den Tod!«

Die Rikscha hielt; eine große Tür mit alten Zackenornamenten öffnete sich geräuschlos. Kung Liang Ki stand lächelnd auf der Schwelle.

»Haben Sie die Güte, in mein niederes Haus zu treten, o lieber

Fremder!« sagte er, sich mit ausgesuchter Höflichkeit verneigend.
Wir gingen um Ing Pei herum, wir traten in einen großen Innengarten mit jungem Frühlingslaub.
Die orientalische Kühle im Haus, der Zauber, die unverletzbare Intimität des privaten, den Blicken entzogenen Lebens! Hier konnten die Frauen und das Wasser und die schlanken Gazellen springen, fern von der rohen Straße, glücklich.
»Ich bin glücklich, Sie wiederzusehen ...« flüsterte der alte Herr mit seiner ironischen und honigmilden Stimme. »Und Ihre kleine Herde von Tigern?« fügte er lachend hinzu. »Es gab fünf davon, glaube ich ...«
»Sie ist hier«, antwortete ich ernst; »sie ist hier, verwundet und zufrieden.«
Wir traten in den Salon. Mandarine, alte Offiziere, chinesische Diplomaten. Lächelnde und heimtückische Augen; große, erfahrene Hände ... Kung Ta Hen war da, der alte Onkel, lächelnd. Aber Li Teh ... wo war Li Teh?
An den Wänden bemalte Seidenbänder; in den Ecken alte Bronzestatuetten von kräftiger und zarter Kunst. Lange streichelte ich mit der Hand diese Pferde aus grünlicher Bronze, die sich aufbäumten; diese eleganten Kraniche, diese mythischen Vögel mit der Krone auf dem Kopf.
Stolz zeigte mir der alte Mandarin alle diese Wunder. Er erklärte mir den Titel unter einer Malerei von unsagbarer Zartheit: »Die Abendglocke läutet in einem abgelegenen Tempel«. Man sah weder Tempel noch Glocke, nur eine stille, zart goldene, von bläulicher Luft erfüllte Landschaft ...
Am Ehrenplatz gegenüber der Tür war auf einem alten Holzbrett eine große Inschrift angebracht.
»Das ist eine berühmte Handschrift«, flüsterte mein alter Gastgeber. »Beachten Sie die Kraft in diesen Linien und gleichzeitig

ihre Geschmeidigkeit. Ein riesiger Mann muß sie gezogen haben, ein Riese mit dem Herzen eines Kindes. Und wie wunderbar paßt der Sinn zu dieser Form!«

Mit erhobenem Finger übersetzte mir Liang Ki langsam die rätselhaften Zeichen: »Rein sein wie die Blüte des Pflaumenbaums, frei wie der Vogel, stark wie eine Eiche, biegsam wie eine Weide – das ist das Ideal des Chinesen.«

In diesem Augenblick erschien eine gewaltige Leibesmasse auf der Schwelle: der Vater Siu-lans.

»Entschuldigen Sie mich«, murmelte mein alter Freund, »ich verlasse Sie für einen Augenblick. Dieses Diner wird zu Ehren Kung Tschang Hens gegeben; er ist unser Gast heute abend und den Göttern gleichgestellt.«

Mit seinen kleinen, überstürzten Schritten eilte er dem eben Angekommenen entgegen und verneigte sich dreimal ergeben vor ihm. Die Gäste, die sich im Garten zerstreut hatten oder auf den Diwanen rauchten, eilten alle herbei.

Auf der Schwelle stehend, nahm der alte Mandarin mit einem traurigen und zurückhaltenden Lächeln diese Huldigungen entgegen, einige Worte murmelnd, gewiß solche der Demut und Höflichkeit. Einen Moment ließ er seinen Blick ganz herumgehen, als ob er jemanden suchte. Er sah mich in einer Ecke stehen und heftete sein schwarzes und müdes Auge auf mich.

Ich eilte zu ihm und verneigte mich leicht. Er streckte die Hand vor, als ob er mich hindern wollte, ihm diese Huldigung darzubringen. Aus Höflichkeit? Aus Verachtung? Aus Haß? Ich weiß es nicht, aber als ich seine Hand berühren wollte, zog er sie behutsam zurück und trat mit seinem schweren und majestätischen Schritt über die Schwelle.

Man führte ihn an den Ehrenplatz gegenüber der Tür; auf den geringsten Platz, ihm gegenüber, setzte sich der alte Herr, der das Diner gab. Ich nahm rechts von ihm Platz; Kung Ta Hen,

der Onkel, setzte sich neben mich; er lächelte mir herzlich zu. »Neuigkeiten?« fragte ich ihn leise; »ich habe gehört ...«
»Alles in Ordnung«, versicherte er mir in höflichem Ton, »alles in Ordnung ...«
Man brachte die feinsten Gerichte, die kostbarsten Getränke. Alle Augenblicke verneigten wir uns schweigend vor dem alten Tschang Hen und tranken auf sein Wohl; und er neigte leicht den Kopf und lächelte uns mit anmutiger Hoheit zu. Man sprach in gedämpftem Ton, als ob man sich im Zimmer eines Kranken oder im Tempel befände. Ein ernstes Lächeln lag auf den Gesichtern, eine seltsame Heiterkeit war über dieses feierliche Bankett gebreitet.
Für ein paar Augenblicke wurde der Ton lauter, eine lebhafte Diskussion entzündete sich von Mund zu Mund. Aber gleich kehrte wieder Stille ein.
»Worum handelte es sich?« fragte ich meinen alten Nachbarn. »Wir haben über die Kunst der Sung-Zeit diskutiert«, antwortete er mit noch begeistertem Auge. »Eine Kunst, die Größe und feinste Sensibilität besitzt, edel, zart, von tiefer Menschlichkeit. Das Zentrum jedes Kunstwerks war damals der Mensch, das menschliche Leben, die Liebe, die Freundschaft, die Freude. Der Mensch wurde nicht, wie in der buddhistischen Kunst, durch die Versenkung in das Nirwana vernichtet. Er stand lächelnd und still vor dem Universum und nahm innigen Anteil an seinen Freuden.«
»Und was meinte unser Gast Kung Tschang Hen?« fragte ich, begierig, den Rhythmus seines Denkens kennenzulernen.
»Er hat nichts gesagt, er ... Er hat sich nicht herabgelassen, an eitlen Diskussionen teilzunehmen. Er ist weit weg ...«
Gegen Mitternacht erhob sich der alte Mandarin, der das Diner gab. Er verneigte sich dreimal vor dem Vater Siu-lans und trank ihm zu Ehren, wobei er bewegte Worte sprach.

Kung Ta Hen erklärte sie mir ein wenig später: »Lange Jahre, versicherte er, schaute er auf zum Himmel und seufzte nach diesem Abend. Welche Ehre, daß ein so großer Herr sich herabließ, über die Schwelle seines niederen Hauses zu treten! Welche Freude, an diesem Abend die Augen zu öffnen und ihn vor sich zu sehen!«

Am Ende seiner Rede trug er diese alten chinesischen Verse vor, wobei sein Blick auf Kung Tschang Hen ruhte:

> Sieh! Mit einer Lotusblüte in der Hand
> Geht der Unsterbliche ein in die ewige Zeit
> Auf unsichtbarem Pfad!

Der alte Vater Siu-lans erhob sich, die Augen auf die Tafel gerichtet. Er rühmte in wenigen gemessenen Worten die Gerichte, das Haus, den Gastgeber, die Geladenen.

Dann sprach er über China; seine Stimme zitterte. Man übersetzte mir nicht alles; aber er sprach, so sagte man mir, von Verfall, Protest, Knechtschaft ... Er rief die Geister der Ahnen, er öffnete die Arme, wie wenn er ganz China umarmen wollte, die alte, tödlich verletzte Mutter ...

Am Ende trug er mit zitternder Stimme die berühmten Verse eines alten Dichters vor:

> Wenn Tao meine Kehle in einen Hahn verwandelt, werde ich mich seiner bedienen, um den Aufgang der Sonne zu verkünden.
>
> Wenn es aus meinem Arm eine Armbrust macht, werde ich mich ihrer bedienen, um auf die Fremden zu zielen und sie niederzuwerfen.
>
> Wenn es aus meinem Leib einen Wagen macht und aus meinem Geist ein Pferd, werde ich mich ihrer bedienen, um wiederzukehren, liebe Freunde, in ein glückliches und geehrtes China!

»So sei es!«

Kung Tschang Hen setzte sich wieder; er war sehr bleich. Man brachte den Tee. Es war warm, man öffnete ein Fenster, das zum Garten hinausging. Süßer Erdgeruch drang in den Saal. Alle Gesichter wandten sich den Bäumen im Garten zu, die vom Mondlicht wattiert waren. Niemand sprach.

»Das Leben ist schön …« sagte Kung Tschang Hen und erhob sich; das Diner war beendet.

Wir standen alle auf; die Diener öffneten die Türen. Wir ordneten uns zu zwei Reihen links und rechts; der alte Kung Tschang Hen schritt langsam hindurch auf die Tür zu; alle verbeugten sich voll Ehrfurcht, wenn er bei ihnen vorüberkam.

Eine Sekunde blieb er vor mir stehen; er bewegte die Lippen, als ob er etwas sagen wollte. Alle lauschten beunruhigt; aber er faßte sich, unterdrückte das Wort oder den Ausruf und schritt langsam weiter auf die große, offene Tür zu.

Seine mit blaßviolettem Samt ausgeschlagene Sänfte erwartete ihn dort; der alte Mandarin stand auf der Schwelle und streckte schon den Fuß vor, als … Kung Liang Ki sich plötzlich aus unserer Gruppe löste, wobei er einen langen, gekrümmten Säbel schwang. Er machte einen Satz auf den alten Vater Siulans zu und schlug ihm mit einem Hieb den Kopf ab. Woher hatte er diese schreckliche Kraft genommen?

Der Leib strauchelte, das Blut spritzte hoch über die Türflügel und über die Wände … Eine Sekunde … dann rollte er geräuschlos wie ein schweres Paket mitten auf die Straße.

Die Träger verneigten sich, wie wenn ihr Herr in der Sänfte untergebracht wäre, und begannen davonzutraben. Kung Liang Ki verneigte sich bis zur Erde und schloß die Tür. Der Leichnam blieb im Staub.

Ich zitterte vor Entsetzen.

»Aber warum?« schrie ich verwirrt, »warum? Warum haben Sie ihn getötet?«

Der alte Mandarin hatte sich tief in dem Lehnstuhl vergraben, den noch vor wenigen Augenblicken sein zärtlich geliebter Freund eingenommen hatte, schüttelte den Kopf und antwortete mit ruhiger Stimme: »Mein ehrwürdiger Freund hatte den Entschluß gefaßt, sich den Tod zu geben. Schreien Sie bitte nicht! Er wollte mit seinem Tod gegen die Besetzung seines Vaterlands durch die Fremden protestieren. Er hatte mich gebeten, ihm in den letzten Augenblicken seines Lebens beizustehen. Ich habe ihn sehr geliebt und nahm an. Alles ist geschehen nach den strengsten Riten unserer Tradition.«

Und da mir noch immer schauderte vor diesem blutigen Drama, lächelte der alte Mandarin: »Die Weißen«, sagte er mit einem Gran Verachtung, »haben eine übermäßige Furcht vor dem Tod. Aber warum? Wenn es ein anderes Leben gibt, dann ist mein ehrenwerter Freund schon dort und glücklich; wenn es keines gibt, gibt es wenigstens diese Erde, und der Name meines verehrungswürdigen Freundes wird nie sterben. In beiden Fällen hat er sein kleines Spiel, sein Leben, gut gespielt. Wünschen Sie mir, ich bitte Sie, einen ähnlichen Tod!«

41

Als ich um die Zeit der Morgendämmerung nach Hause zurückkehrte, sah ich das Fenster Li Tehs erleuchtet. Ich durchquerte auf Zehenspitzen den Garten und hörte seine Stimme und jene Siu-lans ganz klar in der stillen Nacht.

Ich blieb einen Augenblick keuchend stehen. Wußten sie es? Wußten sie es nicht? Der Ton ihrer Stimmen wirkte ernst und ruhig.

Ich schlich mich ganz leise auf mein Zimmer; es war schon in das blaurosa Zwielicht der Morgenröte getaucht.

Ich öffnete das Fenster; wie still der Himmel war, unmenschlich weit von uns weg! Und wie lächerlich sich der Mensch macht, wenn er seine Arme zu ihm erhebt!

»Zeigen wir wenigstens Würde!« murmelte ich, »lieben, kämpfen, sterben wir aufrecht!«

Ein seltsamer Stolz sprang plötzlich in mir empor. Die Empfindung der Einsamkeit machte mein Herz hart wie Stahl. Ich fühlte mich aufrechtstehend auf dem Gipfel der Kraft und der Hoffnungslosigkeit, frei.

Allein sein, aus der Einsamkeit einen Springquell der Kraft und der Freude machen, endlich die Hoffnung und die Angst besiegen – welch ein Glück!

Endlich hatte ich verstanden! Kaum konnte ich einen Triumphschrei unterdrücken.

Ich machte mich bereit, auf die Straße hinauszugehen; ich wollte nicht schlafen und im Schlaf diese unmenschliche Freude der Befreiung verlieren ... Aber plötzlich ließen sich

Schritte auf dem Gang vernehmen. Jemand näherte sich meiner Tür.
War das Siu-lan? Mein Herz schlug laut. Entschlossen kamen die Schritte näher ... Ich stürzte zur Tür, jemand hatte leise an sie geklopft. Ich öffnete sie, Li Teh stand vor mir auf der Schwelle.
»Li Teh!« rief ich aus, bereit, mich in seine Arme zu stürzen. »Li Teh, wissen Sie bereits?«
»Schreien Sie nicht!« sagte Li Teh, wobei er die Hand hob. »Schreien Sie nicht, ich weiß.«
Einige Sekunden Schweigen. Li Teh trat ins Zimmer und schloß die Tür. Er blieb vor mir stehen; er verschränkte die Arme; er sah mir fest in die Augen. Das zarte Licht des Morgens heftete sich an die zerfurchte Stirn, an die blassen Wangen Li Tehs; aber seine Augen blieben noch in der Dunkelheit.
»Li Teh«, sagte ich leise, nicht imstande, das Schweigen länger zu ertragen, »wollen Sie mir etwas sagen?«
Li Teh biß die Zähne aufeinander; seine Lippen öffneten sich. Er brummte ein Wort, das ich nicht verstand.
»Was sagen Sie?«
»Reisen Sie ab!«
Ich hob brüsk den Kopf. Der Zorn, die Trauer würgten mich. Die Worte blieben mir im Halse stecken. Ich spürte, wie sich meine Nägel tief in die Fläche meiner verkrampften Hand bohrten.
Li Teh fand als erster seine Kaltblütigkeit wieder.
»Verzeihen Sie«, sagte er mit ruhiger und fester Stimme. »Aber es muß sein.«
»Ich reise augenblicklich!« sagte ich endlich.
Der Zorn war verschwunden; nur die Trauer würgte mir noch die Kehle.

Li Teh dachte einen Augenblick nach, auf die Inschrift über der Tür blickend.
»Nein«, sagte er, »warten Sie bis morgen. Sie müssen überdies Abschied von meiner Schwester nehmen. Auch sie reist ab.«
»Sie haben kein Erbarmen mit ihr?« rief ich unüberlegt aus.
Li Teh runzelte die Stirn; aber er antwortete nicht.
»Schlafen Sie gut«, sagte er langsam. »Und verzeihen Sie mir.«
Er zog sich schon zurück, er trat über die Schwelle. Ich hielt mich nicht mehr zurück.
»Li Teh«, rief ich, »Li Teh, lieber Freund meiner Jugend, dann ... dann ist alles zu Ende?«
»Ja«, antwortete er ernst.
»Ohne ein Wort des Bedauerns oder der Zärtlichkeit? Nichts? Nichts?«
»Ich habe keine Zeit ...« antwortete Li Teh genau wie seine Schwester. »Ich habe keine Zeit ... Ich habe Wichtigeres zu tun ... Entschuldigen Sie mich.«
Er verneigte sich höflich, und leise die Tür schließend entfernte er sich.
»Auch ich habe Wichtigeres zu tun!« rief ich, als ich allein war. »Ich brauche eure Zärtlichkeiten nicht. Ich brauche niemanden. Ich bin frei.«
Ich empfand eine unmenschliche Grausamkeit gegen mich selbst, eine entsetzliche Freude zu leiden und das Leiden zu beherrschen.
Wie die Samurai, die tödlich verletzt auf dem Schlachtfeld heroische Verse dichteten und den Tod willkommen hießen, ergriff mich das Verlangen, in dieser Nacht der Qual einen wilden Ruf der Freiheit auszustoßen.
»Ich bin es, das menschliche Herz, der kriegerische Gott, der an den Grenzen kämpft. Ich bin es, das menschliche Herz, der

kommandierende General aller sichtbaren und unsichtbaren Mächte.
Ich glaube an das Menschenherz, die Arena aus Ton, wo Tag und Nacht das Leben mit dem Tode kämpft.
›Hilfe!‹ rufst du, o mein Herz, und ich höre.
Glücklich jene, die hören, sich aufschwingen, um dich zu befreien, o Menschenherz, und sagen: ›Ich und du, wir allein existieren!‹
Glücklich jene, die dich befreit haben, o Menschenherz, und sagen: ›Ich und du, wir sind eins!‹
Und dreimal glücklich jene, die ohne zu wanken das große, das schreckliche Geheimnis in sich tragen: ›Selbst dieses Eine existiert nicht!‹«

Ich fühlte mich befreit. Als freier Mann. Ich schloß die Augen und fiel für einige Stunden in einen ruhigen und leichten Schlaf; kein Traum wagte, sich meinem Bett zu nähern und mein Glück zu stören.
Gegen zehn Uhr sprang ich aus dem Bett. Auf meinem Tisch lag eine leere japanische Zigarettenschachtel; im Inneren der Schachtel las ich diese von eiliger und fester Hand geschriebenen Worte: »Tun Sie nichts, um mich zu retten. Ich möchte sterben. Ich habe meine Pflicht bis zum Letzten erfüllt. Ich bin glücklich. O weißer Freund, ich wünsche Ihnen einen ähnlichen Tod!«
Ich ließ diese stolzen Zeilen auf meinem Tisch und ging in den Garten. Siu-lan und Li Teh waren schon dort. Sie unterhielten sich leise im Stehen; ihre Gesichter waren ernst und heiter. Ich nahm auf ihnen einen leicht schwärmerischen Ausdruck wahr, einen seltsamen Glanz. Gewiß beschäftigten die beiden nicht ihre persönlichen Sorgen; ich war sicher, daß sie über ihr Vaterland sprachen und Entschlüsse faßten.

Siu-lan trug einen Reisemantel; ein kleiner Koffer stand neben ihren Füßen. Li Teh gab ihr wohl seine letzten Instruktionen. Und den Kopf erhoben, hörte Siu-lan mit einer Konzentration zu, die ihr das Gesicht veränderte und es hart machte.
Wie frei sie geworden war von jeder egoistischen und kleinlichen Sorge! Welch richtiges Maß ihr individueller Schmerz angenommen hatte, der sich wie ein kleiner Seufzer auf dem unermeßlichen und leidenden Antlitz Chinas verlor.
Ich fühlte, der Geist des alten Vaters schwebte in seinem Garten und streichelte die beiden so geliebten Gesichter. Er mußte glücklich sein, dieser endlich von seinem schweren Körper erlöste Geist; er sah seine Kinder dem von seinem Verlangen vorgezeichneten Weg folgen; er fühlte, daß Siu-lan gerettet war und daß der Weiße besiegt war.
Mit festem Schritt trat ich näher. Gleichmütig sah Li Teh zu, wie ich herankam; sein Gesicht war höflich und fest. Siu-lan ordnete mit langsamer Geste eine rebellische Locke auf ihrer Stirn. Sie legte die Hand an ihren Hals und senkte ein wenig den Kopf.
Ich nahm mit fast schmerzlicher Deutlichkeit das Summen einer Biene wahr, die in eine über Siu-lans Kopf hängende Glyzinientraube eindrang.
In der Ecke des Gartens, vor der Tür, sah ich den Lehnstuhl des alten Vaters, an derselben Stelle, leer, beunruhigend; ich glaubte, bis in die kleinsten Einzelheiten die in seine Rückenlehne geschnitzten ineinander verschlungenen Drachen zu erkennen.
Endlich ließ sich die ruhige Stimme Li Tehs vernehmen.
»Lieber Freund, Siu-lan reist ab ...«
Er hielt ein, gerade lange genug, daß ich in mir ein Knirschen höre wie von Seide, die zerreißt.
»Sie wollte nicht weggehen«, fuhr er fort, »ohne Ihnen Lebewohl zu sagen.«

Siu-lan machte darauf einen Schritt, und die beiden Hände über ihrer Brust kreuzend, verneigte sie sich vor mir.
Ich verneigte mich auch tief vor ihr, dreimal. Ich wollte »Siu-lan!« rufen, aber das Wort kam nicht heraus; mir war, als müßte ich ersticken. Ich wollte lächeln, aber die Lippen gehorchten mir nicht; mein Gesicht blieb verkrampft und hart.
Siu-lan ergriff mit der Hand den kleinen Koffer; ein Rikschamann, der Chinese mit der Narbe, hielt vor der alten Tür in den frischen roten Farben.
Li Teh drückte die Hand seiner Schwester.
»Ich darf Sie nicht begleiten«, sagte er.
Er schwieg wieder.
»Kommen Sie schnell zurück, Siu-lan!« sagte er leise, fast bewegt.
Siu-lan verneigte sich wieder, sehr schlank, sehr blaß, biegsam wie ein Zweig der Trauerweide, und verschwand.

Mittag. Ein Felsengarten im entlegenen Winkel eines alten Klosters. Keine Blume, kein grünes Blatt, kein Tropfen Wasser. Die Bäume und die Blumen grünen und blühen draußen vor der hohen, strengen Mauer, da, wo die Menge hinkann.
Dieser Garten ist eine Sandwüste, und auf diesem Sand liegen, wie zufällig verstreut, etwa fünfzehn große und kleine Felsen. Der chinesische Dichter, der ihn vor dreihundert Jahren angelegt hatte, hatte eine präzise Absicht: in uns das Bild eines fliehenden Tigers hervorzurufen.
Auf einmal fühlt man wirklich, daß diese Felsen von Panik ergriffen sind, so gewaltsam verdreht liegen sie, auf den Rücken gewälzt, wie wenn ein schreckliches und unsichtbares Wesen von einem zum anderen sprang und sie von Grund auf durchrüttelte.

Ein Tiger oder der Tod oder die Liebe oder Gott.

Ich gehe herum in diesem Garten unter dem senkrechten Licht, und dunkle Wünsche klären sich nach und nach in mir und kristallisieren sich um einen festen Kern.

Ich kümmere mich nicht mehr um den Anfang noch das Ende der Dinge. Ich mache keine Hypothese mehr. Ich verachte jede Hoffnung und jede bequeme Feigheit.

Ich grabe die Erde auf, diesen unseren Acker. Ich sehe mit meinen Augen, ich berühre mit meinen Händen: von der unorganischen Masse zur Pflanze, von der Pflanze zum Tier, vom Tier zum Menschen.

Einer oder etwas steigt, steigt, steigt unter Angst empor in Tausenden von Jahrhunderten.

Ich will seinem Rhythmus folgen, mit ihm emporsteigen, hinausschreiten über meine Eltern, über mich selbst hinausschreiten in jedem Augenblick, in meinem Herzen und in meinem Kopf den Weg freischaufeln für diesen Einen oder dieses Etwas, das emporsteigt.

Endlich die Poesie vor die Tür setzen, die Empfindsamkeit, die Zärtlichkeit, das Glück!

Unserer schrecklichen und erhabenen Wirklichkeit ins Auge sehen, ohne jedes Trugbild von Schönheit, Güte oder Furcht.

Ein freies Herz schaffen nach dem Bilde dieses Felsengartens!

Aigina, 1936

Nachwort

Aigina, 1936. Kazantzakis ist zweiundfünfzig Jahre alt. Noch war keiner der großen Romane geschrieben. »Mein Leben? – Reisen, eine blutrote Spur quer durch die Kontinente. Ein Herz, das sich im leeren Raum sucht und sich verliert.«
Im Sommer 1935 war er von einer Fernost-Reise zurückgekehrt; jetzt versucht er sich an einem Roman, in dem er die Erlebnisse dieser Reise verarbeiten will, die äußeren und die inneren. Es sind eigentlich zwei Reisen: Die eine machen die Sinne, erfahrungssüchtig wie Odysseus, hemmungslos offen für alle Gerüche und Farben des Ostens. Der andere Mitreisende ist die ruhelose westliche Seele, die Buddha sucht.
Noch hat sich Kazantzakis nicht als Erzähler entdeckt; der »Jardin des Rochers« ist der erste, tastende Schritt in diese Richtung. Noch überwiegt die autobiographische Form eines locker akzentuierenden Reisetagebuchs, das zwar auch berichten kann, dem aber sehr viel mehr an den Imaginationen des inneren Auges liegt und an der Wahl des Herzens, das haßt und liebt, aber nie kalt bleibt und dieser Wahl entsprechend die Bilder formt.
Die Reise hatte über Port Said durch das Rote Meer nach Colombo geführt, von da nach Japan, der ersten längeren Station, schließlich über Shanghai ins innere China. Peking war das Ziel. Im Buch liest sich das anders: Das ägyptische Meer, das »Grüne«, das sich »wie eine Frühlingswiese hinbreitet«; die rosafarbenen Gebirge Arabiens; die östlichen Häfen, die »im Winkel eines metallischen Meers« ihre Arme öffnen ... Eine

»hoffnungslose Liebe« zum Sein, wie Kazantzakis selber sie nannte, zaubert durch Worte eine taufrische Erde hin, hörbar, riechbar, schmeckbar, oft verworfen, doch heillos schön. Es ist, als ob die Materialität der Dinge gerade an der Grenze und in dem Augenblick, wo sie in die Sinne des Erlebenden übertritt, vom Wort ergriffen würde. Andererseits werden die Stimmungen und Empfindungen der Seele in die Dinge so hineinprojiziert, als wären sie deren eigene sinnliche, stoffliche Qualitäten.

Die Naivität dieses Hineintrinkens der östlichen Welt ist nur scheinbar. Dahinter steht ein gesuchtes Heidentum der Sinne, ein Affront gegen die christliche »Vogelscheuche im Baum des Lebens«. Dieser Rebell stänkert unausgesetzt gegen alles Enge und Verbogene, wo immer es ihm begegnet, auch in ihm selbst, meist humorvoll und ironisch, aber auch verletzend. So entstehen, wie nebenher, nicht wenige treffsichere satirische Karikaturen sexueller Prüderie, christlichen Tugendstolzes oder rassischen Eigendünkels.

Japan und China: Die Substanz, das Alte ist im Verwesen begriffen; Kazantzakis erweist sich als ein Meister der Beschreibung der Dekadenz, ihrer Subtilität, ihrer Süße, ihrer Verworfenheit und Todeswürdigkeit. Da, wo er Werte und Leistungen ahnt und zu verstehen glaubt, wie in der Gartenkunst der Klöster Japans, in der japanischen Synthese von selbstloser Disziplin und Anmut, in den Schöpfungen der Lyrik und vor allem des Dramas, immer da wird er zu einem zauberbegabten Beschwörer der Erweckung eines vergangenen oder eben zerfallenden Pathos. Das Herz und die Imagination, nicht die Kunst- und Kulturgeschichte sind fähig der wiederholenden Belebung, die das große Gewesene dem Tod für Augenblicke entreißt. Diesen Augenblicken dient das Reisetagebuch. Ohne daß das Wort fallen müßte, erlebt der Leser, was Tao ist, so in der Beschreibung der Reise auf dem Ochsenkarren durch die unermeßliche, fast lautlose Ebene des Yangtse, wo die Zeit den Schein der Ewigkeit annimmt. Diese Beschwörungen und Porträts des alten Japan und China gehören zum Besten des Buchs: die Geburt der No, die Begegnungen mit den Pilgermassen, der Gestank und Dreck Chinas und die Delikatessen der letzten Überreste kaiserlicher Kultur, die Verworfenheit und Lebenskunst der Achtzigjährigen mit den feinen Händen, das Bordell auf dem Blumenboot, wo die Männer über die befriedigten Kurtisanen hinweg ihrem »Traum ohne Antlitz« folgen …

China verfault, Japan ist auf dem Vormarsch dank seiner Beweglichkeit, die vom Westen nimmt, was das Land brauchen kann. Für die Darstellung des Konflikts zwischen Japan und China – wir stehen am Vorabend des japanisch-chinesischen Krieges – und für die Skizzierung der inneren Probleme beider Länder genügt Kazantzakis die Form des Reiseberichts nicht mehr. So probiert er zum ersten Mal seine Fähigkeiten als Dramaturg und Erfinder einer romanhaften Geschichte aus, deren Hauptperson freilich er selbst bleibt. Den erdichteten Gestalten wird kaum die Zeit gewährt, in psychologischer Hinsicht auszureifen, und der epische Faden ist in der Tat dünn: Liebe, Verrat, Rache, Tod. Hier ist eben alles exemplarisch gemeint, um die Probleme der beiden Länder knapp und eindringlich darzustellen. Ein europäischer Schriftsteller, der das hektische »Dorf« Europa floh, trifft auf eine sich zersetzende fernöstliche Tradition; sie fasziniert ihn, aber er begreift die Notwendigkeit ihres Untergangs. Eine neue, harte Generation beginnt in die Führungspositionen einzurücken, im Westen geschult, doch die Weißen hassend, unter einem tiefen Minderwertigkeitskomplex leidend und von bedenkenloser Tatkraft. Was der Europäer sucht – religiöse Meditation, Poesie, Kunst –, das

eben verachtet sie. So ergibt sich die paradoxe Situation, daß der Okzidentale, der »weiße Dämon von jenseits des Ozeans«, an der religiösen und ästhetischen Kultur des Ostens tiefer Anteil nimmt als dessen eigene junge Elite.
Sie steht im Konflikt mit ihren Vätern. Faszinierender als ihre Söhne und Töchter wirken diese alten Mandarine auf uns. Einer von ihnen wird im zweiten Teil des Romans zur tragischen Symbolfigur des dahingehenden Chinas, eine welke, opiumrauchende Fleischmasse von höchster Distinguiertheit, die den Untergang des Kaiserreichs nie anerkennen wollte. Als die Japaner ins Land einfallen, läßt sich dieser Mandarin von seinem besten Freund bei einem Abschiedsbankett enthaupten – ein politisch motivierter, das Ende einer Epoche signalisierender Selbstmord, dessen unmittelbarer Zeuge der Erzähler und der Leser werden, beide hin- und hergerissen zwischen Grausen und Bewunderung.
Wenn Asien überleben will, muß es sich, unter Gefährdung der eigenen Kultur, dem Westen öffnen. Was aber treibt den Europäer in den Osten? Diese Reise ist kein Besuch, sondern eine Suche, eine Pilgerschaft; das wurde schon in der Wiedergabe dessen deutlich, was der »Jardin des Rochers« als Reisetagebuch und als Erzählung berichtet und erfindet. Aber auch diese Kombination zweier Formen schien dem Autor nicht auszureichen, oder seine Kraft schien ihm zu gering, um mit ihren Mitteln die ganze Komplexität des Verhältnisses zwischen Ost und West, soweit es ihm bewußt war, darzustellen. Das, so scheint mir, ist der Grund, warum er in das neue Buch Teile aus der zwölf Jahre früher, 1924, erschienenen »Askese« hereinnimmt. Sie ist ein Kentaur aus Dichtung und Philosophie, ein Reflexionspoem in Prosa, das die Kosmotheoria, die Weltanschauung ihres Autors halb essayistisch, halb poetisch-metaphorisch zu formulieren sucht. Der Einbau dieser so

andersartigen Passagen aus der »Askese« stört ohne Zweifel den Fortgang der oft sehr lyrischen Reiseschilderung und der dramatischen Romanhandlung. Aber unter der zerrissenen Oberfläche sind Roman und Reflexion verbunden; die Erzählung wird zum Bild oder die Reflexion zu dessen Kommentar. Die »neue Askese« hat mit der stoisch-christlichen zunächst nur wenig zu tun. Näher liegt, daß Kazantzakis an die ursprüngliche Bedeutung des Wortes dachte: Übung oder Einübung. Das, was eingeübt werden soll, ist der Mut zu einem neuen Selbstverständnis des westlichen Menschen. Es geht dabei nicht um eine Selbstaufgabe zugunsten östlicher Haltungen. Sondern das Prinzip, das die Entwicklung der Kulturen überhaupt ermöglichte, aber insbesondere die europäische Geschichte bestimmte, wird in seine letzte Konsequenz hinein weitergedacht, und siehe, in der feinsten Spitze dieser Konsequenz kommt eine westliche Elite da an, wo sich östliche Konzeptionen längst befanden.
Der, der diese Einübung denkt, formuliert sie nicht aus dem analysierenden Abstand des Philosophen oder Kulturkritikers. Die Verfahrensweise ist so, wie wenn sich die turbulente Spirale der Entwicklung im Inneren selbst einen Spiegel vorhielte. Dieser Spiegel ist die Seele und der Intellekt eines ebenso ephemeren wie stolzen und freiheitssüchtigen Individuums, das, mithineingerissen in den Strudel der Epoche, sich mühsam herauszuarbeiten und Klarheit zu gewinnen sucht.
Inspiriert von Bergsons »élan vital«, wird die dynamische Unruhe der westlichen Moderne zum Prinzip der kosmischen Entfaltung gesetzt. Die aufschließende Formel lautet: »dépasser!« (Hinausgehen über ...) Die Entwicklung der Materie und des Lebens ist die Geschichte eines Unfaßbaren, das sich durch Katastrophen hindurch allmählich selbst erzeugt. Keine Lebens- und Kunstform, keine soziale Organisation, kein

Weltbild genügt dem Unfaßbaren, das schafft, zerbricht und wieder schafft, auch über den Menschen hinaus; denn wir ahnen, daß nicht der Mensch der Zweck des Kosmos ist. Er ist nur ein Werkzeug der Kraft, die weiterstrebt, ob hin zur Erlösung oder zum Untergang der Menschheit, wissen wir nicht. Gewiß ist nur das Gesetz der gewaltsamen Bewegung über den Status quo hinaus, mit Hilfe der geforderten Mobilisation aller Kräfte.

Trotz der Anlehnung an Bergsons »évolution créatrice«, trotz der gelegentlichen mystischen Spekulationen über den erotischen Dualismus zweier kosmischer Kräfte wäre es gänzlich verfehlt, Kazantzakis eine teleologisch überhöhende, evolutionäre Geschichtsdeutung zu unterstellen. Die Bewegung der Naturgeschichte ist nicht mehr auf den Menschen anzuwenden, da die Evolution an ihrem erreichten Punkt auf der Spirale die menschliche Freiheit ins Spiel gebracht hat. »Gott« ist nur, insofern wir ihn erzeugen. Der gemeinte Gott ist aber nicht die Freiheit, erst recht nicht das irdische Glück freier Menschen. Es ist das »törichte Herz«, das solche Gewißheiten will, fragt es aber nach einer Rechtfertigung für dieses »furchtbare tägliche Schauspiel von Krankheit, Häßlichkeit, Ungerechtigkeit und Tod«, so bekommt es keine Antwort. Über dem Abgrund eines Nichts an verbürgtem Sinn bleibt dem Menschen das Streben nach der Freiheit; der Weg, nicht das Ziel ist entscheidend. »Dépasser« erhält hier einen gänzlich anderen, nicht mehr evolutionären Sinn; es bedeutet nicht zuletzt, hinauszugehen auch über die Illusionen naiver Gläubigkeit.

Von daher der Grundton einer Ethik des heroischen Nihilismus, dessen steter Begleiter die Angst des Herzens vor dem Abgrund der Sinnleere ist. Der Mensch ist ephemer, die Systeme und Mythen sind vergänglich, der geschichtliche Mensch baut scheinbar sichere Wege, die die nächste Katastrophe davonschwemmt. Das Schreckliche an der Geschichte ist der Widerspruch zwischen hoffender Anstrengung und tatsächlicher Vergänglichkeit des Werks, zwischen der unendlichen Mühe einer Sinnstiftung und der Hinfälligkeit ihrer Dauer und Wirkung. Hier wird das Zerstörerische am Gesetz des »dépasser« deutlich. Geschichte als Gräber- und Trümmerfeld menschlicher Illusionen.

Aber anders als bei Nietzsche verbindet sich mit diesem Pessimismus ein tiefes humanitäres Interesse. Die Zeit brennt Kazantzakis auf den Nägeln. Die Humanität erscheint gefährdet wie kaum je zuvor, die sozialen Probleme und die Leiden der Menschen haben ein unfaßbares Ausmaß erreicht. Das Gebot der Stunde ist die aktive Solidarität mit allem Lebendigen, das leidet. Jenes »dépasser« bekommt hier einen ethisch-humanitären Sinn: Es bedeutet jetzt die Destruktion von Borniertheit, Eigensucht und Engherzigkeit, heißt sich freizumachen vom Gesetz der Schwerkraft der bloß egoistischen Bedürfnisse, auch auf der politischen Ebene im Verhältnis der Rassen und Nationen. »Dépasser« ist die Pflicht des Hinübergehens zum Anderen in einem universellen Sinn, nicht aus dem Geist sozialer Utopien heraus, sondern auf Grund eines unmittelbaren Impulses zum tätigen Mit-Leiden.

Die Radikalität des menschlichen Freiheitsstrebens beruhigt sich aber auch bei dieser Grenzüberschreitung nicht. Der Mensch ist das Wesen einer Unruhe über seine Bedürfnisse und seine Angst hinaus, ja über die Geschichte und die Welt hinaus. Der östliche Gott wußte das immer, er ist älter als der westliche. Der westliche nahm den Weg über die Arbeit am Seienden; er hat sich so sehr mit der menschlichen Arbeit identifiziert, daß sich diese zum Wesen der Geschichte erklären konnte. Die »Askese« und der Roman sind aus der Ahnung heraus geschrieben, daß auch dieser letzte Mythos von Arbeit und Produktion sich als Illusion erweisen wird. Dabei geht es Kazantzakis niemals um eine Absage an die humane Tat der Linderung des unvermeidbaren und der Abschaffung des vermeidbaren Leidens. Es geht vielmehr darum, diese ganze Sphäre der Praxis nicht als die für die Freiheit des Menschen entscheidende Arena anzusehen, als die Instanz, die ihn aus seiner Tragödie herausführen könnte.

Auf Grund seiner Selbsterzeugungsgeschichte, im Verlauf derer sich der Mensch Bewußtsein, Abstraktion, Imagination und Sprache erwarb; auf Grund seines erkennenden Leidens an seiner Endlichkeit, zu der er sich bekennt und die er de facto auch nicht überschreiten kann, mit der er aber unzufrieden ist – auf Grund all dessen ist er in ein Außerhalb-Sein gegenüber dem Da-ist gesetzt, und weil er darin seine Würde spürt, ergreift, handhabt, kultiviert er dieses Entferntsein als die ihm eigene transzendierende Haltung. Dies kann in verschiedenen Stufungen des Sichentfernens geschehen; die letzte Stufung, die vielleicht unerklärbare Tendenz zum Nichts und Nichtmehrsein nennt Kazantzakis Buddha: »Buddha gab mir ein Zeichen, und wir lächelten zusammen.« Das Lächeln aber gilt dem Herzen, das noch nicht gelernt hat, nicht mehr Sklave zu sein.

So führt die Ausreise der »fünf kleinen Tiger«, der gierigen menschlichen Sinne, zum Buddha aus Jade in der Verbotenen Stadt Pekings und zur japanischen Kwannon – zu den Erlösern aus aller Sinnlichkeit. Jede Leidenschaft ist durchlebt, aber am Ende einer jeden steht das immer tiefere Verlangen nach der »hágia zoí«[1], dem heiligen Leben der Schrift und der Schriftstellerei. Es ist Pflicht, jede Schönheit, jeden Schrecken

[1] Brief an Prevelakis vom 21.4.1935. Von Prevelakis mitgeteilt im »Prologos« zu seiner Übersetzung des »Jardin des Rochers« ins Neugriechische: N. Kazantzakis, O Vrachokipos, Athina 1981^2, S. 9

des Lebens in uns einzulassen; wir haben kein Recht, uns rein zu halten. Besonders gilt dies für den Dichter, von dem Kazantzakis mit Benn sagen könnte, er sei derjenige, der sich mit Wirklichkeiten belädt. Darum ist die erste Pflicht des »dépasser« die rückhaltlose Öffnung. Über ihr steht aber jene Freiheit zur Distanz. In der Tiefe seines widersprüchlichen Wesens war Kazantzakis Spiritualist, ein Mensch von Byzanz mit seinen strengen Klöstern und den Asketen der Kontemplation; darum die Einkehr in die Klostergärten Japans. In ihren Klöstern waren Ost und West immer verbunden.

Ich glaube, daß es Kazantzakis nicht auf Buddha und den Buddhismus ankommt, er brauchte ein Symbol für das äußerste »dépasser« und den besonderen, wirklichen Ort, wo es geübt wird. Den aktuellen Anlaß für dieses Verlangen, herauszutreten aus dem Kreislauf von Bedürfnis und Stillung, bildet für Kazantzakis wie für viele andere die Erfahrung einer heillos hybrid werdenden Moderne, die an ihren eigenen Hoffnungen irre wird. Die Spuren dieser übertriebenen Hoffnungen verwischen sich auch bei Kazantzakis nie. Es bleibt ihm – wie uns allen – die Neigung zur Romantik, wenn Romantik heißt, Sinn und Sein, Geschichte und Erlösung zu identifizieren, dem höchsten Verlangen ein wirkliches, sinnliches Antlitz geben zu wollen.

In dieser Verführungsbereitschaft liegt das Tragische des »törichten Herzens«; man kann es auch die immerwährende Versuchung zur Liebe nennen. Weder die aus der »Askese« genommenen Passagen noch der Roman verleugnen die stets anwesende Bereitschaft zu dieser Versuchung, auch wenn sie sich selbst belächelt. Die Ataraxia des Herzens ist hier nie für immer gewonnen. Buddha und seine Klöster und auch der Berg Athos mit seinen Anachoreten bleiben eine Chiffre für das Unerreichbare.

Wenn es sich hier bloß um eine extreme Stimmung handelte, um einen Ausschlag des Pendels in die andere Richtung, könnte man sich mit der historischen oder psychologischen Herleitung des Phänomens beruhigen. Aber dagegen spricht die Existenz des dichterischen Werkes selbst. Am Ende aller jener widersprüchlichen Bewegungen steht das einsame Tun des Schriftstellers, das aus Worten gemachte Werk, das sich bloß noch der Erinnerung, der Einbildungskraft, der Kontemplation und dem Denken verdankt. So ist das »dépasser« doch geleistet. Gewiß nicht in dem radikalen Sinne, wie es der buddhistische Erleuchtete erstrebt oder erfährt. Aber Aristoteles darf man zitieren, der im »Protreptikos« sagt: »Es ist nicht dieses um jenes willen gut, und das wieder um eines anderen willen; es geht nicht in das Unendliche fort, sondern irgendwo ist ein Halt. Es ist ganz lächerlich, von allem einen Nutzen außer ihm selbst zu fordern und immer zu fragen, wozu nützt es. Wahrhaftig, wenn man sich in Gedanken auf die Inseln der Seligen versetzt, da hat man gar nichts nötig, nichts nützt einem, man hat nichts mehr zu tun, als zu denken und anzuschauen, und darin sehen wir auch jetzt das freie Leben.« (Fr. 58).

Man kann nicht immer denken und anschauen und schreiben. Aber das Werk beglaubigt es, daß der Überstieg gelingen kann. Die Unruhe, die aus unserer disparaten Existenz kommt, bleibt.

Von ihr spricht die letzte Seite des »Jardin des Rochers«, indem sie den bis dahin rätselhaften Titel erläutert. Es ist ein japanischer Kunstgarten. Fünfzehn Felsen liegen im kahlen Sand eines Winkels im Kloster, der Menge unzugänglich. Sie liegen verwirrt, umgedreht, wie wenn jemand über sie gesprungen wäre und sie gewaltsam verschoben hätte. Es ist ein Bild für das menschliche Leben, das von einer unsichtbaren Macht verstört wurde. Wie ein Tiger sprang die Liebe, der Tod oder

Gott über den Menschen hinweg, sie verstörten ihn und hinterlassen ihm ein Leben in Unruhe.
Der »Jardin des Rochers« ist in seiner Gesamtgestalt kein vollkommenes Buch. Aber es ist ein Buch, das in seinen Augenblicken vollkommen und vollendet ist, aus solchen Augenblikken setzt es sich zusammen. Die Erzählung ist kein epischer Fluß, eher könnte man sie mit einem Ort vergleichen, wo nebeneinander viele Quellen aus dem Boden brechen und sehr verschiedenartige: trübe und ganz reine, bitter und süß schmeckende. Diese Erzählart ist einem Stil angemessen, der sich im wechselnden Pathos und seiner Rhetorik erfüllt. Will man diese Rhetorik näher charakterisieren, darf man vielleicht eine dreifache Art unterscheiden: eine des Aufschwungs, eine der Destruktion und eine heroische Rhetorik des aufrechten Scheiterns. Nicht selten stehen diese Rhetoriken auf engstem erzählerischem Raum nebeneinander, mit oft abrupten Brüchen dazwischen. Das gemeinsame Substrat aber ist ein Grundton drastischer Intensität. Ein Bild des »Tigers auf der Flucht« also auch der Stil, der sich die harmonische Glättung versagt und lieber das Rauhe und Ruppige sucht.

H. Widhammer

Bibliographische Notiz

Pantelis Prevelakis, gut informierter Freund und »Jünger« von Kazantzakis, fügte seiner griechischen Übersetzung des »Jardin des Roches« eine »Vorrede« und eine bibliographische »Notiz« bei, in denen die Entstehungsgeschichte des Romans skizziert wird.[2]

Danach reiste Kazantzakis in der ersten Hälfte des Jahres 1935 in den Fernen Osten. Zurückgekehrt, veröffentlichte er in der Athener Zeitung »Akropolis« zwischen dem 6. Juni und 28. September 1935 eine lange Reihe von Artikeln über Japan. Am 11. April 1936 schreibt er Prevelakis, daß er einen Roman »Jardin des Rochers« in französischer Sprache abgeschlossen und einem Verlag in Leipzig geschickt habe, der den Roman im Herbst herausbringen wolle.

Dazu kam es nicht, offenbar aus politischen Gründen. Während das französische Original weiterhin ungedruckt blieb, erschien der Roman zuerst in zwei Übersetzungen (Amsterdam, 1939, und Santiago de Chile, 1941).

Im selben Brief vom 11. April 1936 teilt Kazantzakis mit, er habe für den Roman vieles aus den »Artikeln« (in der »Akropolis«) benützt und ferner fast die ganze »Askese« eingearbeitet[3].

Im Nachlaß von Kazantzakis (Antibes) fand sich eine handschriftliche Kopie des französischen Originals. Eine Abschrift dieser Kopie ging Prevelakis zu als Grundlage für seine Über-

[2] Nikou Kazantzaki, O Vrachokipos. Prologos kai metaphrasi apo to Galliko prototypo Panteli Prevelaki, a ekd. Athina 1981, sel. 7–15, simioma sel. 246

[3] Die »Askitiki« war 1924 erschienen (Athina)

setzung. Die aus der »Askese« eingearbeiteten Teile entnahm er dabei der griechischen Originalausgabe; ebenso brauchte er manche Abschnitte des Romans nicht zu übersetzen, weil er sie in Kazantzakis' griechischem Buch »Auf Reisen. Japan-China« (1938 erschienen) wiederfand. Soweit Prevelakis.
1959, ein Jahr nach Kazantzakis' Tod, erschien in der Librairie Plon, Paris, die französische Originalfassung, besorgt von Azis Izzet. Ein Vergleich zwischen Prevelakis' äußerst gewissenhafter Übersetzung und dem französischen Text zeigt erhebliche Unterschiede in den aus der »Askese« stammenden Teilen. Viele lange und kürzere Passagen, die bei Izzet abgedruckt sind, fehlen bei Prevelakis. Dies ist erklärt durch die Angabe Izzets: »Das Originalmanuskript enthält lange, in den Roman eingebaute Passagen aus der ›Askese‹. Kazantzakis strich sie später und behielt nur ein paar Absätze bei als integralen Bestandteil der Erzählung. Wahrscheinlich wollte Kazantzakis in dem Buch jenen Konflikt kristallisieren, der in ihm durch die Reise in den Fernen Osten ausgelöst worden war, und zugleich seine eigenen früheren Erfahrungen im Lichte dieser Reise bestätigt sehen. Noch eine dritte, weniger persönliche Absicht läßt sich vermuten: die strenge ›Askese‹ zugänglicher zu gestalten. Das ist der Grund, warum wir es vorziehen, hier die vollständige, originale Fassung vorzulegen.«[4]
Ungeklärt bleibt aber der umgekehrte Fall, daß bei Prevelakis abgedruckte Passagen nicht bei Izzet erscheinen; daß es hin und wieder Umstellungen in der Abfolge von Sätzen und Abschnitten gibt, gelegentlich auch Differenzen im Wortlaut. Unterschiede gibt es auch in den erzählenden Teilen, im Roman, aber sie beschränken sich auf zwei, drei Lücken bei Prevelakis. Im übrigen ist hier der Wortlaut identisch. Daß

[4] Préface de Aziz Izzet. In: Nikos Kazantzaki, Le Jardin de Rochers, a.a.O.

Prevelakis willkürlich geändert hat, erscheint bei der peniblen Treue seiner Übersetzung als völlig ausgeschlossen. So bleibt nur der Schluß, daß verschiedene Fassungen vorlagen, was bei Kazantzakis eigentlich das Normale ist, da er ständig änderte.

H. W.

NIKOS
KAZANTZAKIS

Im Zauber der griechischen Landschaft
HERBIG

155 Seiten · Efalin

512 Seiten · Efalin